你是
我的命运

白石一文　著

刘姿君　译

四川文艺出版社

目录

Contents

白雪之信

1

好像有点喝多了。

时值年底酒席不断。昨晚和前晚虽都抱着无须逞强的心理准备才出门却还是喝了很多。不过，今晚的醉态没那么简单。

一回到家就直接进卧房，连衣服也没换就往床上重重倒下。

连日来的酒气未消就赶上沼尻电设的尾牙宴，实在糟透了。总觉得最近自制力突然开始衰退。

已经有三十多分钟，就这么动也不动地趴卧着。喉咙干渴，好想喝冰水。

这下子没资格嘲笑课长赤坂宪彦了。他在本质上虽是个直爽的好人，却正在缓慢毁灭。整日沉溺于酒精，沉溺于眼前的工作，在时间与数字的日日追逐下，不知不觉地渐渐迷失了真正的自我。并且，肯定也已开始被时代淘汰。

那么自己呢？

真的能够断言，自己与赤坂截然不同吗？

沼尻社长今年的情妇和去年的是同一个人。社长过去每年都会换情妇。至少就自己所知的这几年，年底尾牙宴带来的女人年年不同。据赤坂表示，社长似乎就是借由这样不固定交往对象才能勉强与夫人维持和平。

那个女人想必和自己的年龄差不多吧。她一语不发，面带浅笑，今年也坐在社长身边。只见她仅与赤坂说了三言两语。当时自己正忙着替坐满餐厅大包厢总计五十名的各家业者一一斟酒赔笑，所以不清楚课长和她讲了什么。两人看起来并不怎么熟。她与出入沼尻电设的各社社长仅止于点头致意难得开口，对于络绎端上来的菜品也浅尝辄止，可也没表现出觉得无聊的态度，只是宛然端坐如佛，虽只有寥寥数语但至少能与她交谈的赤坂，果然堪称厉害的业务高手吧。

不过话说回来，社长究竟执着于那个女人的哪一点？她并不特别美，也不是那种浑然妩媚风情万种的类型。完全看不出她能得到特殊待遇的理由。

蓦地叹口气。占据脑袋芯子造成阵阵刺痛的根源似乎总算拔除了。即便左右晃动脸部也不会难受了。只要再过个十五分钟，类似麻痹的全身倦怠想必也会渐渐消退吧。无人的室内泛着隐约寒意，再不赶紧开暖气也许会感冒。

沼尻依旧精力旺盛，让情妇随侍身边自己高谈阔论，畅快饮酒。泡沫经济崩溃已有四年，照理说公司的业绩也应渐渐蒙上阴影，但是在他身上丝毫感觉不出那种迹象。不过，时代的潮流无人能够抗拒，自己置身的电话业界也逐渐被手机渗透，前途正急速从灰色转为一片漆黑。事到如今，就算给商品加上任何附加价值，桌上型电话的生意恐怕都不是移动电话的对手。眼下面临的，若用流行的字眼来说，正是典范转移[1]。就像不管打造多少艘“大和号”战列舰终究敌不过航空战力，同样的现象正在这个业界不断发生——月初自家公司办尾牙宴时，太田黑业务经理就曾跑来业务一课这桌慷慨陈词。他说得对极了。“有了这么多方便的功能，那种小鼻子小眼的手机，纵使能在个人之间普及也不可能在公司行号之间普及吧。”还能这样不知死活大放厥词的，顶多也只有课长赤坂了。

八月，非自民党政权的细川联合内阁[2]成立了。到了这个月政府终于开

1 典范转移（paradigm shift）：在科学发展的过程中，因新发明或新发现引发科学革命，将原被认同的典范推翻，由新的典范取代。

2 细川联合内阁：一九九三年至一九九四年，由细川护熙担任内阁总理大臣，结合非自民党、非共产联合政权组成日本内阁，这是自民党首次沦为在野党。

始推动稻米市场自由化。然后昨天，十月二十六日，前首相田中角荣逝世。时代正在加速变貌。一切都在毁灭，没有该珍惜的也没有该守护的，暧昧不透明的未来正要一口气吞噬吾人。

说到这里才想起，沼尻讲了一则颇为耐人寻味的逸事。

这是第一次听说的故事。沼尻没有经营者常见的讲来讲去都是同一套的毛病。讲过一次的话至今还没从他口中听过第二次。就此而言，他算是个优秀的经营者。男人一定要有很多抽屉，哪怕每只抽屉并未塞得满满的，至少抽屉越多越能发挥实力。专业技术人员不行，就是因为他们欠缺这种城府的深度。自家公司在两年前就任的社长也是十几年没出现过的技术专才。他大刀阔斧地猛砍预算，动不动就喜欢干涉芝麻绿豆的小事，搞得公司里的气氛令人喘不过气，业绩也急速下滑。

沼尻说他在重考大学的时代见过田中角荣。

沼尻的父亲是前任社长也是公司创办人，本就与从事营造业的田中有工作上的往来，因此他曾在新年随同父亲前往位于目白的田中家。

“田中家的事务楼有个比这里更大的大厅，挤满了来拜年的客人。当时的田中先生只是干事长[1]还没当上总理，但已有权势滔天无人能及的气派。我老爸忙着和同行在别的房间交换名片互相拜年，我一个人夹在杂沓众人之中无所事事地呆坐在大房间，因为穿学生服的小毛头只有我一个，又不认识任何人，所以简直坐立难安。眼前超大型的桌子上摆了满满一桌的椿山庄西式前菜啦、千代新餐厅的年菜啦，还有某某家的高级寿司，所以我只好埋头苦吃。结果本来坐在远处亲自替客人调威士忌的田中先生，突然一手拿着酒杯来到我对面的空位。雄霸天下的自民党干事长就在我眼前这么一屁股坐下，我当然被吓得魂飞魄散。”

1 干事长：日本政党中的职务名称。职能和地位类似于秘书长。

沼尻直视着我的眼睛说。他是在我替大家斟完酒回到自己位于他正对面的座位时，开始说出这番话的。

“令我吃惊的是田中先生吃寿司的方式。他叫用人替他拿来酱油后，一边对着我说：‘喂，同学，寿司这样吃最好吃了。’一边把寿司上的生鱼片蘸满酱油吃得狼吞虎咽。我简直目瞪口呆。而且他还一边吃，一边频频跟我搭话，我浑身僵硬地告诉他：‘我现在是重考生，打算今年再考一次早稻田。’‘嗯嗯，是吗？是吗？好好念书。’他如此勉励我。”

两年后，沼尻又见过田中一次。

那时他已顺利考进早稻田大学，轮到他代表父亲一个人去拜年。这次田中已就任总理。既然人家已贵为现职总理，自己当然不敢再登堂入室，只在铺了碎石的宽敞玄关把贺年的礼物交给秘书打声招呼。但当他正要离开时，田中送客人来到玄关门口，沼尻站在远处看见田中穿着木屐照例摆出一手遮额的拿手姿势送客的身影。没想到，田中倏然将视线自黑头车队转开移向沼尻这边，然后对着他大喊：

“喂，同学。你考取早稻田了吗？”

沼尻用不胜感慨的语气总结：

“两年前的正月仅一面之缘，而且穿着和发型都已截然不同的小毛头，他居然还记得我这张脸。不仅如此，也记得我说过要报考早稻田。那让我大吃一惊。老实说，我甚至背脊一凉，心想：天哪，世上竟有这样的怪物。”

对于沼尻说的这个小故事，在座的社长们纷纷看似叹服地猛点头。

然而，自己心中萌生的唯有感慨：即便是那样的田中角荣最后不也被时代彻底淘汰了吗？我一边斜眼偷窥身旁满脸肃穆专心聆听的赤坂，一边不由暗忖，到头来，田中肯定也是和这个男人一样被眼前的工作追逐，被时间追逐，跌跌撞撞地走上可悲的末路。

赤坂在公司里被称为“赤鬼”先生。经理太田黑是“黑鬼”先生。二人都是从业务员做起，一路高升为总公司的重要人物。但是，最近“赤鬼”与“黑鬼”之间似乎渐生嫌隙。今晚“赤鬼”这种拉业务的方式迟早会落伍吧——“黑鬼”，想必已有这种先见之明。

为了讨好大老板沼尻，赤坂率领业务军团大举入侵每年惯例聚集所有相关业者的尾牙宴。当然，宴会的费用一半由业务一课负担。目的就是要博得想在情妇面前展现实力的沼尻的欢心，让他当场下令业者们换电话。站在业者的立场，这根本无法拒绝。这下子，每年预估都有十家公司的更新订单自动送来业务一课。光是这样便可让赤坂在年初挣得总计超过一亿日元的业绩。相对的，他平日对沼尻的忠心表现非比寻常。从赠礼到今晚的这种酒席招待，只要赤坂一声令下，全体课员就得忙得团团转。

自然不可能无人抱怨。尤其是女职员们更是怨声载道。像两年前一毕业就入社的大坪亚理沙就是，去年她头一次受命表演“花旦”，之后立刻嚷着要辞职，费了好大的功夫才把她挽留下来。所谓的“花旦”，是新来的女员工每年在沼尻电设的尾牙宴上都得着小短裤粉墨登场的余兴表演。去年的“花旦”表演的确很过分。《五个相扑的少年》这部由本木雅弘主演的相扑电影卖座，再加上女星宫泽理惠也与相扑关胁[1]贵乃花发表婚约，使得五名新社员被迫穿着体育服绑上大红兜裆布表演女子相扑。

过完年，业务本部果然也郑重检讨过这件事，据说“赤鬼”遭到“黑鬼”的严厉警告，二人之间出现裂痕。仔细想想，那起无聊事件应该就是导火线。

男人们做的事，真的都神经兮兮的。

在公司待了七年，真是越来越厌烦。

---

1 关胁：在相扑中，次于大关、高于小结的阶级。贵花田之后战绩优异晋升大关，改名贵乃花。最后成为第六十五代横纲。

2

冲过热水澡后，亚纪穿着睡衣在做皮肤保养，然后去厨房泡红茶。在马克杯注入满满的伯爵茶，再加上大量的橘子果酱。这样就完成了速成淑女伯爵茶。对于酒意未退的身体来说，这种混合了佛手柑与柳橙的甘甜香气是最佳恢复剂。啜饮热红茶，总是能够令人精神一振。可以感到之前的忧郁心境已消散无踪。

她在小餐桌前坐下，发了一会儿呆。奶油黄壁面的时钟指针已走过午夜两点。也许是因为稍微打个盹儿后冲了澡，现在她毫无睡意。

感到领口微寒，她连忙起身。若是泡完澡着凉岂不枉费热水澡和红茶了。亚纪去卧房披上开襟外套。顺便在梳妆台前把头发完全吹干，抽出塞在最底下那个抽屉里的信封，拿着信回到餐桌。

把还剩下一半的红茶倒进水槽，在爱用的巴卡拉水晶酒杯注入冰库的伏特加放在桌上，然后再次落座。含着少量的酒用浓稠的液体滋润整个舌头和口盖。烈酒瞬间挥发，甘甜的热气直达太阳穴。

“我的今天”终于过完了。

亚纪如此感到。同时也想起刚才在床上想到的事。这样用酒抚平酒的倦意，也是在如实呈现出自制力的衰退吗？

她将手指伸进手边早已开封的方形信封。

里面装的是对折的喜帖、婚礼邀请卡、举行喜宴的饭店地图，以及一张回复用的明信片。望着喜帖的平凡内容，目光在末尾并列的二人姓名上停驻了半晌。

佐藤　康

大坪　亚理沙

日期是下个月的一月十五日星期六，成人节。距离婚礼已经不到一个月。之前在沼尻电设的尾牙宴上亚理沙也说过：

“冬木前辈，你还没寄出出席回函吧？当天我只能靠你了，所以你一定要来哦。我已经决定了，新娘捧花一定要让你接到。”

这时的亚理沙非常快活。天生的逞强好胜虽然还是一样，但本来应该同时并存的顽固与爱钻牛角尖的毛病已销声匿迹，变得非常开朗。尾牙席上也完全没露出去年那种臭脸，称职地扮演招待。

二人的婚事确定是在十月。短短三个月后，而且是在成人节这天，能够在这种一流大饭店敲定中午十二点开始的喜宴，想必是因为亚理沙的父亲是大型连锁饭店的高阶主管吧。对亚理沙而言，现在正是人生最春风得意的时期。不管做什么、想什么、打算怎样，都能保持从容大度，要说理所当然的确是理所当然。

不过话说回来，她的结婚对象佐藤康又是什么心情呢？

他向来最怕高调，内心肯定对豪华婚宴非常不以为然。

想起前晚快十二点打来的电话中他那沉郁的嗓音，亚纪可以确定这点。

她与康约好今天傍晚五点见面。在公司虽然偶尔也会碰到，但是若说私下交谈，这通电话算是暌违有两年之久。当然，本来更是再也不可能假日单独见面。

在那通简短的电话中：

“我想你现在应该很忙，但后天十八日星期六，能否抽空跟我见一下面？”

康如此开口要求。亚纪当然问起他突然联络的原因。

“关于我们的婚事，有些话一定要跟你说。详情我想等见面再说，行吗？”

无言思忖半晌后，亚纪在会面只限三十分钟这个附带条件下答应了。事到如今，再与昔日交往过的男人见面已毫无意义。但是，康的用字遣词令她有点好奇。虽然既不霸道也不是苦苦哀求，但他那种语气中潜藏着过去交往时不曾窥见的某种威严。无懈可击的贤明本就是他的信条，但当时的康虽然循规蹈矩却完全没有耀眼光芒及慑人的魄力。他的工作表现也是一板一眼，亚纪一直以为他的个性与冒险八竿子打不着。但现在他在社内的评价，已经完全颠覆了亚纪的那种看法。现在的佐藤康是公司网络事业部门的明星人物之一，尤其是在网络商用化方面更是无人能出其右。自家公司本是作为电电集团[1]的中坚企业而诞生，虽因开发电算机而在某段时期远近驰名，之后却因生来的母体坚守日本作风导致业绩江河日下，处在这样的公司里，康成长为罕见的创业家型人才。大坪亚理沙能够捞获佐藤康，在社内甚至还被当成小小的新闻。

康这个男人到底是如何转变的，亚纪有点想亲眼确认一下。她知道这只不过是无聊的好奇心。但她还是没有拒绝康的要求，因为那股好奇心凌驾于成年人的分寸之上。这或许同样也是自制力衰退的表征之一……

亚纪一口气喝光伏特加。喉咙一阵烧灼感。

她抿紧双唇，缓缓吐出炽热的呼吸。桌上那张回复缺席的明信片，已将“缺席”的地方用笔圈起。一个月前收到时，她就立刻填好了，但是终究还是迟迟没能寄出。

1　电电集团：日本电信电话公社相关事业，简称电电公社。现在民营化的日本电信电话株式会社（NTT）的前身。

仔细想来，她与康的恋情极为平凡。当时二十五岁的自己远比现在活泼，二十八岁的康想必也比现在更加孩子气。他们在同一个部门相识，包括康的九个月赴美研习期在内一共交往了两年。康从美国回来不久，亚纪就主动提出分手。

自那时起已过了两年，亚纪想。现在自己二十九岁，康也三十二岁了。造访他的故乡是在两年前，一九九一年的这个时节。她在下雪的新潟与康的家人一同度过岁末年初。

亚纪的脸孔火热，双掌托腮闭目。

笼罩整个长冈、下个不停的大雪在亚纪的脑海里清晰重现。康的父母都很慈祥，年长五岁的哥哥与嫂子也很质朴，仿佛可以直接感受到他们温暖的胸怀。

对自己来说，那种温暖就像那下个不停的大雪一样太沉重了，亚纪想。

康的老家在新潟经营着首屈一指的大型酿酒公司。在长冈郊外拥有大片土地，以一家人居住的主屋为中心建造了许多酒窖。对于代代生长于东京老街的冬木家的一员来说，那是她无法想象的另一个世界。

她对康没有丝毫怀念。但是，在新潟与他的家人共同生活的那几大时光，却不时在亚纪的心头缓缓化为追忆涌现。同时，若说在那追忆的前方完全没有浮现康的身影，倒也并不尽然。

自长冈回来一个月后，康向她求婚了。那是法国阿尔贝维尔（Albertville）冬季奥运会开幕的当天。亚纪深夜回到家，一边独自望着开幕式的实况转播录影，一边陷入长思。那是按部就班极为坚实的求婚，其中也一丝不苟地织入了康这个男人的诚实。但是，亚纪的心不为所动。虽然拼命想动，却很清楚怎样也无法动摇。她觉得答案老早之前就已出来了。

正式回复是在五天后。当天桥本圣子在一千五百米比赛挤进前三名，日本女子首度获得冬季奥运会奖牌。康完全不掩困惑，面带疑虑地问她原因。

“虽然喜欢你，但是，我发觉，并没有喜欢到想跟你结婚。”

明知这个答案很平庸，并且，明知应该说出更明确的理由，亚纪还是只能这么回答。结果，那种平庸就是自己与康这段关系的一切。

到了春天，她收到康的母亲自新潟寄来的信。

说到这里，那封信到底塞到哪儿去了呢？

康也将与亚理沙结婚，他与自己的恋情即将成为单纯的过去了。年底大扫除时一定要找出那封信，要赶紧扔掉才行。

伏特加的醉意扩散全身。把喜帖和明信片装回信封后亚纪站起来，关掉厨房的灯走向卧室，一边思忖：不过康为何突然要求见面呢？“关于我们的婚事有话要说”是什么意思？难不成，康与自己的旧情让亚理沙发现了？可是，那不大可能。依亚理沙最近的样子看完全没有那种迹象。但是，事到如今康也不可能重翻两年前的旧账。依照康的个性，八成是整理房间时发现什么二人的回忆纪念品，想丢却又丢不掉，所以才临时起意决定还给她吧。他就是有这种一板一眼的规矩毛病。

回到已经非常暖和的卧房，她钻进被窝。

睡意降临。

还是不要出席婚礼吧。亚理沙或许会失望，但是只要说当天身体临时不舒服就不会有问题。傻乎乎出席前男友婚礼的愚行切不可犯，那也算是对步入人生新旅程的新娘聊表饯行的心意。

不管再怎么衰退，自己好歹还保有这点程度的自制力。

亚纪在心中这么盘算后静静入眠。

3

亚纪去附近的超市买东西，回到家时全身都已冻僵了。到昨天为止的好天气遽然一变，冷得简直夸张。虽才下午一点，天空已笼罩着厚厚的云层呈现夕暮时分的昏暗，仿佛随时要下雪，亚纪在回程中铆足了劲儿用力踩脚踏车。

她一边啜饮着前几天回老家时母亲给的姜茶，一边就这么坐在床边茫然地看着窗外的灰暗天空半晌。

东京的冬天还真是没劲儿，她蓦然想起康这句口头禅似的说法。

“既不下雪，路面也不会结冰。唯有北风又冷又干，把手脚冻得特别冰冷。这种冬天就像窝囊的半吊子。”

康是她交往的第一个外地人，所以在东京长大的亚纪当时对这种说法一半是反感，一半也感到新鲜。

“那你是说新潟的冬天特别有大将之风喽。”

她半带嘲讽地说。

“虽然没有大将之风这么了不起，至少我觉得是像样的冬天。”

记得当时康的回答果然颇有他的本色。

那么今天的东京应该是个像样的冬天吧，亚纪凝视着寒冷的天空思忖。

喝完姜茶，她去厨房开始准备晚餐。午餐是在外面简单打发的，所以晚餐她打算好好煮点东西。昨晚的沼尻电设尾牙宴是公司客户的最后一场尾牙，在接下来不到十天的时间，必须为了二十八日的年底工作总结算，拜会各家客户致意并且整理累积了半期的文件资料。书写数量庞大的贺年卡也是重要工作之一。这是一年当中最能悠哉喘口气的时期。

她早已决定这星期不出去吃，每晚都在家里用餐。她想让应该已被油腻的菜品和大量的酒精弄得疲劳不堪的肠胃好好休息。血液肯定也变得很黏稠。她刻意不吃早餐，午餐也打算带糙米饭团去公司。相对的，晚上她打算煮点儿健康的东西吃。这一个月以来，忙得几乎没拿过菜刀，也差不多开始手痒想煮菜了。

中学时亚纪就开始受母亲调教，所以料理三餐从来不是问题。母亲孝子的手艺相当好。亚纪与弟弟雅人，也是从小就吃着不豪华却美味可口的东西长大的。单凭这点，孝子想必就堪称伟大的母亲吧。

“烹饪这码事，是守护自己及自己所爱之人的重要手段哦。”

孝子以前就这么告诉亚纪。

像现在，水及食品的安全性、地球环境的问题在全世界掀起广泛的议论后，如孝子所言，慎选食材，选择安全的水及调味料来烹调食物，不正是用来保护自己的最佳技能吗?

想到这里，亚纪停下执刀的手，再次想起康以前说过的话。

“对人类而言，判别对象是敌是友的指标我认为只有一个，那就是对水是否亲和，如此而已。比方说对于我们公司制作的电脑及半导体而言，水就是大敌。对汽车及家电制品也是，凡是使用金属及化学物质的东西全部都是，电力和磁力之类亦然。这些讨厌水的东西基本上都是我们人类的敌人。相较之下，植物与动物、泥土与空气，还有大海，对人类而言在本质上是好的。所以像我们这种专门负责生产厌水制品的人，如果在工作时不格外小心，即使以为对人类有益，事实上也极有可能做出危害人类的行为。所以我总是铭记在心，对这种地方真的要当心才行。”

那时的亚纪只觉得康的这番话天真幼稚，但现在回想起来竟然奇妙地萌生不同的反应。最重要的是，之所以频频想起佐藤康，恐怕还是因为约好了今天傍晚将在暌违两年之后与他会面吧。

自长冈返回东京的新干线上，康说：

“迟早我也打算回乡下和我哥一起经营酒厂。长冈的稻米和水质都是日本第一。所以，我家的酒是日本最棒的酒。”

当他以难得激昂的表情如此宣告时，亚纪似乎隐约领悟到，自己不是能够与此人携手一同走下去的对象。

结果，亚纪拒绝他的求婚后，他不但没有辞职回乡，反而成长为公司网络事业的明星人物，可见当时他那番表明心迹只不过是不值一提的乡愁产物，但即便如此，康在之后两年的转变之大还是令亚纪至今仍无法理解。

今晚她打算煮西班牙海鲜饭。正好看到有新鲜的鲂鱼、蛤蜊、花枝，所以买了回来。另外，也大批采购了一周分量的食材。

海鲜饭本来就是亚纪的拿手菜之一。两个月前，通过杂志报道得知有种意大利制的海鲜高汤粉，她立刻去银座的百货公司搜寻回来试用，复杂深奥的鲜美以及方便省事令她赞叹不已。之前做海鲜饭必须花半日工夫从高汤开始熬，所以她很少做这道菜，但最近每个月都会利用一次这种海鲜高汤粉享受自己偏爱的美食。今晚她也准备了法式蒜黄酱，打算好好大快朵颐。亚纪的酱汁妙就妙在用了与美乃滋等量的鲜奶油。酱汁圆润柔滑的口感与清淡的海鲜是绝妙搭配，再多也吃得下。翌日，把剩下的汤加进白饭煮成意大利炖饭，又是一道极品佳肴。酱汁和炖饭的做法都是孝子教的。当然那种高汤粉，上次亚纪回老家时就已特地买回去孝敬了母亲。

孝子打电话来，是在亚纪已调好海鲜饭的味道、才刚把锅子放进保温容器之后。她拿着分机走进卧室，坐在床上开始讲电话。墙上时钟的指针已过了下午三点半。

母亲每周都会打两次电话来。周末固定有一次，另一次多半是在一周过半时。每次都会聊上将近一个小时，有时甚至会超过两小时。位于两国的老家亚纪每个月都会回去一次，假日也会与母亲相约在银座碰面一起逛街。每次把母女俩长年来的这种交流讲给朋友或男友听，有人视为理所当然，也有人啧啧称奇。“因为亚纪家，爸爸妈妈都是学校老师嘛。”童年玩伴经常这么说，但那样的她们直到婚前也一直维持类似母女的关系，除非因为丈夫调职搬到外县市，否则婚后也照样与母亲保持密切往来。

和母亲的缘分是很难淡掉的，亚纪想。

世人老是批评儿子与母亲的相互依赖，恋母情结更是成了窝囊男的代名词，但实际上母女之间恐怕也有同样甚至更深的依赖关系吧。可是，做媳妇的女人们却不反省自己，只顾着抨击丈夫与婆婆之间的关系。亚纪经常觉得，这样太不公平也太自私了。母女之间的感情，无论是在生产、带小孩或生活周遭都有许多相通的要素，所以其实远远来得更加紧密吧。

她照例与孝子一聊就没完没了。

东拉西扯地聊完种种话题后，孝子忽然想起什么似的问道：

“说到这里，亚纪，这次的新年假期你打算怎么过？又安排了旅行吗？”

去年，亚纪与中学时代的三名友人一起去越南玩了一星期。今年年底高岛洋介邀她“要不要去泡个温泉”。不过她与高岛的交往尚浅，她还没下定决心要一起旅行共度数日。

“我还没决定。况且现在才安排可能别处也都客满了。”

她含糊其辞地回答。

“那么正月二日那天，我希望你能回来一趟。”

看来今天打电话来的正题是这个，亚纪暗想。

“我想应该没问题，不过怎么了？那天有什么事吗？”

“你说对了。”

孝子有点卖关子地说。

“雅人好像要带女朋友回来哦。前天他忽然打电话回来，说要介绍女友给大家认识，希望亚纪姐姐也在场。”

弄了半天，原来是这回事啊，亚纪有点怅然若失。雅人想结婚的对象似乎已经出现，这个上次回家时孝子就已提过。比亚纪小一岁的雅人已经二十八岁了，所以不管哪天宣称要结婚都不足为奇。亚纪与他算是从小感情就不错的姐弟，但彼此都有工作后，来往已不像以前那么频繁。尤其是雅人任职报社，直到两年前有整整四年时间都待在岩手和山梨的分社，一年能够见上一两面已经算是很好了。现在他调回总社，在社会组跑了一年警视厅[1]新闻后，从今年起总算如愿以偿地成为艺文组记者。不过每天好像还是一样忙于工作，记得和他最后一次见面还是中元节时。

“那倒是无所谓，不过不管对方是什么样的人，只要是雅人的选择我都不会有意见。”

“这话是没错啦，不过他以前从来没把女朋友带回家过，所以我想他这次应该是认真的。我们如果没有全家出席欢迎人家那就太失礼了。”

“那倒是。”

亚纪也同意。

“对了，对方是什么样的人？妈你上次不是说你也不清楚。”

“好像是雅人采访时偶然认识的人。他说是去采访庆应大学的儿童心理学教授时，在那位教授的研究室遇见的。那个女孩好像也在研究儿童心理。”

“多大年纪？”

“听说是二十四。”

听到是二十四岁，不知为何，亚纪的脑海忽然浮现大坪亚理沙的脸孔。

“那就是研究生喽。这样等于是雅人的学妹，说不定是意外的绝配。”

---

1 警视厅：日本首都东京治安的警察部门。

“既然是那孩子选中的人，我想一定如你所言是个好女孩吧。”

未来的学者吗？亚纪在内心说道。她觉得这果然很像雅人会做的选择。

和事事明快果断的亚纪比起来，严格说来，雅人从小算是个沉默内向的少年。这点和担任国文教师多年、目前在墨田区的都立高中当校长的父亲四郎很像。雅人的个性低调而平实，从小就拥有过人的专注力。他就职时，本来还有点担心报社那种猥杂的环境或许不合他的性子，没想到他的工作表现意外稳健，现在已如愿调到艺文组，可见雅人的那套方式还是很管用吧。至于亚纪，似乎也同样遗传到担任英文教师、大学时代有过一年留美经验的母亲孝子的个性。她的好奇心旺盛，相对的，也多少有点三分钟热度。孝子在亚纪小学三年级时辞去工作走入家庭，一方面也可能是为了专心教育两个孩子，但亚纪长大之后渐渐明白，部分原因也是孝子天生厌倦一成不变的脾性所致。

原本雅人自己在毕业时也曾十分犹豫是否该继续念研究所。他的专业是近代日本文学，大学和他那个女友一样念的是庆应大学。早稻田毕业的亚纪实在难以想象，庆应校友对母校的深厚感情是那样非比寻常。雅人也不例外。现在遇上校友而且是在母校邂逅，说不定正是雅人内心受她吸引的重大原因。

“对方叫什么名字？”

亚纪忽然想到忘记问重点。

“听说叫作加藤沙织。加藤就是常见的加藤，沙织是三点水一个少的沙，编织的织。”

亚纪将“加藤沙织”这四个字烙印在脑海，兀自想象一名线条纤细安静伫立的女子。虽然只知其名不知长相，但她越来越觉得这个女孩与雅人是天作之合。二人一定会发展到结婚吧，这个想法涌上心头，那是她自己也无法理解的明了直觉。同时，在如此确信的刹那，亚纪在内心深处忽然感到，这段婚姻肯定不会有好下场。这虽然也只是一种直觉，但这次却伴随某种难以言喻的莫名悲哀。这绝不是说二人的感情会破裂，而是正因为婚姻幸福反而令二人步向悲哀的结局，类似这样的预感倏然掠过她的心头一隅。

太荒谬了，亚纪打消那种莫名其妙的想象。

“那么，她如果和雅人结婚就变成冬木沙织了。”

她像要弥补似的如此脱口而出。

“对呀。”

孝子语气有点懒懒地附和。

“妈你怎么了？捧在手心拉扯长大的儿子要被人抢走了，做母亲的还是会有点舍不得？”

“才没那回事。”

孝子一笑置之。

“只要雅人能得到幸福，我毫无异议。”孝子说。

听着那小小的笑声，亚纪蓦然感到，母亲该不会也怀抱着自己刚才感到的那种莫名所以的危惧吧。

亚纪这时自觉今天的自己好像有点不正常。弟弟的女友与大坪亚理沙同年，再仔细一想沙织的沙也是亚理沙的沙。加藤这个姓氏多少也和佐藤康的佐藤有点类似。的确，亚理沙婚后就会变成佐藤亚理沙。她的丈夫康过去曾是自己的恋人，而被康邀约的自己，即将与他见面。

她感到人心真是奇妙。弟弟的婚事与康的婚事根本毫不相干，却在脑中如此无意义地错综交汇，甚至在心中唤起不祥之感。然而，这种毫无根据的思考断片，就像片片雪花坠地之后失去形状，只不过是转瞬间的消融之物。

亚纪一边敷衍电话彼端的孝子，一边漫不经心地将视线转向刚才还在看着的窗口。

她这才发现窗外早已飞舞着真正的雪花。

凝望被风吹送无助飘落的雪花，亚纪慌忙往墙上的时钟一看。指针正好指向下午五点。

糟了，她想。与康约的就是傍晚五点。看来和孝子聊着聊着似乎令她完全忘了时间。约定的地点是车站前的丹尼家庭餐厅，就算现在出门骑脚踏车也只要五分钟就会到，可是她还没梳妆打扮也没换衣服。

亚纪打断还在继续聊雅人的孝子，说道：

“总而言之，正月二日那天我会回去的。顺便也帮我转告雅人，我很期待与沙织小姐见面。妈，我现在有事要出门我们改天再联络。”

匆匆挂断电话，亚纪弓腰打算从床上起身。但她打住动作再次重重坐下。

紧握着分机，再一次，她看向窗户。

飞舞的雪片数量似乎正在一点一点地增加。这里是七楼，现在整面窗子都是雪。亚纪眯起眼，想起两年前降在长冈的霏霏大雪，试图将其与眼前的风景重叠。但，那只是徒劳。这场雪根本不可能像当时一样掩埋千门万户与芸芸众生。

没劲儿的冬天，康说过的话又浮现在亚纪的脑海。也许他说得对。这种飘飘然随风吹送的雪算不上是雪，康一定会笑着这么说。对于今天骄傲地宣称这是个像样冬天的亚纪，他一定也会耸肩失笑吧。然而，自己就是生在这样的东京，并且一直生活到现在，亚纪想。

和佐藤康分手果然是对的。自己不可能下定决心在那个大雪纷飞的城市与他厮守一生。

时钟的指针已指向五点十五分。就算现在开始着装出门也会超过五点半。

索性爽约吧，亚纪忽然想。

事到如今和他见面又有什么话可说。二人已是分道扬镳毫不相干的陌生人。同时，即使今天这种约会放鸽子也无所谓的。分手之后的男女，简而言之肯定都是这样，亚纪想。

4

把脚踏车停在丹尼餐厅的停车场，亚纪小跑步奔向餐厅入口。手表的指针已指向五点四十五分。让人等了这么久，现在她感到很抱歉。康一定等得都累了吧。

一进店内，亚纪立刻发现他的身影。他也认出亚纪，在亚纪走近之际将原本叼在嘴里的香烟在烟灰缸摁熄，站起身来。

“对不起，我迟到了。”

亚纪说着急忙脱下大衣，在佐藤康对面的位子坐下。康也几乎同时重新落座。窗边的桌子上放着喝了一半的咖啡及堆了数根烟蒂的烟灰缸。

“我看你一直没来，还以为我是不是说错了碰面时间呢。”

看似毫不在意的康微微浮现笑容。若是过去交往时，他想必会比亚纪自己更担心她是否出了什么事。

“真的很对不起。临时接到一通电话，实在走不开。”

“这话该我说，这种时候找你出来真不好意思。”

虽然在公司偶尔会擦肩而过，但二人已有两年没有这样单独见面了。不过，对康的印象倒是和在公司偶尔撞见时没两样。这么面对面让亚纪得以确认，今天一整天频频想起的与他那段过去已经完全风化，在自己内心不留任何痕迹。她稍微松了一口气。几许紧张似乎骤然解消。

然而，这么想完之后，紧接着亚纪终于注意到康穿着西装。灰色西装配上深蓝色领带，打扮依旧低调。亚纪念头一转，以前没留下特别的印象也许是因为他那身服装。

“你今天也上班？”

向女服务生点了一杯红茶后，亚纪说。

“要整理平日没能处理的文件，星期六几乎不得休息。”

“是吗？真辛苦。”

仔细一看，康好像胖了一点。下颚隐约多了一点肉。他已三十二岁，似乎也有了与年纪相应的沉稳。

“那你待会儿还要回公司？”

虽然觉得自己根本不在乎答案，她还是问道。康缓缓点头。

“对了，你说一定要跟我谈的事到底是什么？”

只见三十分钟，当初如此强调的是自己，亚纪一边这么想一边说道。

康朝手表一瞥：

“我会长话短说的。”

他说。这时红茶送来了。才刚提起的正事又被吞回去，他默默地注视亚纪啜饮一口红茶。他这种停顿的方式令亚纪齿痒。她感到，康还是一样过度谨慎。

“快说吧，到底是什么事？”

她放下杯子催促。于是康报以苦笑。

“有什么好笑的？”

亚纪也不知怎的感到好笑，咧嘴说。

“没有，只是觉得你还是一样这么性急。”

“我才没有。”

“你就是有。我会准时在三十分钟之内讲完，所以你也用不着这么心急吧。况且你还让我等了足足四十五分钟呢。”

“所以我不是讲过了，是临出门时临时接到电话身不由己，也跟你道歉了不是吗？”

“可是，约定就是约定呀。”

康越发觉得有趣似的笑着。

“你这是什么话。突然打电话来，硬要人家非跟你见面的可是你。”

“这点我的确感到很抱歉。但我希望你别误会，因为我并不是在生气。”

“这点小事我起码还知道。”

亚纪端起杯子，又喝了一口红茶。和以前的康比起来，现在他在闲聊之间处处洋溢着自信。但并不会令人感到不快。

“我可以抽烟吗？”

康从衬衫胸口的口袋掏出一包“七星”和一次性打火机说。

“请便。”

亚纪今晚并没有别的安排。就算三十分钟的会面变成一小时其实也无所谓。反正以后也不会有这样说话的机会了，既已决定见面，纵使在这人身上多花点时间应该也不会遭到天谴吧，亚纪决定换个角度这么想。

不知是否察觉到她这种心情，康津津有味地吞云吐雾。望着他那副模样，亚纪思忖，现在才想起以前的康应该是根本不抽烟的。

“真稀奇。”

“什么？”

“香烟。”

对方露出不解其意的表情。

“你以前应该不抽烟吧。”

这时，不知怎的康肃然板起面孔。于是亚纪略略做出戒备。

“过了两年，即便是我这种无趣的男人，多少也是会变的。”

听到这种话，亚纪当下暗想还是三十分钟一到就结束这次会面吧。男人老是这样，只要有了自信就会变得厚颜无耻不知分寸。说出这种无聊的讥讽究竟有什么好玩的。

然而，康的下一句话出乎亚纪的预料。

“你这种动不动就发火的个性也还是老样子呢。”

他一边熄掉香烟，脸上再次浮现讨好的笑容。

“被你甩掉之后我就开始抽烟了。虽然味道不怎么好，但是的确，这玩意儿会养成习惯。在公司是因为没有抽烟场所，所以我尽量不抽罢了。”

“既然味道不好干吗不戒掉。香烟可是最容易致癌的物质。”

“的确。但是，那时我一心一意只想着自己非改变不可。虽说这想必不是抽抽烟就能改变的，但是当时立刻想到就能做的我也只想得到这个。不过，这两年我在其他方面应该也改变了不少哦。虽然完全不觉得是朝好的方向改变。”

康不带自嘲意味地如此说道。亚纪牢牢盯着他的脸。的确，他变了，她想。以前他应该不是能够如此坦率直言的人。

“也不尽然吧。你现在可是公司最会赚钱的人。我一直觉得，你很努力。”

“谢谢。能够听到你这么说我很高兴。不过，我做的事没什么了不起。只要待在我们公司，网络事业的前途注定黯淡无光。枉费我们在商用连线服务上抢先一步，高层已失去干劲。等到明年针对个人的服务供应商将会不断崛起，可是我们早早已有落伍的迹象。本来日本就已经比美国落后十年了。再加上，如果又被别家公司抢先，不到五年我们肯定就得被迫退出这个市场。虽然我很怀疑现在不做大幅投资到底是何心态，但主管会的消极态度令我目瞪口呆想生气都气不起来。无论是人员还是预算，到现在都还只有其他公司的一半程度。”

“看来在那位社长的领导下果然没戏唱。”

业务内部平日就对那位理工科出身的社长大肆挞伐。新兴事业果然也是如此吗？亚纪一边推测一边说道。

“正好相反。”

没想到，康断然否定亚纪的发言。

“我们公司真正懂技术的只有若杉社长一个人。虽然他在社内的评价似乎不太好，但是实际上只有他看出公司的未来下场。事到如今，我们就算生产再多个人电脑、交换机、电话机，也赶不上其他公司。可是老头子佐伯先生和富山先生等人却只知道抓着过去的光荣历史猛扯若杉先生的后腿。结果，拜这些注重老旧硬体的家伙所赐，若杉先生的计划连三分之一都无法做到。昨天我也和社长一边吃晚餐一边谈了很多，最近他自己好像也已陷入绝望。我还听到一个惊人的消息呢。社长大学时代的好友是细川总理身边的人，跟着一起进了官邸，关于明年官邸要架设的网页据说也私下找社长征询了不少意见。所以，本来好像已经谈妥由我们公司的员工和NTT的技术群合作企划网页的格式，没想到，上周却因为无法得到董事会的认可使得整个计划泡汤了。现在到底是怎样，我实在无法理解这种现实状况。”

佐伯、富山二人是负责技术方面的常务和副社长。昭和四十年，在各家公司为了开发国产电脑激烈竞争的时代，他俩都是身为开发部核心人物发挥辣腕的工程师。即便如此，康说的话还是令亚纪吃惊。她深切感到，处于和他们这些业务人员不同层级的次元，他正面对每天的工作挑战。

“董事会为什么会将那么有利的计划叫停呢？”

康朝她耸肩。

“大概是觉得会有损企业的政治中立性吧。本来只是电电集团的小喽啰，历代社长都是由邮政及电电公社那边指派过来的人，现在居然讲什么政治中立，我倒觉得简直令人喷饭。佐伯先生等人的论调，只不过是为反对而反对罢了。”

康说到这里，端起手边的杯子把剩下的冷咖啡一饮而尽。然后，再次垂眼看手表。

“其实，有件事非拜托你不可，所以今天才特地请你抽空出来见面。”

康抬起脸时，已经肃然端坐进入了正题。他这种转换话题的态度，带有干练生意人特有的犀利。亚纪微微感到被他的气势压倒。

“我知道这个请求很失礼，也猜想你肯定会心里不舒坦，但明知如此，还是非得拜托你不可。”

亚纪微微点头，默默直视康的脸。

“关于我们将在下个月十五日举行的婚礼，虽然亚理沙邀请了你，但是很抱歉，我希望你无论如何都不要去。”

佐藤康表情紧绷地说出这番话后，双手撑桌深深朝她一鞠躬。

5

康离去后，亚纪心不在焉地待了半晌，她向来收拾空杯子和烟灰缸的女服务生点了一杯啤酒后，看看手表。时间是晚上六点十九分。康果然信守承诺，三十分钟一到就谈完走人了，她想。

“当然，你一开始指出的理由也是原因之一。如果顾虑到亚理沙自然更不用说。但是，比那更重要的是，我担心会给你惹来麻烦。其实，我自己多少也觉得，应该不至于演变成那种事态。但是，如果仔细回想那个人这段时间的言行举止与样子，我就觉得如果让她跟你面对面，恐怕有点无法预测会发生什么事。突然听到我这么说，我想你一定觉得惊愕，但我绝对不是在说谎，也没有夸大其词。提出这种唐突的要求实在很抱歉，但是请你体谅我的真正用意，十五日那天能否答应我绝对不会出席？”

康最后又是一鞠躬，但亚纪到头来只说出一句“让我想想”，并未给予肯定承诺。她本来就不打算出席二人的婚礼，所以就算立刻点头答应应该也无妨，但康过于奇妙的真心告白，令亚纪的心情动摇到连自己都无法理解的地步。

到最后，她只顾着在意千万不能让康发现自己这种内心的动摇，根本没心情好好回答。说出“让我想想”已经费尽全身力气了。

这种突如其来的心乱，究竟是怎么回事呢？

亚纪将送来的啤酒一口气灌下一半，然后吐出一口气。

基本上，这么奇特的事简直闻所未闻。说穿了，康是用那一本正经的面貌与说话态度强迫她答应如此荒唐的要求。

可是，自己聆听康的说明居然渐渐感到胸口紧绷。也不知是怎么了，总之手脚颤抖几乎喘不过气。那种难以形容的奇妙感觉至今犹在体内余烬未熄。

听到康请求她不要出席婚礼，亚纪当下想到的是：亚理沙果然还是发现自己与康过去的关系了吧。亚理沙故作平静频频要求她出席，背地里肯定是隐藏着想要试探未婚夫康的执拗心态——亚纪如此直觉。换言之，亚理沙渴望康能亲手与过去彻底做个了断，而他也顾及她的心情，所以只好专程向亚纪提出这种失礼的请求。

然而，事实并非如此。看着陷入沉思的亚纪，康接着又说：

“亚理沙对我们的事毫不知情。我希望你明白这是出于我个人的请求。”

于是，亚纪当下的反应是：

“那么，是你不希望我出席婚礼喽。你是想说你无法忍受这种不知分寸的行为是吧？”

她想起当她这么顶回去的瞬间康那看似困扰的表情。之后他抹去满面愁容，用强调的语气郑重声明：

“若只是那种程度的理由，我也不会这样厚着脸皮来见你。我起码还猜得到你从一开始就不打算出席我们的婚礼，况且即便是现在你仍是我最信赖的人。只是，我认为这次的情况有点不同。亚理沙好像一再拜托你出席，以你的个性说不定会被她的热情打动，无可奈何地决定出席。万一真的演变成那样，我判断你的一番好意反有招来尴尬事态之虞。所以，我才会这样不顾羞耻地恳求你。”

喝光啤酒，亚纪终于稍微镇定下来。不知何时已入夜了。之前窗外漫天飞舞的雪花早已不见踪影。她望着自己映在昏暗玻璃窗上的面孔，亚纪不经意间想起，康的母亲叫作佐智子。同时，仅只是在同一个屋檐下共度数日的，那张脸孔与声音、身形，也在脑海清晰重现。那是个瘦小的人，和一百六十五厘米高的亚纪站在一起起码差了一个头。听说那年她正好满六十岁，所以现在应该是六十二岁。那是个总是带着温柔谦和笑容的女性。即便现在这样刻意回想，还是没有留下特别强烈的印象。

只有一件事记忆特别深刻。那是亚纪与她单独去长冈郊外的温泉做一日之游时。起初本来说好是康、佐智子与自己三人同游，但康在前一晚开始发烧，最后变成佐智子与亚纪去。和不熟的对象单独出游，令亚纪有点想打退堂鼓。但唯独那时佐智子的态度强硬。“亚纪，虽然有点早，但咱俩就先过个纯女性的新年吧。”然后硬是半强迫地把她拉出门。

由佐智子驾驶“佐藤酒厂”的厢型车，她俩一大早就出发了，但户外正吹着连五米外都看不见的强烈暴风雪。不过长冈的干线道路拥有最先进的融雪装备所以还是勉强可以行车。

“虽然其他县市的人都在说角荣先生的坏话，但是他替我们打造了这么棒的道路，我们可是打心底里感恩有这样的政治家哟。”

佐智子握起方向盘来意外大胆，似乎很享受开车。只听她一个人絮絮说起酒厂及两个儿子的往事，亚纪坐在副驾驶座上只有默默点头的份儿。

“在东京长大的亚纪，想必觉得这样的冬天很受不了吧。”

被对方这么一问，亚纪回答：

“不过，我认为雪真的是无可挑剔地非常美。”

于是，佐智子说：

“其他县市的人，如果说雪很美，新潟的人马上就会露出瞧不起人的表情。会觉得别人根本不知道在雪地生活有多辛苦，凭什么讲得这么轻松。像我先生就有那种倔强的毛病。可是我啊，最讨厌那样了。我认为那是别扭的雪乡臭脾气。我也是在这长冈出生，一直生活在这里，但我可从来没有讨厌过雪。正如亚纪你说的，我也认为雪真的很美。每年冬天来临我都会好感动哦。”

她说着笑了。

山路果然险恶，抵达温泉区是在近午时分。

雪已完全停了，天空一片蔚蓝。她们坐车抵达建于半山腰的老旧小温泉旅馆，受到旅馆主人的郑重欢迎后，亚纪二人换好衣服便立刻去露天浴池。出了建筑物，走下积雪的石阶后周遭是整片银白世界，亚纪甚至忘了穿着雪木屐的裸足被冻得麻痹的冷意，不由自主地痴望着眼前迷人的景色。走完石阶，自悄然无声的空气底层传来幽幽水声。拨开前方戴着绵帽的树林一看，是辽阔的河岸。浴池就坐落在岸边。那条河也从两岸到河心完全结冰了。冰冻的河面在终于开始照耀的阳光下闪闪生辉。那堪称雪、冰与光交织而成的天然艺术。

“我家附近就有座小神社，供奉那块土地的镇守神。本来这条河就是镇守神的神体哟。”佐智子说。

的确，亚纪也感到眼前的景色有种难以言喻的神圣之感。

正月三日已过，再加上又是大白天，或许因此没看到别的客人，浴池等于被她们包下来了。起先不太热的水温令人有点不放心，但整个人浸下去后腰部渐渐涌起暖意，与刺痛整张脸的寒气混在一起，有股无法形容的舒爽笼罩着亚纪。水蒸气与自己呼出的气息，都化作前所未见的雪白烟雾，就连应该紧靠身旁的佐智子也在白烟中朦胧不清。

泡完长澡回到旅馆，亚纪穿着浴衣罩着外褂寻找先回来的佐智子，结果旅馆主人把她带到一楼的内室。那是个约有十五张榻榻米大小的大房间，正中央铺着鲜艳的绯红色地毯，面对面放了两套豪华午餐。而且，同样罩着外褂的佐智子端坐在下座的坐垫上早已在等候亚纪。

二人互敬热酒之后，佐智子肃然坐正：

“这次，谢谢你肯远道光临。犬子不成才，今后还要请你多多照顾。”

说完她静静低头行礼。然后，“还让你陪我这种欧巴桑一起泡澡，真是谢谢你。”说着浮现一如往常的微笑。

吃完饭，要离席前，佐智子说了这样的话：

“其实，三十六年前，我也像现在的亚纪你一样被我婆婆带来这里。然后就像刚才一样一起泡澡，我婆婆也是这样让我坐在上座，对我鞠躬说她儿子要交给我照顾了。我那时候已经跟我先生订婚了，所以和你的情况有点不同，但后来听我婆婆说，佐藤家代代迎娶媳妇时都是这么做的。我想，也许是为了亲眼确认即将嫁进门的女孩是否身体健康足以传宗接代才有这么一套仪式吧。不过，我听了之后倒也没有不高兴，能够在这种形式下让婆婆把未来的丈夫托付给我，我单纯地只觉得很开心。所以，我当时就决定，如果以后我也有了儿子，那孩子带媳妇回来时，我一定要做同样的事。可是大儿子娶媳妇时，我一直找不到适当的机会开口，终究还是没能这么做。结果，康带了他配不上的出色女孩回来，所以我心想这次一定要把握机会，终于提出今天这种无理的要求。不过，你不需要觉得有负担哦。因为我只是任性地做了一直以来很想做做看的事罢了。”

温泉很棒，也享用了美味大餐并且和佐智子敞开心扉拉近了距离。所以，亚纪当场只是老实地把她说的话听进去而已。“彼此彼此，我也要请您多多照顾”这句话好像也是抱着轻松的心情回答的。然而，现在加上刚才康说的话，再回想当初那半天的事，佐智子的确已经认定亚纪会成为儿媳妇。

据康表示，两年前佐智子得知他与亚纪分手，受到的冲击似乎比康还严重。

“你八成会觉得匪夷所思，但我老妈至今还在唠叨，如果你肯嫁过来该有多好。老实说，就连我自己也不太清楚她为何对你执着到这种地步。总言之，她好像还没对你完全死心。当我告诉她已和你分手时，她脸色大变，嚷着要自己去找你当面恳求你，在家闹了半天。我和我哥联手阻止她都费了好大力气呢。结果，这次我决定和亚理沙结婚后，她反而好像更无法忘记你，又重提两年前的旧事，懊恼万分地说她那时还是应该去找你说服你才对。你也见过她一次，所以应该了解，她本来并不是那么感情用事的个性。严格说来，她应该算是温顺内敛的人，什么事都听从我那任性老爸的，况且她也没有什么特别灵敏的直觉。可是，只要一提到你，她就激动得连我都无法理解，如果问她：‘你真的那么不喜欢亚理沙？’她会说完全没那回事，可是另一方面又斩钉截铁地说：‘因为亚纪不是别人能够相提并论的人。’”

可以看出，详细说明内情的康渐渐染上困惑的神色。他一边叙述一边频频叹气。

总言之，近两年以来，据说佐智子老是把亚纪的名字挂在嘴上。“我听得都腻了，真怕我老妈会做出什么鸡婆的举动。幸好，到目前为止好像完全没事，所以姑且值得庆幸。”康说。听他的口气，似乎不知道佐智子写过信给亚纪。

亚纪始终抱着哑然的心情聆听康的叙述。

一边听，一边试着回想分手的第二个月佐智子寄来的信中的内容，但她毫无印象。突然收到那种东西，对当时的亚纪而言只觉得烦。她怀疑也许是康向母亲哭诉，让母亲写来这种无聊的东西。所以，也没仔细读信就随手往哪儿一塞。之所以没有直接撕掉，只不过是因为康出乎预料的执着令她感到有点毛骨悚然，因此她判断还是把信保存下来以防万一发生什么纠纷时还能当作证据。

然而，看来那似乎是亚纪疑心过度的误解。

心头躁动激烈到喘不过气，是因为听到康说佐智子在今年三月因蛛网膜下出血曾一度病倒。幸好及时发现保住一命，但从那之后，佐智子对亚纪的执着据说变得日渐露骨。“简直有点病态了。”康露出束手无策的表情。虽然据说没留下什么后遗症，现在如常过日子。

“自从意识到自己的死，她开口闭口都是你。‘你和亚纪真的没希望了吗？难道就不能想办法从现在开始重修旧好吗？’她常常这样嘀咕。从入夏之前，她就开始吵着要直接找你至少跟你谈谈也好。过去她虽然偶尔也会说类似的话，但她自己似乎也知道事到如今不可能做那种举动。可是夏天之后，她好像真的想去找你。到了八月，我和亚理沙开始交往后，我告诉她我已有了喜欢的对象，也在九月订了婚，我妈果然鸣金收兵。即便如此，她心里还是对你执着不放。所以，如果下个月在婚礼上看到你，我猜我妈的想法肯定又会大受动摇。假使我妈真的在婚礼上抓着你不放，我想，你一定也会不知如何是好，况且我妈的身体状况也是个问题。如果过度激动再发作一次，那就真的无法挽救了。”

康热切地劝说。

“对你真的很抱歉。”他一再鞠躬，“向你提出这么恼人的要求实在很对不起。”他再次强调。但是，凝望康那副模样，亚纪却萌生出截然不同的念头。

那个念头，现在剩下自己一个人冷静反刍，其实极为单纯。简言之，亚纪对于自己当初拒绝康求婚的判断陷入深深的怀疑。继而，那股怀疑也伴随着强烈的后悔与自责。

暌违两年的佐藤康已有了远远超乎当时亚纪想象的成长，单看他在公司受到的评价也能确定，而且在事隔许久后这么面对面一看，亚纪自己也能清楚地感受到这点。当初大言不惭地说什么没有喜欢到想要结婚，但是说穿了该不会只是亚纪的判断有误？至少对于今日的康，亚纪丝毫不觉得他平庸。

不过，突然涌起强烈懊悔的最大理由，并不在此。

亚纪听到康转述佐智子至今仍强烈渴望自己当她儿媳妇的炽热心愿后，毫无道理地被感动了。佐智子如此看重自己，自己为何当初会拒绝康的求婚呢——她这才理解两年前自己做出的选择有多么重大，不禁惊愕得浑身震颤。

再次看表，已经晚上七点了。

店内开始进入晚餐时段的杂沓拥挤。放着空啤酒杯坐太久感觉有些不好意思，亚纪缓缓起身，披上放在一旁的大衣，再次凝视自己映在窗上的身影。这种白色及膝大衣其实已经完全不适合自己了，她想。

这么想的瞬间，再一次，她感到汹涌起伏的情潮自下腹部猛然涌至喉头。即便在亚纪看来也正一天比一天变得更美丽的亚理沙穿着结婚礼服的身影闪过脑海。接着想起的是至今仍塞在梳妆台抽屉里的那张缺席通知。已将“缺席”二字圈起，在上方一笔一画地添上“恕我”，并在通信栏写上“恭贺二位成婚。诚心献上祝福”的那纸雪白明信片上的文字历历如在眼前。

我不甘心，亚纪想。

所以，她才会迟迟无法将那张明信片寄出。亚纪感到，刚才康的叙述逼得自己不容分辩地直视沉在胸口底层的那颗赤裸裸的真心。

亚纪将视线自窗户移开，像要一步一步踩紧般迈步走向门口。

自己肯定是失去机会了，她想。身为二十九岁还没找到伴侣的平庸女子之一，她非常懊悔。得知亚理沙与康订婚时，其实也很懊悔。但是，现在比那时更甚数倍，自己的确正被懊悔不甘所驱策，亚纪想。

外面的寒意比起白天更加冷彻骨髓。路灯的光线在夜晚的冷空气中发出清冷的光辉。

还是去参加婚礼吧。如果康的母亲主动找自己说话，就好好说出当时的心情，郑重地告诉她彼此都已无法再挽回逝去的时间了——亚纪如此下定决心。

6

冬木家代代行医，明治时代中期在两国这个地方开设医院。因此亚纪堪称五代相传的道地江户小孩。曾祖父的父亲本为四国高松人，却来到东京就读东京医校，当了医生。从此“冬木医院”成了两国一带知名的医家，曾祖父在相扑道馆聚集的当地也因地缘关系据说在战前成了谷町（相扑后援会成员）之一。谷町本是明治末期由于大阪谷町街的外科医师免费替相扑力士诊疗而产生的新名词，就此意味而言，曾祖父才是道道地地的谷町。

战后，祖父也继续行医多年，但亚纪念中学时祖父骤逝只好关闭医院。他有四个儿子，三男夭折，长男、次男都成为医生，唯有亚纪的父亲身为老幺却当了教师。本来应该让两名兄长中的其中一人继承家业，但大哥进了大学的外科就这么当上了教授，二哥也加入大学医局成为东京郊外某国立医院的副院长，因此无法继承家中的医院。

结果，继续住在两国老家的是自祖母过世以来，亚纪三岁那年开始与祖父同住的四男四郎一家。

由于只是将原本一楼医院、二楼住家的格局简单改建，因此亚纪的老家虽大，住起来却很不方便。最主要还是太过老旧。虽曾一再整修但房子本体是战后立刻兴建的，所以已有五十年历史。因位于地震、战火而蒙受重大损害的地区，所以梁柱选用的都是坚固建材，却还是不免给人古色苍然的印象。孝子这几年频频提议拆除重建，但亚纪的父亲四郎却迟迟不肯点头。格局的确也很古怪。一进玄关就是客厅，光是这个西式房间就足足有十五坪

（约五十平方米）。这也难怪，因为这间客厅是将候诊室与诊疗室、处置室全部打通直接使用。另外，一楼还有四郎的书房和父母的卧房，二楼则有亚纪与雅人的房间、过去祖父母住的四坪和室、存放医院时代旧病历等物的仓库、浴室及晒衣场。现在如果有客人留下过夜时就利用二楼的四坪和室。

在冬木家，正月两日向来习惯在那间大而无当的客厅吃寿喜烧。例年总有和四郎比较亲近的学生近十人上门拜年，过了中午就开始热闹开动，但今年雅人邀请了加藤沙织，所以四郎应学生之请，傍晚改去其中一人的家里做客。

雅人与沙织在下午四点过后离开。四郎也紧接着出门，现在大餐桌只剩下亚纪与孝子相向而坐。

“好像忽然变得很冷清呢。”

孝子一边泡茶一边咕哝。

刚才打开的电视正在播放东京电视台惯例播出的十二小时连续剧。这次演的是《织田信长》。扮演信长的高桥英树姑且不论，扮演秀吉的三田村邦彦实在不太适合这个角色。孝子也说：“三田村要演也该演明智光秀才对嘛。”

房间墙上挂着一九九四年的崭新月历。亚纪是一九六四年出生的，所以今年正好满三十岁。她深深感到，三十岁，是个连自己都有点难以置信的年龄。

“不过，雅人今天喝了真不少。”

孝子啜饮苦涩的浓茶说。

“被妈这么一说的确是。人家沙织比他沉稳多了。”

对对对，孝子也跟着附和。

加藤沙织是个令人颇有好感的开朗女孩。以二十四岁的年纪来说，算是相当成熟，感觉上比雅人稳重多了。若要说令人意外之处，顶多也只有沙织滴酒不沾的体质。冬木家包括亲戚在内人人都是酒中豪杰，四郎、孝子、亚纪的酒量固然都很好，但雅人似乎深受祖父和曾祖父的遗传，堪称千杯不醉。当然他本就生性谨慎，所以从来不会让自己酒醉失态，但他的酒量之强简直非比寻常。这样的雅人选中的对象居然完全不喝酒，着实令亚纪有点惊讶。

“那，怎么样？妈对沙织，还满意吗？”

亚纪开门见山地问。

孝子露出稍做思考的动作。

“她应该是很好的女孩吧。最主要的还是雅人好像用情很深。初次见面虽然无法断言，但那孩子如果肯嫁进来我当然不会有太大意见。我想你爸爸应该也是同样的心情。”

这种说法有点含糊。不管什么事一向爽快直言是孝子的本性。亚纪感到，“不会有太大意见”这种迂回的说法好像有点不像孝子的作风。

沉默半晌后。

“亚纪你觉得呢？”孝子一脸正经地问。

亚纪一边回想沙织秀丽的五官一边说：

“长得那么漂亮肯定吃香嘛。”

她是在开玩笑，但孝子依旧一脸正经：

“我想她一定是在温暖的环境中率真长大，看起来很能干踏实，感觉也很爽朗，雅人算是遇到了一个好对象。”

亚纪凝视母亲的双眸用认真的语气改口这么说。

“不过，他们两个老是互相道歉耶。”

孝子隔了一拍呼吸，如此说道。亚纪不大明白母亲在说什么。

“老是道什么歉？”

孝子终于展颜笑了：

“你自己想想看是不是。他们一进门雅人就说：‘她本来老早就说要来我们家打招呼，可都是我太忙才拖到现在。’沙织就赶紧道歉：‘没那回事。是我不该老是厚着脸皮提出要求，也没考虑到雅人的工作真的很抱歉。’然后，雅人也是，马上就低头认错：‘才没那种事。是我做得不够周全，我才觉得对不起小沙呢。’总之，你不觉得他俩只要一对上眼就拼命道歉吗？吃寿喜烧时也是，一个说：‘对不起哦。我是不是该帮你多夹点肉才对。’另一个就说：‘啊，小沙，你没吃到蒟蒻丝吗？对不起哦，我没注意。’总之二人没完没了地猛道歉。亚纪，你都不在意？我在旁边看着都觉得不好意思呢。雅人该不会每次对女孩子都是那个调调吧。我现在才知道。”

孝子有点语带愤懑地说。

亚纪听了孝子说的话不禁失笑。

“这不正表示小两口儿感情好嘛。难不成，妈在嫉妒沙织？”

“少胡说八道了。不过，只顾着互相谦让是无法天长地久的哟。尊重老公固然重要，但是做妻子的，可没那个必要当应声虫、小丫鬟。男人哪，碰到紧要关头往往意外地无法自己拿定主意，所以有时候也得狠狠踹他屁股逼他前进才行。男人若是赛马，女人就是骑师。如果只是一味紧抓马鬃，迟早会被甩下马。牢牢握紧缰绳，学会驾驭马的技术和胆量才是最重要的。”

对于这番孝子才说得出的见解，亚纪颔首同意。实际上，对于沙织，亚纪也感到有那么一点点异样。母亲说雅人与沙织彼此都对对方太客气，简言之，其实是不满沙织让雅人超乎必要地为她顾虑太多吧。

不过话说回来，头一次拜见男友的家人，年轻的沙织肯定很紧张。亚纪觉得，沙织摆出比平常更谦逊的态度毋宁是人之常情。那样的她反而令雅人更顾虑也无可奈何吧。倒是亚纪对于加藤沙织这名女性之所以感到格格不入，是因为亚纪对沙织在言谈之间表露的某种堪称传统守旧的想法无法苟同。

吃饭时，针对沙织专攻的儿童心理学，父亲四郎问起“沙织小姐研究儿童心理，觉得最大的收获是什么”时，她是这么回答的：

“这个嘛，应该说研究儿童发展让我知道，对人类而言，最重要的就是被爱吧。重要的不是去爱，我认为被爱才是重要的。所以，人与人的关系，我觉得不是相爱的关系而是互相被爱的关系才行。”

看着四郎听完这番话露出感慨颇深的表情，沙织凝视他的眼睛，又继续说道：

“说来有点不好意思，我从中学时代就最喜欢‘爱上了就拼命’这句话。我当时心想等我长大了一定要拼命爱上某人。可是等我上了大学开始学习儿童心理学，才开始觉得这种想法说不定是错的。拼命去爱上别人，也就等于是盲目地爱人，对吧。但我觉得那往往只是自以为是地把自己的感情自私地强加在对方身上罢了。比方说，现在母子关系的种种问题也是，就儿童心理学的角度来说，如果说母亲对小孩的母爱不够或有所扭曲，做母亲的无法掌握孩子到底有多需要自己、是否爱着自己，才是最大的原因所在。她们为了无法爱小孩而苦恼，但实际上，她们只是不知道小孩有多爱自己罢了。简言之，现在的母亲们无法察觉最重要的不是自己对别人的感情，而是对方对自己的感情。就发展心理的角度而言也一样，人类欠缺爱情的最大要因，已经证实是幼年期的爱情不足。所以，我认为被爱比爱人更重要。就这个角度而言，‘爱上了就拼命’这种说法也等于是相当自我中心的想法。”

对于父亲和沙织的这段对话，雅人一边深深点头一边聆听。

然而，亚纪注视着用沉静语气发表意见的沙织美丽的容貌，却感到某种难以释怀的疙瘩。这么美丽的女孩子从中学就喜欢“爱上了就拼命”这种话似乎不大寻常。从她那种被爱比爱人更重要的想法当中，也可窥见某种凝重氛围。若是二十四岁就决定结婚的女子，按照常理，现在应该非常非常喜欢对方才对吧。想起这个月十五日就要与佐藤康结婚的大坪亚理沙，亚纪如此强烈地感到。

加藤沙织自己也许在幼年期就缺少关爱——亚纪试图这么猜想，但就今天听她与雅人的说法，身为家中独生女的她似乎是在双亲的宠爱下长大的。据说沙织的父亲是钢笔制造商的高阶主管，母亲是家庭主妇。她从小学到高中一贯制的教会学校进入庆应大学，家庭环境也看不出有什么问题。既然如此，此人身上是否另有更大的秘密——亚纪蓦然萌生这种奇妙的想法。

“不过，那种事他们自己迟早也会明白吧。”

孝子的话令亚纪倏然自沉思中回神。

从母亲豁然开朗的语气中，亚纪感到与加藤沙织见面后，母亲肯定也产生某种模糊的危惧。同时她也想起头一次听母亲提起沙织的名字时，不意间掠过心头的一抹悲哀。那时她想象沙织是个线条纤细安静伫立的女子，但是实际打照面才发现沙织没有那么弱不禁风。不过，她的内在的确有某种令人不安难以捉摸的部分。

“不过马上要成为儿媳妇的人长得那么漂亮，妈应该还是有点得意吧？”

亚纪也想换个心情于是这么打趣。

“怎么可能？”

孝子说。

“要挑媳妇的话长相普通就够了。重要的当然还是内涵。长相那种东西只要过个十年还不是大家都一样。男人也只有婚前才会被外表吸引。更何况是做母亲的，如果被儿媳妇的外表唬住那还得了。”

“也许是这样没错啦。但就是弄不清重要的内涵所以结婚才是难题呀。就连交往的当事人自己都会看走眼，周遭的旁人当然更无从判断内涵了。”

这时，孝子眉头一皱，略微倾身向前。

“我可不是周遭的旁人。我是雅人的母亲耶。母亲的直觉是很特别的。”

“那么，以妈的直觉，他俩的婚事究竟会不会顺利呢？”

亚纪仿佛被孝子的气势震慑住了，不禁问道。

“我想那肯定是会顺利吧。否则，我哪还能这么悠哉。沙织的个性看起来也很好，就像你说的，我也认为雅人找到一个很不错的对象。”

“既然如此，不就毫无问题了吗？”

“说得也是。”

孝子说着，终于露出与生俱来的笑容。望着那张笑脸，亚纪回想起去年年底从佐藤康那里听来的消息。康的母亲佐智子，据说并不反对他与亚理沙结婚，却又至今仍强烈希望亚纪能嫁进门。佐智子这种矛盾的态度，难道也是孝子刚才说的“母亲的直觉”造成的吗？

仅仅只见过一次面，而且既不像沙织那么年轻，也不是什么大美人的自己，佐智子为何如此中意呢？自从那个下雪的傍晚听到康的叙述后，亚纪就一再试着思考其中的原因，但是当然完全想不出个所以然。

所以至少，如果现在能够重读佐智子写的信，说不定可以多少猜出那个理由的一角。抱着这个想法，她拼命找那封信，但不知究竟放到何处了到今天仍未找到。

“今晚你会留下来吧？”孝子说。

亚纪点头。

“那我们开瓶葡萄酒吧。”

“酒我已经喝够了。”

“可是，我看你刚才没喝多少嘛。是不是身体不舒服？”

“那倒不是，只是从除夕开始就有点喝多了。”

前天，三十一日下午，好友寺冈梓突然问她要不要一起守岁过年。除夕本来打算回这里与父母一同迎接新年，但阿梓在电话中的语气令她有点不放心，于是临时跑去阿梓的公寓。结果，元旦当天也在那儿过夜，直到今天一大早才回来。雅人和去年一样，年底就已回来了，所以当她打电话回家说“今年也有安排了”，孝子并未特别失望。在那通电话中，她已报备过要去阿梓那里过夜。

“阿梓现在那么颓废？”

寺冈梓是她自中学以来的好友，所以孝子当然也对她很熟。

“那倒不是，只是好像很寂寞吧。”

阿梓家因为父亲工作的关系，五年前双亲都去了巴西，只剩她一个人住在木场的老家。再加上，大约一年半前取消婚约，之后她在精神上就一直相当不稳定。去年岁末年初的越南之旅也是为了安慰意气消沉的好友，所以亚纪才邀集两名中学老友四人结伴同游。

“就结果而言，那孩子当初解除婚约说不定是个错误。”

孝子去厨房拿葡萄酒回来后，一边把杯子放在亚纪面前一边说道。

阿梓自学习院大学毕业后，进入某大型玻璃制造公司。入社第三年调往千叶的工厂，和她在那里认识的已婚上司发生亲密关系，两年后被调回总社时恋情告吹，又过了半年她通过相亲找到结婚对象。婚礼的日期也迅速敲定，并且确定在结婚的同时离职，没想到就在婚礼的十天前，阿梓竟主动要求解除婚约。

当亚纪从阿梓的口中得知这个事实时，不禁哑然。

演变至退婚竟然完全没有明确的理由。起初，亚纪怀疑阿梓与分手的上司旧情复燃，但并不是。

“虽不认为是打从心底深爱他，但我本来一直觉得和这个人结婚一定可以携手共度未来数十年，那样想必也是一种快乐。”阿梓曾说。

结果却突然改变心意的原因，在听她叙述的亚纪看来是有点令人难以置信的琐碎小事。

眼见半个月后就要成婚，阿梓与未婚夫去草津共度两天一夜之旅。在豪华旅馆过夜的翌日，他们去温泉中心打算替双方父母选几样伴手礼带回去。

“那里有种模拟机器，可以把二人的脸部照片合成，以预测将来生的小孩的长相。就像拍大头贴一样，我就和他一起坐在镜头前，做了男宝宝的模拟照片。然后我们直接返回东京，他送我回到木场的公寓，我在公寓门口和他道别。晚上我整理包包里的东西，翻出白天拍的那张合成照片。拍摄时完全没那么想过，可是现在独自看那张照片，我忽然发现就算生下这样的小孩自己大概也压根儿不高兴，更不会觉得小孩可爱吧。然后，我的眼睛就再也无法离开照片，虽然很累却睡不着，就这么把照片放在桌上一直看到天亮。结果，那天我没去上班，他打电话来我也没接，一整天，就这么看着照片。第二天晚上，他不放心来找我，但我实在不想见到他，就隔着门骗他说我感冒了叫他回去。我从窗口注视着他默默离去的背影，当下感到我们已经完了。因为我打从心底知道自己永远不想再看到他那张脸。”阿梓一脸淡然地对亚纪这么说。

“与佐藤康分手后，无论如何，就是觉得无法踏入比现在更进一步的关系。”当亚纪这么解释时，“亚纪既然这么想，那一定就是正确的判断。”阿梓当时这么安慰她。可是，在只剩十天就要结婚的时间点，这种只为了一张纯属好玩的照片就解除婚约的决定，亚纪实在无法接受。记得当初佐藤康求婚时，亚纪对于自己不仅不觉得激动，甚至还对越来越平淡的心情感到不知所措，也对这样的自己极度失望。她觉得自己无法以这种心境与康结婚，如果轻易答应他的求婚，最后肯定会招来令彼此都深陷泥沼的状况。但是，那其中的确也有亚纪为康着想的顾虑。可是，阿梓做的决定，在亚纪看来致命地欠缺这种为对方着想的顾虑。她只感到阿梓实在太自私任性了。

自从取消婚事后，阿梓开始比过去更努力地工作。

亚纪与阿梓都是根据一九八六年实施的两性平等雇佣法录用的第一批女

性综合职[1]。撇开实态不谈，至少在薪资、待遇方面扫除了过去的男女差别，所以公司派给她们的工作无论量与质都和其他男职员一视同仁。尤其是阿梓的公司，之前本就有提拔能干女职员的风气，所以在派驻千叶工厂时代博得极高评价的阿梓，回到总公司后也得到了充分活跃的空间。婚事取消也没对她造成负面影响，她以断然抛弃私生活的态势猛然投入工作中。

阿梓在工作中因急性胰腺炎病倒，这是去年六月的事。

虽然只住院两周就回到工作岗位，她却严重丧失了自信。八月交到新男友但十月就已分手。这点也加剧了阿梓的精神不安。正如孝子所言，解除婚约之后的她用厄运连连来形容也不为过。自除夕开始连着两天，二人一直在喝酒。虽说胰腺现在已经没问题了，但亚纪觉得阿梓还是该戒酒，可是好友早已采购了大批啤酒、葡萄酒和日本酒在等着她。

“别看我这样，平时已经尽量在节制了，连尾牙宴都只喝乌龙茶，所以起码过年期间让我解禁一下吧。”

被她这么一说，亚纪也不好再提出煞风景的忠告。

不过好久没和闺中密友相处这么长的时间，亚纪可以深切感到阿梓总算开始振作起来了。

她把从佐藤康那里听来的消息一股脑儿告诉阿梓。

“事到如今就算他那样说也不能怎样吧。结束就是结束，过去就是过去，已经不可能再回头了。我现在，深深觉得还好亚纪当初没和佐藤先生结婚。要是在婆婆那种热切的期待下嫁过去，以后你的身价只会不断下跌。婆媳之间反而是一开始相看两厌刚刚好。日久天长之后才会渐渐变成一家人。不过话说回来，那个叫作佐智子的妈妈也太奇怪了吧。我也觉得这件事很不可思议。”

1　综合职：日本企业员工按照职种别分为综合职与一般职。综合职是需要综合性判断来处理基干业务的职员，有机会升迁也可能调职到外地。一般职做的则是定型化的辅助性事务工作。过去女性只能从事一般职。

亚纪反刍阿梓的话，蓦地萌生一个想法：干脆也把康的事告诉孝子吧。但她立刻打消那个念头。这不是能够与母亲商量的话题。即便只是一瞬间，亚纪还是很惊讶自己居然会有这种冲动。过去她从来不曾在父母面前提起交往的男友。她一直认定只有在决定结婚时才会向父母表白。亚纪感到，可见得佐智子的事果然在自己心中掀起极大的波澜。

“你自己呢？现在也没对象吗？”

母亲一边在亚纪的杯中注入葡萄酒，一边用轻描淡写的语气问。

亚纪默默举杯，啜了一口。母亲也做出同样动作。

“亚纪你今年也三十了吧。雅人都已找到结婚对象了，你也差不多该认真考虑了吧。虽然在你面前什么都没说，但你爸爸其实也很担心哦。”

换作以往，亚纪应该会说句“我迟早会结婚的，你们再等等”就扯开话题，但是现在亚纪觉得好像被看穿心事，令她一时之间反应不过来。

“要找到觉得理想的对象，很不容易哪。”

亚纪的脑海中一边浮现出高岛洋介的脸孔，一边这么说道。结果，年底她没应高岛之邀去旅行。高岛是公司客户之一的某都市银行的职员，去年秋天认识后一直维持淡淡的交往。他与亚纪同年，虽然个性开朗，也的确很谈得来，却缺少令亚纪心动的关键要素。她觉得应该不可能交往到论及婚嫁。

“亚纪你啊，从小就聪明又有责任感，胆识也比男人强，美中不足的就是太过精明了。”

孝子又搬出一再提起的论调，亚纪不由得苦笑。

“要是能有个人狠狠地把你耍得团团转就好了。”

孝子说。

“我可不想被人耍得团团转。”

“谁说的。喜欢上一个人本来就会这样。”

“不见得吧。”

若真是如此，沙织之前说的“爱上了就拼命”那种说法，不就等于毫不在乎？亚纪想。如果为了喜欢上的人连命都赌上了，应该不可能再被对方耍得团团转吧。这么一想，也许沙织说得没错，亚纪也觉得如此忘我地喜欢一个人的确纯属以自我为中心。

“不过，以亚纪的条件，就算早就找到理想的结婚对象也不足为奇。该不会，其实已有这样的人，只是亚纪自己还没发现吧。”

孝子说出意外的言论，令亚纪在瞬间屏息。这也是“母亲的直觉”的产物吗？

“怎么可能？”

但是，这么嘟囔后，举起手中葡萄酒杯的亚纪脑海中重现的不是高岛的脸孔，而是年底短暂重逢时满脸困窘的佐藤康那张令人怀念的面孔。

7

亚纪感到自己终于想起信放在哪里了，顿时醒了。

她从床上坐起身，急忙反刍，但转眼之间梦中的记忆已经流失，或者该说，想起藏信地点这件事本身就已变得模糊。八成只是心里这样觉得而已吧。她叹了一口气，拿起床头柜的时钟确认时间。才刚过清晨五点，紧闭的窗帘外依然被冬天的暗黑笼罩着。她重新躺下打算再睡一会儿，但意识奇妙地清醒。由于有低血压的毛病，亚纪平时早上总是爬不起来，可今天似乎是一年之中屈指可数的例外。电视连续剧和广告中经常出现那种闹钟一响就跳起来立刻开始盥洗更衣的行动对亚纪而言，有点难以置信。平日的她，即使睁开眼也有好一阵子意识朦胧，只能在被窝里动动双手双脚，等待血液徐徐升至头部，这才拖拖拉拉地从被窝爬出来。

一片漆黑中，好一阵子她动也不动。睡意却一点也没回来。

换作往常她应该会立刻起床，充分利用宝贵的假日，可今天她打算起码也要睡到七点。睡眠不足是肌肤的头号大敌。

闭上双眼，刚才还在做的梦断片浮现。

虽不认为那是在暗示佐智子那封信的下落，但那的确是个不可思议的梦。

梦中的亚纪在辽阔平原中央兀然伫立的小站下了车。仿佛西部拓荒时代的美国场景，放眼望去是整片草原，周遭没有建筑物也不见人影，甚至连车站都没有，只有一个高出一截看似木质月台的东西。明明才刚从火车上下来，却连火车远去的身影都看不见，只有穿过草原的笔直铁轨延伸而去。连自己是否真的是被火车载来这里都不确定。亚纪从没有栅栏也没任何东西的月台上“砰”地跳下草原，在草地上走了一会儿。她没有目标也完全不知方向，心头涌起一阵彷徨。当背后的月台变成一个小黑点时，她终于累得停下脚，一屁股坐倒，暂时调整呼吸。

记得应该有谁来迎接才对的，她想。自己就是相信那个约定才会专程跑来这么偏僻的地方。可是那个对方是谁，怎么想就是想不起来。

好长一段时间，她就这么坐在草地上。天空一片蔚蓝万里无云，也没有风，唯有鲜明的黄色光芒洋溢四方。不热也不冷，青草的浓绿只不过让她明白季节应是春天。

彷徨的心境渐渐退去，亚纪盘腿而坐变得从容自在。撇开是谁会来不谈，至少能够相信一定会有人来迎接自己。她极目远眺茫茫无边的草原，等待某人的身影自地平线的某一点出现。

来的并不是人。

一匹雪白的骏马，自草原彼方奔驰而来。

亚纪站起来，朝奔来的白马张开双臂。乱甩鬃毛、体态优美的马渐渐接近。马在亚纪的眼前驻足，小声嘶鸣后静静依偎到亚纪的身旁。这时，她才发现马披挂着崭新的马鞍和马镫、缰绳。在光亮的皮制马具衬托下，马毛的雪白更加惹眼。那真的是一匹没有任何杂毛的纯白骏马。

亚纪用自己都感到意外的娴熟动作拉起马辔，一再温柔地抚摸被滑顺马毛覆盖的马的头颅与长长的脖子。马微微甩头表达亲爱之情。亚纪把马镫的脚环往前脚稍微拉近，一鼓作气跨上马背。视野豁然开阔，之前看不见的远方情景也映入眼帘。在彼方可以清楚地看见连绵的银白山脉。她拉动缰绳，让马脖子大幅扭转一下后用力夹紧马腹。我要一口气奔驰到那覆盖皑皑白雪的山脚下，亚纪想。

在摇晃的马鞍上，朝着白白亮亮的高耸山峰破风奔驰之际突然就从梦中醒来了。

在黑暗中继续闭着眼，亚纪思忖，为何会做那样的梦？今天上午十一点即将举行佐藤康与大坪亚理沙的婚礼。这和刚才的梦境之间似乎有某种关联。亚纪向来很少做梦。即便偶尔还记得梦境，内容也总是非常实际。梦中出现的多半是熟悉的人物，场面与背景也几乎都和她现下置身的状况极为酷似。以前看过某本书说，老是梦见写实梦境的人比较神经质，容易罹患忧郁症，当时她还恍然大悟深有同感。梦见今早这样幻想式的梦境似乎很稀奇。正因如此，亚纪觉得刚才那个梦似乎也与围绕自己的现实有某种关系。

想到这里，亚纪倏然想起，以前曾经骑过一次马。

那是佐藤康在美国研习期间亚纪去看他时。不过倒也不是为了看他才专程赴美。那已是将近四年前的事了，当时亚纪正好也要去纽约出差，所以办完公事后取得三天休假去慰问康。康当时正在科罗拉多州的丹佛研习网络。丹佛在当时就已是美国高科技企业的重镇。

在他狭小的公寓住了一晚，翌日他们租车一路开到落基山脉山脚下的城市。那里有个大型牧场，于是二人租了马。当然康与亚纪都是头一次骑马，所以让牧童拉着马衔坐在观光用的黑马上，然后只是跟在前导马的后面漫步了三十分钟左右而已。

可是说到马，除了那次记忆之外想不起别的。联想到这是康的婚礼当天，在美国的那次骑马经验肯定是以那种方式变形在梦中出现吧。可是梦中并未看到康登场，只是自己骑着雪白的马朝着覆雪的山脉奔驰，亚纪觉得这个梦未免也太跳跃式了。其中或许微妙地投影出潜藏在亚纪心头深处的某种期待与愿望、断念与愤怒，但她不是很明白。

只是当天面对婚礼还是有点紧张。与佐智子面对面时，真的会发生康忧心的那种事吗？那对佐智子本人固然不用说，是否也会令康与亚理沙留下不愉快的回忆呢？这点比什么都令人担心。但是，即便如此，亚纪还是想出席今天的婚礼。佐智子寄来的那封信也没找到，对亚纪来说，两年前的决定要视为过去做归结已成为棘手的包袱。无论是以何种形式，如果没有更进一步的决断，自己的心情无法平复。

哪怕是为了把自己与康的过去完全归为过去，亚纪也想与佐智子谈谈。她觉得这样做到头来不仅是对自己，对康而言，也是无法回避的必经仪式。出席通知，在她与康见面的翌日便已寄给亚理沙。她本来预期康还会再打电话来，但他毫无音信。亚纪将之视为无言的容许，敲定了今日的出席。

亚纪在被窝忍了三十分钟左右，还是没有睡意，只好下定决心下了床。

打开房间的灯，猛然拉开窗帘。

顿时，她想起信在哪里了。

亚纪急忙走到玄关旁边的储藏室前。打开门，先搬出脚架放好，站上去之后把塞满最上层柜子的东西一个一个拿下来放到地上。五分钟后终于出现她要找的旧行李箱。拖出那个行李箱，亚纪将之搬到客厅。

在餐桌旁一屁股坐下，打开行李箱。她想起去美国出差时也是用的这个行李箱。没错。她记得信就是收在这里面。

然而，出乎预料的，行李箱空空如也。

但亚纪还是觉得这种记忆的感触若说只是记错了未免太不充分。这是怎么回事呢？明明记得自己把佐智子的信放在这里面……

这时，亚纪终于找回正确的记忆。

大约一年前，父母去欧洲旅行时，借用了这个行李箱。她还大老远跑回两国的老家交给母亲。临给母亲之前检查箱中，赫然察觉佐智子寄来的信在里面。亚纪慌忙取出，暂时先藏在老家其他地方。后来父母回国后把行李箱还给她，她却糊涂地忘了那封信。从此，亚纪也没再使用过这个旧行李箱，所以随着时间流逝才会渐渐忘记信放在哪里吧。一度收藏的场所临时转移到别的场所，忘了这点后，自然难以找回正确的记忆。

亚纪将行李箱放回储藏室，开始准备出门。

时间已过了清晨六点。她已向常去的西麻布美容院预约九点做头发，所以本来打算八点过后再出门，但她现在决定立刻出发先去两国，拿到信后再去美容院。今天要穿的洋装前天就已寄放在美容院了。康与亚里沙二人的婚礼与喜宴会场一样，都在赤坂某饭店内的会场，十一点开始举行。她只需要弄头发、化妆和换衣服，都不需太多时间。西麻布和赤坂之间的距离搭出租车只要十五分钟。就算晚一点抵达美容院，时间也绝对绰绰有余。

早上七点过后她离开公寓，八点整时亚纪已回到老家。

她在假日一大早出现令孝子面露惊愕，但亚纪声称学生时代使用的教材中有工作上必需之物所以回来拿，孝子似乎立刻相信了。

“假日还要工作真辛苦。”

大概以为亚纪现在要去公司，孝子如此说道。

“还好啦。相对的，可以找一天补休，所以没关系。”

亚纪随口敷衍，匆匆走上自己位于二楼的三坪房间。现在那里也摆着床铺，让亚纪随时可以回来睡。壁橱里塞满了学生时代看过的大量书籍及教科书，还有早已不穿的衣服。这几年，一直打算找个空闲时间来整理，但终究还是懒得动手，就这么堆到现在。她拉开纸门，搜寻佐智子的信。

把排放在壁橱一边的收纳箱全都找遍了还是没找到那封信。收纳箱中几乎都是衣物，记忆中她好像是把信藏在其中某个箱子的底层，但翻了又翻还是没找到。耗了三十分钟左右，总算找到一个厚厚的信封。出乎预料，那封信就随手插在另一边的书架最上层角落。

累得满身大汗地把信放进皮包后，亚纪下楼。孝子已替她备妥早餐，但她道个歉说：“时间来不及了，对不起。”便立刻离开了老家。

自两国车站搭总武线到秋叶原后改搭地下铁日比谷线。在车上，她一再从皮包取出信，但电车意外拥挤实在不是看信的气氛。她没打开里面的信纸，只是仔细看着信封上的字迹。她早已忘记，这封信当初是寄到公司的。收信人处写的是亚纪现在仍任职的部门。上面一笔一画一丝不苟地写着钢笔字。寄信人，写的是“佐藤酿酒有限公司　佐藤佐智子”。把信寄到公司，可见佐智子的细心。不过，仔细回想起来，当时的亚纪对于信特地寄到公司来只感到对方的执拗与冒失。就这封信的重量来看应该是封长信，但自己该不会只看了头一两页，剩下的部分连看都懒得看吧。否则，应该不至于对内容这么没印象。

然而，现在这样望着佐智子写的收信人，可以赤裸裸地感受到她的拼命。佐智子是抱着多么期待的心情写的这封信，似乎可以透过那每一个字传达出来。

出席婚礼前，她想先找个安静的地方，重看这封信。

在六本木站下了车，抵达西麻布的美容院时已快九点半。亚纪急忙让人做头发，也化妆换好衣服。就电车的拥挤来看，道路可能也会塞车，所以三十分钟后她就离开了店里。

可是，坐上出租车才发现往赤坂方向的六本木大道十分空旷，结果抵达饭店时才十点十分。

亚纪先去二楼的婚礼会场。收礼台已经设置好了，但是不见人影。新郎新娘及双方亲戚想必早已抵达饭店忙着张罗准备，但是大概要到十点半才会开始接待宾客吧。确认完场地，亚纪决定前往顶楼的餐厅。

今早匆匆忙忙跑来跑去到现在粒米未进，她稍微吃点东西填肚子，最主要的是，她想好好阅读佐智子的信。

8

早餐的用餐时段已经结束，所以餐厅没什么客人。亚纪被带到窗口的四人座，点了三明治和咖啡。大窗外是无垠的晴空。昨晚的气象预报说北日本有暴风雪，但东京的天气晴朗。也许是北风强劲，只见微有薄云不停朝西南方飘去。

眼下可见赤坂见附的十字路口，更远处是赤坂御所苍郁的森林。她看着好久没戴的卡地亚手表确认时间。十点二十分。最后五分钟前再下去二楼就行了，所以等于还有三十分钟时间。她从放在旁边椅子上的皮包里取出佐智子的信。再次凝视信封上的字迹，然后抽出整叠厚厚的信纸。调整呼吸，打开信纸。

就在她的目光落在以“亚纪小姐”开始的头几行字时。

“冬木小姐。”

眼前传来呼唤。

亚纪吃惊地抬起头，循声音看去。一名陌生女子站在桌旁。她那窥视手边的视线，令亚纪慌忙折起信纸塞回信封。把信匆匆放回皮包后，她再次瞥向伫立的女子。

“在这种地方遇到还真巧。”

对方面露微笑、态度亲切地主动发话。这会是谁？亚纪急忙翻阅脑中的名册。那是个身材高挑、相当美丽的女子。这种看似模特儿的人和自己到底是在哪儿认识的？这时，她差点惊叫出声。终于想起来了。这个女人是去年年底吃尾牙宴时曾经互相寒暄过的沼尻社长的情妇。前年吃尾牙宴时也见过。沼尻连续两年都带同一个女人出席令人感到奇异，那晚自己醉醺醺的脑袋不是还左思右想地探究过原因吗？

然而，如今在明亮的日光中看着只身出现的她，和往昔相比简直判若两人。亚纪本来很疑惑沼尻为何对既不特别漂亮也没有妩媚风情的她如此执着，但是现在亚纪发现这种怀疑本身就是大错特错。

“你好。好久不见。”

亚纪一边致意一边让自己镇定下来。

“你一个人？”

对方依旧亲切地问。

“对。待会要参加朋友的婚礼，所以我想先吃点东西垫垫底。”

“不介意的话能否让我跟你一起坐？我也是一个人，现在才要吃早餐。”

说着，她也不等亚纪回答就迅速拉开对面的椅子一屁股坐下了。亚纪这边只顾着拼命回想她的姓名，根本无暇制止。

服务生立刻拿着开水走近桌子。她从爱马仕的皮包取出早餐券交给服务生。昨晚她一定就在这间饭店过的夜吧，亚纪暗想。她的名字顿时浮现脑海。

“没记错的话，你是乡美小姐吧？没你的名片，所以只说得出名字不知贵姓，真对不起。”

说出这句话时，亚纪点的三明治和咖啡送来了。

“别放在心上。我也只有报上乡美这个名字而已。身为沼尻的情妇，也不可能递名片嘛。”

乡美愉快地笑了。她那不带丝毫恶意的微笑，令亚纪感到心情稍微放松些。

“我对冬木小姐可是印象深刻哦。因为拿到名片时一看你的姓氏，我当下就想，这个人的姓和我正好相反耶。”

亚纪不大明白乡美的意思，只好默默喝了一口咖啡。这样面对面一看她越发美丽了。乡美抽出一张餐巾纸，从皮包掏出笔写了几个字递到亚纪面前。上面以工整的字体写着“夏树乡美”。

“对吧？”

冬木对夏树，原来如此，亚纪也咧开嘴笑了。

“你那件洋装，真好看。冬木小姐的身体线条很美，所以我觉得这种剪裁利落的衣服最适合你了。”

之前在尾牙宴上明明只是默然端坐，现在为何会表现出这么平易近人的态度？亚纪感到很意外。她觉得此人说不定其实是个随和不拘小节的人。果然再没有比人的外表印象更不可靠的东西了。

“我是不是打扰到你了？”

当她望着餐巾纸上的字迹时，乡美说。

“不，没那回事。”

亚纪慌忙摇头。

“是吗？沼尻那家伙，今早也是匆匆离去，害我心情有点不好。然后正好撞见你，所以就忍不住出声招呼了。对不起哦。”

对方可是与大客户有特殊关系的人。态度冷漠是大忌，亚纪如此告诫自己。

“婚礼几点开始？”

“十一点开始。”

乡美瞥向系在纤细手腕上的礼服手表。

“是吗？那你没什么时间了耶。我快快吃完就走，所以可以让我这样跟你一起坐一下吗？”

“当然。我一点也不介意。”

“是吗？那就好。”

虽然亚纪暗想，你本来就已不请自来地坐下了，但乡美的语气和表情有种令人无法生气的特质。不到五分钟，她点的欧式早餐已放在桌上。乡美果如其言，以惊人的速度默默吃光早餐。其间亚纪也吃了三明治。

彼此都只剩下咖啡时，乡美再次看手表后：

“呃，我再坐五分钟可以吗？”

亚纪点头。她的一连串态度渐渐令亚纪莫名地感到爽朗。

“在冬木小姐看来，沼尻是个什么样的男人？”

乡美倾身向前问。

“我认为社长是个很了不起的经营者。”

“我不是问那种工作上的事。你觉得作为一个男人，他有魅力吗？”

突然听到这种问题，亚纪实在无从答起。乡美见亚纪沉默不语，说道：

“至少不是你喜欢的类型吧？”

乡美如此断言。

“没那回事。社长是个无论对谁都绝不示弱、很有骨气的人，所以我一直很尊敬他。”

“嗯——”

她一边沉吟着，一边啜饮剩下的咖啡。

“那个人的确是个不肯在他人面前示弱的人。连我也是，交往两年我一次也没从他嘴里听过牢骚或抱怨。”

乡美这么说完，又说道：

“不过，他超级小气，在老婆面前也完全抬不起头，而且还很喜欢自吹自擂。”

亚纪听到这番话不禁笑了。

“哎，不过男人大概都是这副德行吧。”

乡美也一起笑了。

“我啊，平常一个人倒是无所谓，唯独睡觉时很讨厌一个人睡。天知道为什么。也许是因为从小我父母就离婚一直跟着我妈在单亲家庭长大吧。我妈是护士，所以常常上夜班。不过，人还真是奇怪的生物。脑袋那么大，其实却和其他动物一样，只有睡觉时才能安心。到头来，不需用到大脑的时间对人类而言才是最能安心的时间。呃，这样不是很矛盾吗？你不觉得什么理性啦、文明啦，其实只不过是微不足道的东西。所以，不管什么事都没必要太烦恼。有那个闲工夫烦恼还不如蒙头大睡比较好。至少我认为自己就是那种人。

“只要肯陪我一起睡，对方是谁都行。沼尻几乎都待在我的住处，所以那样就够了。反正我也压根儿没想过要叫他跟我结婚。不过最近情况有点不对劲耶。他跟他老婆好像出了问题。就像今天也是他自己说上周完全无法来找我，所以要赔罪，特地安排在这间饭店的豪华套房过夜，可是天一亮他就匆匆回去了。”

对于她唐突的推心置腹，亚纪不知该如何反应。为何要对自己讲这种事呢？亚纪感到很不可思议。然而，对方似乎一点也不在意，自个儿讲得很开心。

“我们也许已经走不下去了。”

乡美说。

“真的吗？”

嗯，她应声点头，喝光了咖啡。然后，又开始说话：

“既然如此，我打算生个小孩。如果有个小孩，不就再也不会有孤枕难眠的寂寞了吗？小宝宝暖乎乎软绵绵，真的是很可爱的生物，而且只要好好抚养，小孩绝对不会背叛。付出多少就会回报多少的恐怕也只有自己的小孩吧。

“沼尻和他太太没小孩，现在他太太的侄子进了公司当常务，迟早那个人好像会继承公司，可是那样，我觉得他实在太可怜了。沼尻以前当专务时，前任社长在股市亏了很多钱，负债好像有一大部分都是他太太的娘家帮忙偿还的。我想也是因此才让他在夫人面前抬不起头吧。如果我生了小孩，我想他一定会很高兴。就算再怎么努力守住公司，如果没有自己的小孩，死的时候岂不是很空虚吗？我啊，想生个男孩，把他抚养成能够帮助沼尻的好儿子。反正我本来就是护士，沼尻就是两年前生了重病住院时，在那家医院跟我认识的。所以，我有把握自己一个人把小孩养大。”

乡美说到这里打住了，举起双臂伸了一个大懒腰。

“我啊，今年三十岁。冬木小姐也是吧？”

“对。”

“果然。我之前就这么觉得。我心想我们一定是同龄的。”

乡美露出欣喜万分的表情。

“那张餐巾纸给我一下。”

亚纪把刚才一直放在桌上没动的那张餐巾纸给了她。乡美从皮包取出笔和手机。好像是日本移动通信公司（IDO）的机子。她操作按键，一边看屏幕一边在自己的姓名旁边写上号码。

“这玩意儿真的很方便哦。我也是之前刚买的，这算是情妇的必备工具吧。”

说到这里才想起来，IDO从今年起把契约金一口气降至五万五千日元。加入人数早已超过三十五万，日本电报电话公司（NTT）也在激烈竞争中开始改走低价路线。手机的时代即将开始。想必在不久的将来，一人一机就会成为一种日常现象吧。像课长赤坂那种人，虽然说明年三月起的传呼机买断制[1]会正式拍板定案，这下子手机市场也会大受打击，但根本没那回事。传呼机肯定很快就会乏人问津。目前传呼机的利用数是七百五十万台，但手机想必会一口气鲸吞这个市场吧。届时，面临的将是爆炸性的普及。甚至已有

1　传呼机买断制：传呼机本来只能用租的，但买断制出现后，消费者可以选择用租的或买的。买下机子后不需再负担其他支出。

人预测，如果技术革新继续这样加速，手机市场将会成长为传呼机的五倍，不，是十倍以上。固定电话的销售已如风中残烛——亚纪一边这么想一边注视乡美的手机，添上十位数号码的餐巾纸已经推回眼前。

“那，我要走了哦。”

乡美拿起皮包匆匆起立。

亚纪目瞪口呆地看着她。这人到底是怎么回事？出其不意地冒出来说完自己想说的话，就这么拍拍屁股走人了。

“改天我们再慢慢聊。等你有兴致时再打那个号码找我。”

乡美毫不在意地说。

亚纪拿起餐巾纸：

“好。”

她如此回答。

乡美倏然朝窗外景色投以一瞥。然后，忽然脸色一正用温柔的双眸凝视亚纪。

“对不起哦。打扰你宝贵的独处时间。换作平时我绝对不会做这种事，可是我看你的脸色好像真的很烦恼。真的很对不起哦。”

“那就再见喽。”说完，她挥挥手，一转眼就朝餐厅的出口走远了。

好一阵子，亚纪什么也没想，就这么呆坐着。她感到意外人物的登场把她今早开始的激昂心情一口气浇熄了。蓦然回神她看看手表。已经十点四十五分了。不赶紧结账前往会场就要迟到了。

亚纪起身准备离开，但，她又再次坐下。

毕竟，如果没看完佐智子写的信，还是不能出席婚礼。

她从皮包取出信。抽出厚厚的整沓信纸。现在的自己果真如乡美所言满脸烦恼吗？莫名地，她觉得已经没那种事了。亚纪做个深呼吸，将意识集中在信纸的内容上。

9

亚纪小姐：

好久不见。一月在长冈车站的新干线月台道别后就没再见过了呢。那时我深信很快会再见到你，所以做梦也没想到有一天竟会这样写信给你。

你过得还好吗？我们这边大家都很好。严寒的冬天也已过去，长冈变得非常温暖。再过个十天，旧城遗址的樱花好像也要开始绽放了。东京的樱花想必早已凋零，但在雪国北地，现在才要开始进入春天。

今天为了你与康的未来我有话非说不可因此提笔。康在二月向你求婚，五天后被你拒绝的事，我旋即在电话中听康说起。以你的个性，不难想象这应是你认真思考之后的结论。对女人来说，结婚与否是人生最重要的抉择之一。听到康的电话，有两个多月的时间我也拼命努力让自己接受这个遗憾的结果。

这个月月初，康因家中法事回到长冈，当时我也与康充分谈过。他到现在好像还是一样喜欢你，但他似乎已接受苦涩的现实，为了将这段情变成过去的一页每天拼命活下去。

我想，亚纪小姐想必也抱着同样的心情，度过同样的时间吧。

对于这样的你，我这种立场的人要重提旧事实在非我所愿。不只是你，对康也是，我偷偷寄来这封信想必令人困扰不堪吧。如果他知道了肯定会很困扰，还会不高兴地怪我。

即便如此，我还是很想把我的心情告诉你。这两个月来我苦恼再苦恼，还是决心非这么做不可。因为我再怎么想，都无法接受你竟然不与康结婚。

接下来要写的，是身为一个女人的我想直接说给身为一个女人的亚纪小姐听的女人私房话，和虽是我儿子但身为男人的康毫不相干。所以，如果你不想再听这种厚颜无礼的话，请在这里将信合起。我认为那样一点也没关系。

第三张信纸还剩下三分之一的空白，就这么结束了。

亚纪想起来了。

那时的自己只看到这第三页就已打从心底不耐烦了。正如信中所述，事到如今又重提她与佐藤康的事实在令人困扰，更何况还要听康的母亲刻意倾诉怨言更是不快至极。所以，她按照佐智子信中之言，折起信纸，没有再继续看下去。然而，现在再次重读，她觉得信中根本没有任何会令人那么反感的字句。亚纪深深感到两年这段岁月的分量。

她翻页继续往下看。

亚纪小姐：

去年的除夕，你随康首次来到佐藤家时的情景我永难忘怀。

打从在那三天前，康通知我要带女友回家后，我就对对方这位小姐半是期待半是不安地做出各种想象，前一晚甚至辗转难眠。从小康就是一板一眼踏实本分的个性，虽然不懂得花哨，但不管对谁都一律平等，是个心地善良也很聪明的孩子。只是，也因此，他很不擅长表现自己，也少有自我主张，稍稍欠缺了一点人性上的宽容。他念大学和找工作都在东京，所以，我与外子一直很担心事事低调的康在大都会是怎么过日子的，是否真的能适应。从他口中也从来没听过女孩子的话题。所以，突然间接到他的电话，说要带一位冬木小姐回家，我和外子都大吃一惊。我们夫妇还私下说，依照康的个性肯定是下定了决心吧。

记得你抵达我们家是在中午过后不久吧。那天我早早就起床，把家中到处打扫干净，准备好晚餐后，就在主屋的侧玄关一进来的十五坪房间迫不及待地等候你的到来。结果，你们竟从后门进来，绕过酒窖林立的狭小走道，从店面和办公室所在的正面玄关出现。接到你们抵达的消息，我慌忙赶往办公室。

你俩，当时正对着放在账房旁边的佐藤酒厂各种品牌的酒，一边听外子说明一边热心打量。我首先看到的是你修长窈窕的背影。外子发现了我催我过去，于是你俩一起转过头来。看到身穿白色大衣、在康身旁客气行礼的你的那一瞬间，我感到心情前所未有地激昂。那种感觉真的是有生以来头一遭。说“激昂”或许很奇怪，但当年我头一次见到大儿子的妻子时，完全没产生那种感受。

天哪，这位小姐将要成为康的妻子，我打从心底想。并且，当下直觉这个人将会接手佐藤家的家业。

短短一瞬，只是看到你的外形，自己为何就有这种感觉，我至今说不出明确的理由。但是，我就是很强烈很强烈地这么觉得。

初三过后，我俩曾经单独前往小千谷的温泉，对吧？那是吹着暴风雪非常冷的一天。与你在同一个屋檐下共同生活了数日后，我的直觉变得越来越坚定。我把康偷偷叫来，告诉他我想与你单独远行。康顾虑到你的感受起先很反对，但在我的百般恳求下终于勉强同意。他本来就是个极讨厌说谎的孩子，更何况这样等于是欺骗心爱的你想必令他很不情愿吧。前一晚，康忽然发烧是我们母子事先串通演的戏。因为我非常希望能有段时间与你独处。并且，渴望能跟你一起去我婆婆带我去过的同一个温泉。

与你独处的那半天是多么快乐啊。对我来说，那么愉快的时光，真的已睽违十几年了。途中，由于暴风雪太大我们曾把车停在路肩聊了三十分钟对吧。“我认为雪真的是无可挑剔的美丽。而且，真正美丽的事物，有时或许也会令人痛苦。不过，只要继续相信那是美丽的，我想那种痛苦一定会变得不再是痛苦。”当时你这么告诉我。在广濑这个大雪地区长大的我，从小就熟知人们为雪吃了多少苦受了多少罪。即便如此，我还是一直深信雪的美好。听到你说那些话时，我当下暗想，这位小姐肯定能成为康的伴侣，在新潟的严苛大地坚强地生活下去。我越来越可以确信，自己并未看走眼。

我俩泡了温泉，还享用了美味的午餐，对吧？

从小在东京生长的你与在长冈活到六十岁的我，无论年龄或生活环境都截然不同的两个人，现在居然这样单独面对面坐在餐桌前。我深深感到人与人的缘分有多么不可思议。我感到，这个世上根本没有任何偶然。我认为，你是以我的儿子康为火把，千里迢迢自遥远的城市来到我的身边。然后，我细细咀嚼着那种感激。

亚纪小姐，你为什么会犯错呢？

原来即便是你这么聪明的女子有时也会犯下过错啊。我再次体会到这点。

亚纪小姐，世上没有未能选择的未来，未来没有任何一样是确定的。但是，正因如此，对我们女人来说，每一次的选择都是命运。我一直深信你与我的命运休戚与共。康说，是他自己没有足以挽留亚纪小姐的魅力，他好像已经死心了。男人其实特别脆弱。但是我们女人并非如此，对吧？生育孩子，让这个世界存续下去是我们女人的职责。我们如果不守住家庭、生育小孩，这个世界将会在瞬间毁灭。

亚纪小姐，请你清醒过来。

请你再一次，倾听自己真正的心声。

我在年轻时也有过喜欢的人，我在忘不了那个人的情况下嫁给了现在的丈夫。但是，我那个选择没有错。选择与外子结婚的这个抉择，才是我的命运。女人就是这样不断编织命运活下去的。全世界的女人委身于每一个决定性的命运，创造出这个世界的全部。我们女人对此都该抱持骄傲与自信才是。

第一眼看到你的瞬间，对我来说，已经清楚看见了我传承给你的命运。我当下直觉，你一定会来到我们佐藤家，生下继承这个家的孩子。

我要再说一次。

亚纪小姐。请你更认真地考虑与康的婚事。至今，我仍相信，你一定会嫁来佐藤家。

亚纪小姐，我打从心底期盼着你。

平成四年四月二十五日

佐藤 佐智子

10

把信重看了三遍后，亚纪抬起头，看向窗外的景色。

不知几时云层已经散去，眼前是整片蔚蓝晴空。

亚纪把信纸仔细折好，放回信封。手表的指针已指向十一点十五分。将信封放在桌上，亚纪喝下一口冷掉的咖啡后环抱双臂，把脸转向窗外的蓝天并闭上了眼睛。她感到温暖的日光洒落在自己的脸孔与身上。

即便是现在你仍是我最信赖的人——佐藤康的声音传来。

我认为重要的不是爱人，被爱才是重要的——那，是应该只见过一次的，加藤沙织的声音。

孝子的声音还是一样斩钉截铁。

我可不是周遭的旁人。我是雅人的母亲耶。男人若是赛马，女人就是骑师。如果只是一味紧抓马鬃不放，迟早会被甩下马哦。

说到这里才想起，今早梦到自己骑着白马朝雪山奔驰，或许就是因为在不知不觉中想起了孝子的这句话。

到头来，不需用到大脑的时间对人类来说才是最能安心的时间哟。就算再怎么努力守住公司，如果没有自己的小孩，死的时候岂不是很空虚吗？付出多少就会回报多少的恐怕也只有自己的小孩吧——说这些话的又是谁？对了，是刚才偶然遇见的夏树乡美。

虽不认为是打从心底深爱他，但我本来一直觉得和这个人结婚一定可以携手共度未来数十年，那样想必也是一种快乐——阿梓解除婚约的理由自己现在好像终于明白了。

阿梓是因为无法生未婚夫的小孩。那或许是她放弃结婚的最合理的理由。

虽然喜欢你，但是并没有喜欢到想要跟你结婚——两年前的我对佐藤康这么说。

然而，彼时我可曾认真想象过生育康的小孩？无论如何都无法踏入的“更进一步的关系”中是否真的包含了那个？

致命地欠缺为对方着想的顾虑的，真的是阿梓吗？

平庸的到底是谁？是康？或是我自己？

只要继续相信那是美丽的，我想那种痛苦一定会变得不再是痛苦——与佐智子独处，凝视车窗外的霏霏大雪时，我为何会说出那种话？更重要的是，为何在现下这一刻之前，居然一直没想起那句话？

没有与康在那个大雪纷飞的城市厮守终生的觉悟——我真的打从心底这么确信吗？若是确信，那又是什么时候？是从长冈归来在新干线的车上，当康说他迟早要返乡继承家业时？抑或，是在与佐智子驾车沿着风雪交加的道路开往小千谷的途中？

我真的讨厌被人耍得团团转吗？被人耍得团团转，归根结底到底是怎样？像少女时期的沙织那样，拼命去喜欢一个人是否就是如此？那么，能够拼命去喜欢谁，不正表示只会去左右对方，绝对不可能被对方左右吗？

去爱那爱着自己的人，以及被自己爱着的人所爱，到底有哪一点不同呢？

我真的讨厌康吗？真的没有喜欢到想跟他结婚吗？真的讨厌到无法嫁给他的地步吗？

世上没有未能选择的未来，未来没有任何一样是确定的——佐智子在信中这么写道。她说正因如此，每一次的选择都是命运。

那真的是真的吗？

那时没有选择与康结婚，对我来说就是命运吗？

我该不会仅仅只是不曾选择、未能选择吧？该不会就像佐智子说的根本没有不曾选择的未来，我却误将没有的未来当成有什么的未来，仅仅只是在自己糊弄自己？该不会只是选择了不做选择，轻易抛弃了我真正的未来？

我真的不爱佐藤康吗？

佐智子写道：我可以清楚看见由我传承给你的命运。

我却没看见那个命运吗？或者，是我不肯去看？

全世界的女人委身于每一个决定性的命运，创造出这个世界的全部。我们女人对此都该抱持骄傲与自信才是——我身上，可有骄傲与自信？我有佐智子拥有的那种骄傲与自信吗？我有与佐智子不同的、只属于自己的骄傲与自信吗？

我可是怀着这种骄傲与自信存在于此时此地？

老实说吧。

我身上完全没有那种骄傲与自信。我真的这么觉得。不只是现在，过去似乎也一直如此。

为什么？

其他的人又是怎样呢？

阿梓呢？解除婚约后，变得那样伤痕累累的阿梓又是怎样？

乡美呢？嘴上虽说压根不求对方跟她结婚，即便如此，还是想替喜欢的男人生小孩的乡美又是怎样？

沙织呢？深信被爱比爱人更重要，年仅二十四岁就打算结婚的沙织又是怎样？

她们，该不会比我更具有身为女人的骄傲与自信吧？正因如此，阿梓才能受伤到那种地步吧。正因如此，乡美才会开朗率真到那种地步吧。正因如此，沙织才会对于被爱执着到那种地步吧。

我到底在这种地方做什么？

沉溺于眼前的工作，天天被时间与数字追逐，最终将被时代淘汰的究竟是谁？

是田中角荣？赤坂课长？这个世界上的所有男人？

是谁？

到底是谁……

亚纪将信封放回皮包后静静起身。仔细想想，事到如今自己已经没有任何话该对佐智子诉说了，她想。

要把自己与佐藤康的过去完全归为过去，本就是不可能的。因为打从一开始自己与他的感情就不属于过去，正如佐智子写的，世上根本没有不曾选择的未来。那么，没有未来的过去，自然不可能是真正的过去。

自己今天来到此地，显然是毫无意义的行为。

除了唯一一点——自己终于看完了佐智子的信。当时，为何没有把信看完呢？若说自己有错，或许那的确是个错误。然而，一切都已太迟了。

谁也无法挽回失去的未来。

亚纪凝视窗外的蔚蓝晴空半晌。她想起与康重逢的那日，曾经试图将飘扬的雪花与掩埋整个长冈城市的大雪重叠。那是无从比拟的两种风景，不知为何竟与眼前万里无云的晴空叠映，亚纪感到仿佛溶解般开始氤氲渲染的苍天彼方渐渐出现美丽的雪景。

亚纪满心不可思议地当场愣住。

当她察觉源源不断的泪水濡湿双颊，已是很久之后的事了。

黄叶之信

1

虽然大约两天前便开始有花瓣飘落，但昨夜的雨似乎终于令今年的樱花完全凋零。亚纪居住的东区公寓离海边很近，因此从博多湾吹来的风有时非常冷冽。昨夜整晚都有风声呼啸。果然，上下班的途中环视公寓四周的樱树，花朵寥寥无几，只见嫩叶已在一转眼间占了优势。

前往九州分社赴任，正是去年的这个时节。时间很快已过了一年。

对亚纪而言，这是头一次背井离乡出外生活。更何况说到九州，是她以前连旅行都没来过的地区。这一年，回顾起来，发生了许多新鲜的事、惊人的事。基本上她压根儿没想过福冈竟是这么大的都市。虽然知道这是一个自战国时代至今拥有悠久历史与传统的商业都市，但到任之后，那种雄伟规模与美丽街景，跟东京没两样的繁华街区、热闹气氛及人们的装扮，皆令她如受启蒙。

举凡找房子、物价、通勤时间，这里无论在哪方面都有比东京更宽裕的生活环境。亚纪目前租用的公寓也是，这个公寓公司提供七成补助，距离九州分社所在的中央区天神，搭公车不到三十分钟，二十一坪（约六十九平方米）新建的两室一厅公寓月租八万五千元。因此，亚纪自己负担的等于不到三万元。如果就近年流行的什么居住舒适性指数来看，或许该说东京比起福冈是望尘莫及。

亚纪终于惊觉，原来自己早已在不知不觉中认定东京这个都市就是一切。过去她一直以为，若要从日本抽出一个什么与东京做比较，那就是横滨，再抽出什么做比较就是大阪，再抽出一个就是名古屋、札幌、仙台。简言之，她或许只从机能的集合体这个角度来看都市。

若将都市透过交通运输和企业、大学、媒体、文化与运动设施、医疗设施、流行及娱乐、国际性等各项机能来分等级，东京的确具有压倒性的优势。然而，有生以来头一次定居地方都市，令亚纪切身感受到“城市不能光凭这种机能来评价”的单纯真理。另一方面，也促使她反省，虽然自己有幸在古老的平民街区长大，这些年来恐怕对东京这个城市真正的优点一无所知吧。

刚才也是，下了公车在暮色四合的景色中踏上返回公寓的路，她蓦然发觉，东京实在是个樱树繁茂的城市。无论是老家所在的两国一带，或是总社所在的三田周边，春天来时总能到处仰望盛开的樱花。在东京，只要有河就在岸边，只要有学校就在校园，只要有小公园就在园内，总之，必然种有樱树。可是，来到博多一看，樱树意外稀少令亚纪大吃一惊。赏樱的著名景点也只有福冈旧城遗址和西公园，而且和上野或御苑的樱花比起来只能算是小巫见大巫。上上周，分社举办赏花活动去了福冈旧城遗址，只见每个赏花团体都是小猫两三只，始终没看到像东京赏花那样连卡拉OK伴唱机和整套烤肉用具都搬出来的盛大宴会。亚纪本来一直深信，爱樱花、爱赏花是日本人的天性，但那该不会只限于东京人吧。

在旧城遗址，几名老人聚在一起弹奏博多三弦琴，吟唱博多民谣《摇篮曲》。赏花客打着拍子安静地出神聆听。听着这种悠扬的音色，想起小时候经常和家人前往隅田公园参加热闹的赏花会，亚纪觉得自己仿佛远离故乡，流落到陌生异地，沉浸在一种奇妙的哀愁中。

她在公寓附近的超市买妥晚餐的材料，六点半回到住处。

这边的工作几乎都是准时下班。加班难得一见。分社长是旧识赤坂宪彦。三年前的一九九四年，若杉社长因业绩不振任期未满便闪电引咎下台，从此公司的状况幡然一变。与若杉对立的佐伯章太郎常务接任社长之职，把前任社长执行了三年半的“脱制造商路线”全盘推翻。公司再次回到以制造半导体、电脑为主轴，加入竞争激烈的个人电脑市场。然而，这个佐伯路线颠覆了大部分人的预测，竟令业绩大幅回升。正好赶上个人电脑市场的急速扩大固然也是成功的要因之一，但在除了麦金塔之外所有机种都已被微软和英特尔结盟独霸的当前个人电脑市场，亚纪所在公司这种老品牌新开发的商品，以旧使用者为首掀起了超乎想象的热潮。

现在佐伯已成为中兴始祖，在社内外都获得高度评价，属于他麾下人马的太田黑及赤坂身为业务干部也跟着水涨身高。太田黑升为首席常务，统领国内业务。而赤坂以人气商品的个人电脑为着力点，凭着天生的业务实力在一年之内重建奄奄一息的九州分社，顶着分社长的头衔在去年六月被拔擢为董事。

亚纪会调到福冈，就是应赤坂之请。因此不算是贬职下放，毋宁算是得到前途有望的上司青睐，当时在原本的工作单位甚至还引起大家小小的艳羡。

有熟识的上司当老大，她在分社的工作从一开始就很顺利。再没有比推销卖不出去的商品更累的差事，但是现在只要把畅销商品出货给量贩店和批发商就行了，所以工作很轻松。不停烦恼库存增加的总社时代简直像是一场梦。

“因为库存不足而向经销商道歉，这可是十几年没尝过的快感呢。”赤坂也常这么说。

眼下的亚纪一边处理等同赤坂分社长秘书的业务，一边打游击似的参与业务工作。

今晚她打算做纯平爱吃的天妇罗。

另外，她在超市发现有新鲜的竹荚鱼，所以买了一包。其中三条鱼立刻剖开切片去骨，仔细拔去细刺剁碎，和姜末及博多细葱、茗荷充分搅拌后装在三个小钵内，用保鲜膜包好放进冰箱。剩下四条去头、去鳍、刮除尾巴旁边的硬鳞后冷冻起来。她打算明天拿今天的剩油炸一炸做成南蛮渍[1]。来到福冈，亚纪对鱼种之多彩及新鲜、价格之便宜甚至萌生某种感动。野生鲷鱼和比目鱼、黄尾鱼、鸡仔鱼都以不到东京一半的价格陈列在这家超市的鲜鱼卖场。这里最高级的鱼是被称为茅渟的黑鲷，但也不过一尾三千日元而已。她一直很想买整条回来烹调看看，所以与纯平交往后立刻实行。生鱼片、天妇罗、醋拌、红烧鱼头、鲷鱼汤、鲷鱼饭，当她烹饪出全套茅渟大餐后，连纯平也不禁为之叹服。记得那是几时来着？当时认识还不久，所以应该是去年的九月左右吧。

天妇罗的主菜是黄鸡。虽然也有炸虾和炸蔬菜，但纯平是大分人，所以特别爱吃炸黄鸡。

“只要有炸黄鸡和冰啤酒，我就心满意足了。”他总是这么说。

鸡肉俗称“黄鸡”是亚纪来福冈之后学到的事情之一，而且她这才知道大分有丰后鸡这种当地特产，用来做天妇罗相当有名。博多当地也有鸡肉火锅这道名菜，因此各种美味的鸡肉一应俱全。今晚她打算炸的是华味鸡这种最近当红的黄鸡。然后还有鞑靼竹荚鱼和昨夜事先煮好的柠檬蜜煮地瓜，晚餐的菜品暂时先这样应该就已足够。

把该洗该切的大致都准备妥当，看看一直开着的电视，已开始播报七点新闻了。

纯平周末回大分了，所以无法见面。昨晚在电话中他说爷爷的神经痛好像又严重了，所以今天早上，要先带爷爷去医院之后再回来。他也提到下午

1 南蛮渍：将炸过的鱼或肉加上葱和辣椒以醋和酱油腌渍，可使食物保存较久。日本在江户初期将葡萄牙人与西班牙人称为南蛮，因此对于用到葱和辣椒及油炸等新式烹调手法的菜品，也冠上南蛮之称。

才会去事务所，因此今晚可能会晚一点过来。

他即将在九月自行开业，因此最近非常忙碌。如果要自己开事务所，筹钱、征人、找房子以及与客户交涉等该做的事数不清。就连他自己，最近也忍不住抱怨“没想到会这么辛苦”。他似乎与现在的事务所社长已圆满达成协议，但是首席设计师要走，社长不可能乖乖放人。过去各家厂商委托设计时多半指名找他，所以他总是不分昼夜地拼命工作，现在即将自立门户，工作量好像反而更大了。

“现在居然连乌龙茶的宝特瓶都叫我做。他明明知道我向来坚持不做饮食类的设计，真是伤脑筋。”

上周他来这里时，频频如此抱怨。泡沫经济瓦解后，所有的厂商都开始在多样化少量生产中另谋生路，像纯平这种工业设计者的工作也随之激增。

“虽然大家都以为景气的时候抛弃式文化才会横行，其实那是误解。荷包满满时，任谁都宁愿多花点儿钱购买品质好能够用得久的东西。经济越是不景气，廉价的抛弃式商品才会越畅销。倏地随手使用倏地厌倦倏地扔掉。流行的寿命可怕地缩短，大家都变得短视近利，再也不会有慧眼独具的人。粗糙紧张只讲求速度的时代来临。现在正是那种典型。若问我讨厌什么，我最讨厌的就是‘抛弃式’这个名词了。再没有比这个字眼更像在嘲笑我们这一行。所以我身为工业设计者在工作时向来只求自己不要替那样的时代助纣为虐。可是，现实往往容不得我如此坚持。”

替别人工作时，由不得自己去挑选工作——渴望自这种现实脱身也是纯平决定自立门户的主因之一。今年一开始他就找亚纪商量，亚纪也二话不说举手赞成。因为交往了快半年，她对纯平那种猛烈的工作态度甚至开始感到忧虑。她觉得，这可不是闹着玩的，如果再这样工作下去这个人迟早会垮掉。当然一方面也是确信以他的才华与技术即使自行开业也绝对是十二万分地行得通。包括亚纪的公司在内，许多客户都是看中纯平的设计才把工作发包。现在身为工业设计家的他已成为备受瞩目的人物之一。如果自己开业，亚纪预测他应该不用太久便可获得人气设计家的地位。

打开客厅的窗子，让风吹进室内。这里是七楼，所以带着海潮香气的温柔春风呼呼吹入。或许是因为昨晚的雨，也能闻到一点点嫩叶初发的气味。这样备妥饭菜等候一起吃饭的人也不坏，亚纪与纯平相识后对此深有所感。光凭这点，就不得不感谢稻垣纯平这个男人。

一度，她曾直接说出这种心情。结果纯平笑着说：

“那没有什么好坏可言，纯粹是很自然的事吧。”

初次见面时他那过于粗鲁霸道的态度曾给亚纪留下很恶劣的印象，现在自己却与他变得前所未有地亲密，亚纪至今无法抹去不可思议之感。不仅如此，纯平在自立门户的同时也要求亚纪辞去工作加入他的事务所。显然，他已考虑将来与亚纪结婚。

其实打从第一次见面的瞬间，亚纪就觉得自己与此人应该会变成那种关系。对于这个比自己小两岁的男人，犹在恼火“怎会有个性这么别扭的男人！”的最初那一刻，亚纪就已确切地如此感到。直到现在她还是想不通自己当时怎会那样想。

只是，唯有一点似乎是确定的。

与纯平首次约会那天，他在道别时这么说：

“你在事务所现身的瞬间，我心里就在想：天哪，这个人终于出现在我眼前了。”

听到那句话，亚纪微微屏息。

因为亚纪见到稻垣纯平时的感想和他一模一样。当时一看到自事务所里面慢吞吞出现的纯平，亚纪就觉得心头疙瘩突然消失了。搞了半天，原来我是为了邂逅这个男人才来到这么遥远的城市啊——她如此感到。

2

今晚的新闻仍在报道日本大使馆被占领事件。去年，即一九九六年的十二月十七日在秘鲁首都利马爆发的这起事件中，包括驻秘大使等二十四名日本人在内共有七十二人成为恐怖分子的人质，至今，依然呈现胶着状态。明天即四月十五日距离事件发生将满四个月，迎向第一百二十天，主播声称人质的安危令人越发忧心。

面对被占领大使馆要求秘鲁政府释放牢中同志的杜巴克·阿马鲁革命运动（MRTA）恐怖组织，藤森总统完全不肯让步。现在，秘鲁的特种部队几时才会强行攻坚已成了焦点。虽然报道指称日本政府会以人质安全为优先似乎一再要求藤森总统自制，但最近在桥本首相担任专案对策小组召集人的政府内部，“强行攻坚在所难免”的声浪似乎正急速高涨。

被抓的日本人质大多是企业派驻当地的员工。据说，占领大使馆的恐怖分子当中也有许多女性和少年兵。如果政府强行攻坚不难想象将会有多么凄惨的后果。幸好，亚纪公司的员工没有成为人质，但事发当天，据说公司的驻地办公室成员也出席了庆祝天皇生日的盛大宴会。凑巧在恐怖分子展开袭击前离开会场所以平安无事，但只要一步之差，他们也会沦为人质遭到四个月的幽禁。

即便在亚纪的公司，也很少让女职员派驻国外。调到治安不佳的地区更是从无先例。但是，男职员却得在公司的命令下前往中南美和非洲、中东赴任。然后，一旦这次这种事件发生便会不容分说地遭到牵连。被年轻妇女和少年拿自动手枪威胁，他们每天到底作何感想呢？还有，这样拿民间人士当盾牌困守大使馆的女人和少年兵，又是抱着什么想法度过每一天的呢？

亚纪想起数日前，一起看这起事件的新闻报道时，明日香以平静的语气所说的话：

“冬姐，这个世界真的是坏事不断呢。”

又过了一会儿她如此问道：

“嗯，为什么女人之中，会有人跟军人结婚呢？”

“干吗这样问？因为军人的工作危险？”

这个唐突的问题令亚纪反问，明日香的说法是：

“自己的丈夫也许会死在战场上固然不是闹着玩的，但比那更严重的是，自己的丈夫竟以杀人为职业，那岂不是身为妻子难以忍受的现实吗？”

关掉电视紧闭窗户，亚纪在客厅中央的圆形矮桌旁坐下。她漫不经心地望着桌上排放的酱油及盐巴等小瓶，忽然感到，明日香说对了，一个容许以杀人为职业的世界，或许是被疯狂支配的世界。

往墙上的时钟一看，已经晚上七点半了。

说到这里，明日香迟迟不见人影究竟是怎么回事。

前天联络时，明明吩咐她七点过来的，听说明日香的父亲纪夫从今天起要去大阪出差两天，所以约好了今明两晚要一起吃晚餐。亚纪起身，拿起放在沙发上的手机。其实就住在楼上，所以直接过去找人就行了，但明日香在两周前才刚买手机，动不动就以手机联络，所以亚纪如果没有偶尔主动打过去好像有点不好意思。不过近年来手机的普及还真是惊人。亚纪去年确定调职后才开始使用，但两年前的阪神、淡路大地震以来，手机的签约加入人数以爆发性的声势成长。现在即便是明日香这种中学生似乎也有过半数的人持有。网络加入件数的成长也足以匹敌。和美国一样，日本也正急速进入移动化时代。

嘟声响起数次之后电话接通了。

“喂，已经七点半了，你不饿吗？”

“啊，对不起。”

明日香的声音像是刚睡醒。

“怎么了，你又睡着了？”

“看着看着书好像就有点昏昏沉沉。”

果然。国三的明日香好歹也正努力准备升学考试。但她连补习班也没去，目前还不能算是真正进入备战阶段。

“那你要过来吗？随时都可以开动喽。”

“今天纯平不来吗？”

“他会来，不过恐怕要九点以后。我本来想说我们自己先吃。”

“对不起。我都没帮忙。”

“那倒是无所谓。你平常就已经在拼命持家了，跟我吃饭时交给我就行了。”

“那么，我洗把脸就马上下去。”

“知道了。那我等你哦。”

挂断电话，亚纪直接进厨房。一边在油锅中倒入新油一边思忖：若要上补习班，以明日香的情况来说也有相当为难之处。两年前，纪夫调职来福冈后父女俩就一直相依为命。她一手包办了煮饭洗衣等各种家事，所以虽然是准考生，若要每天傍晚去补习班，站在明日香的立场肯定还是会有点裹足不前吧。

泽井明日香，是个心地善良、非常聪明，却也有点古怪的女孩。

去年四月亚纪搬进这栋公寓，当天就和她说上话了。其实也只是当晚向住在头顶上的邻居打招呼时，双方打过照面罢了。

真正认识，是在放连假之后。

去年五月的黄金周连假，亚纪是一个人过的。因为才刚到任，新居还有很多地方没整理，况且这也是探访福冈这个城市的好机会。佐藤康与大坪亚理沙成婚后，没过多久她便与高岛洋介分手了。之后，直到认识稻垣纯平为止，其间约有两年半，亚纪没和任何人交往。就算放连假也没必要特地回东京。

亚纪在今年十月就要满三十三岁了。年轻时压根儿没想象过自己会到这把年纪还小姑独处。实际变成这样后，倒也没有特别的感慨和焦虑。两国老家的父母，也因弟弟雅人夫妇的特殊状况，似乎巴不得亚纪能够尽快找到对象，但亚纪自己感到过了三十岁之后对结婚的热切仿佛就像退潮般日渐平淡。这种心境的转变的确有一部分是因为她与佐藤康的那段情，不过现在回想起来那好像也只是小小的起因。实际上她对佐藤康已毫无留恋。毋宁该说，亚纪认识纯平后，甚至很想夸奖一下已有许久没喜欢过任何人的自己。正因如此，现在的她，如果纯平希望，她打算和他结婚。她偷偷下定决心，这一次一定要亲手牢牢选取她与纯平的未来。

和明日香偶然亲近，是在黄金周假期的前半段，四月二十八日星期天的事。那天分社的同事结婚，亚纪虽未受邀出席饭店的喜宴，但傍晚开始在中洲餐厅办的续摊派对亚纪也被邀请了。这是和新同事们拉近关系的好机会，所以她一开始就打算参加，再加上赤坂分社长命她准备花束，所以更不能缺席。这果然是颇有赤坂作风的迂回方式，看来他还是老样子，亚纪暗想。

喜宴后的续摊派对傍晚六点开始，但是因为必须买花所以她不到五点就已出门。前几天看报纸的夹页广告，得知这附近开了一间大型花卉量贩店，她打算去那里请人包一束花。她记得那间店就在国道三号的路边，如果从这里搭公车去应该距离不远。临出门前搜寻那张广告单却找不到。亚纪打算到了公车站再找人问问，一边迈步走去。

“香椎滨”这个公车站牌下有数人正在等公车。

她朝路线图和时刻表看了半晌，总算看出该搭哪个系统的公车。福冈的公车路线大体而言分为经“天神”往西的“侄滨”方向、从这个“香椎滨”再往东的“和白”方向，以及“博多车站”方向。如果要描绘面对玄界滩张开双手拥抱的博多湾，右掌是和白，左掌是侄滨；至于名胜景点，则是东有以“汉委奴国王”知名的金印出土地志贺岛，西有福冈旧城遗址和大荣职棒的大本营福冈巨蛋球场。麻烦的是，福冈最大的繁华闹区中洲和天神，与东海道新干线的终点站博多车站之间距离甚远。

中洲和天神正好位于福冈市的中央，博多车站位于其东南方。因此公车路线也以这两个地方为起点分成不同的系统运行。

亚纪公寓所在的香椎滨位于东区，属于湾的右臂。近年来填海事业打造出广大的海埔新生地，在此地陆续建造了新公寓，堪称福冈的新兴城郊住宅区。

亚纪在数名客人中，选定一位中年妇女搭话。她记得花店在三号公车往和白方向行驶的“产业大学前”附近。亚纪举出店名询问，但看似家庭主妇的女人似乎不大清楚。“是吗，不好意思。”亚纪离开那个女人面前时，紧挨在旁边等公车的少女主动搭话了：

“我知道那间店在哪里哦。”

少女穿着水蓝色V领马球衫配白裤子，身材算是很高。不过，瘦得像竹竿，不仅脸蛋稚气就连胸部也还很平。大概是国二生吧，亚纪猜想。

“真的？谢谢。那我应该搭几号公车在哪儿下车？”

亚纪转身朝她问道。

“你要去参加什么宴会吗？”

少女看着亚纪的服装说。

“是公司同事喜宴之后的派对。别人托我买一束花。”

“那么，香椎就有比那间店更好的花店哦。价钱也差不了多少。”

如果是香椎，从这里搭公车过去用不了十分钟。

“这样啊。”

“嗯。花店的人也很有品位，绝对不会只推销玫瑰花。”

不推销玫瑰花这句话打动了亚纪。对于专门以高价玫瑰为主制作捧花的花店她向来不敢领教。

“是吗？那麻烦你告诉我那间花店的店名和地址好吗？”

“不嫌弃的话，我可以带你去哦。”

小女生爽快地主动表示。

“为什么？你现在应该正要去哪里吧？”

结果她一听，举起手上厚重的文库本：

“其实也没有啦。我只是闲着无聊所以想搭循环公车看看书而已。”

说着露出笑容。

得知小女生是住在亚纪那栋公寓八楼的泽井明日香，是在一起上了公车后。

“大姐姐，你是东京来的那个姐姐吧。”

二人并肩在空旷车内的双人座坐下后，明日香首先这么说道。听到这句话，亚纪终于恍然大悟。被她这么一说才想起搬家那晚，曾经拿着一套沐浴乳和洗发精去这孩子的家里打招呼。当时，小女生和中年的父亲一起来到玄关门口，双方交谈了三言两语。当时做父亲的问亚纪：“从哪儿搬来？”她回答：“因为调职，从东京搬来。”

双方在行驶的公车上互做自我介绍。亚纪报上姓名后，“冬木亚纪这个名字好奇怪。”

明日香说。

“会吗？”

“因为冬天加秋天[1]本来就很怪。”

“经常有人这么说。”

“看吧。”

明日香露出亲切的笑容滔滔不绝。亚纪暗自感到，这和在连续假期当中独自搭乘循环公车看书的女孩在印象上未免落差太大。

“那么，以后如果在公寓遇到了，我就喊大姐姐为冬姐。”

“冬姐？”

“对呀，因为人家喜欢冬天胜过秋天嘛。”

见亚纪面露讶异，明日香一脸理直气壮地说。

“我看明日香也很怪哦。居然比较喜欢冬天。”

“我啊，最喜欢寒冷。所以其实本来不想来九州。”

“这样啊。”

“嗯。不过幸好。”

“幸好什么？”

“因为，博多的冬天超冷的。”

那天，亚纪在明日香的带领下前往香椎町的花店，请店员做了大束捧花，然后在“西铁香椎”车站与明日香道别。亚纪要从那里换乘电车和地下铁去中洲，明日香则是决定从站前的公车站返家。临别之际，亚纪问：

“明日香，你都看些什么书？”

明日香掀开手上包了书套的封面给她看。那是陀思妥耶夫斯基[2]的《被侮辱与被损害的人》。

“你喜欢看外国小说啊。”

亚纪佩服地小声说。

---

1 冬天加秋天：日语里“亚纪”与“秋天”的发音相同。

2 陀思妥耶夫斯基（Fyodor Mikhaylovich Dostoevskiy，1821—1881）：俄国小说家。

“其实也没有啦。”她说。

“那么，你喜欢什么样的书？”

“我没什么特别喜好。只要上面有写字，看什么都行。”

“也就是说纯属打发时间？”

在香椎滨的公车站，她好像就说过那种话，亚纪一边这么回想一边说。

“那倒也不是。”

“这个连续假期你都没事做？”

“对呀。没地方可去。”

“明日香，你也是最近才搬来的吗？”

“干吗这样问？”

“因为，刚才在公车上你不是说本来不想来九州吗？”

“我们是正好一年前搬来的。”

“是吗？”

这时亚纪缄口不语。

“我本来，也一直住在东京。”

明日香却冷不防这么说道。

“我就知道。”

“啊？为什么？”

“听你的遣词用字我就这么猜想了。况且你完全没有博多口音。”

亚纪这么一说，明日香露出有点又羞又喜的表情。

“我啊，尽量不让自己融入这个城市和学校。所以也刻意不学博多腔。”

“为什么？难道是为了配合你爸爸的工作很快又会转学？”

“那也有一点关系。”

“不然，还有呢？”

“因为我讨厌融入。倒也不是只针对这个城市和这里的人，无论在哪儿跟任何人我都不想变成那样。”

“这样啊。不过你怎么会那样想呢？福冈其实是个很不错的城市。”

这时明日香露出稍做思考的动作。

“我想是因为不适合吧。”

“不适合什么？”

“所以说，就是像这样嘛。”

“可是，刚才你不是很随和地主动跟我说话吗？”

“那是特例。”

“为什么？”亚纪笑着问。

“因为大姐姐长得很高，我本来就觉得你是很酷的人。”

“才没那回事呢。从来没人这样形容过我。”

见亚纪笑得更厉害，明日香忽然这么说：

“那就算了。”

立刻朝站牌那边等着发车的公车一溜烟跑掉了。

翌日二十九日星期一是绿色节。亚纪一大早起床就去明日香家。向她父亲纪夫再次寒暄致意，为昨天的事道谢，邀请睡眼惺忪走出来的明日香去看电影。二人看完电影后一起吃午餐，亚纪得知明日香果然是国二生以及她复杂的家庭内情。就这样开始了亚纪与明日香这一年来的交往。

明日香总是自备小瓶柚子胡椒酱。不管吃什么菜她都要用这种调味料。哪怕吃生鱼片或甜不辣乃至牛排一律是蘸这个以代替山葵和生姜。

“来到九州唯一的收获，就是这个柚子胡椒。”她说。

的确，这种拥有独特的柚子香气和酸味的胡椒酱，亚纪也很喜欢。但是看着在刚炸好的天妇罗上涂满大量柚子胡椒酱的明日香，不得不深深感叹，这孩子真的很奇怪。

华味鸡做的天妇罗很美味。鞑靼竹荚鱼更是滋味甘美入口即化，明日香也赞不绝口一再嚷着“好好吃”。

吃完饭，二人一边吃固力果的咖啡冻一边闲聊。就算是纪夫晚归的日子，明日香通常也会赶在晚上九点之前回八楼，但今晚父亲出差所以她似乎格外放松。时钟的指针已超过八点半。

把二人吃完的咖啡冻容器收进厨房回来一看，明日香已从矮桌旁转移阵地到沙发上主动发话：

“冬姐，这次的连续假期你要回东京吗？”

“不知道，我还没决定，不过今年中间还隔着非假日，所以大概不会回去吧。”

明日香顿时露出贼笑。

“说得也是。纯平最近好像也很辛苦，冬姐如果不在，他一定会寂寞得哭哭哦。”

“大概哦。”

亚纪也跟着起哄附和。

明日香和纯平很要好。打从认识后就一见如故成了互不客气的好友。二人都很爱说话，所以三人在一起时甚至有点吵。年纪虽然差很多，但他俩的境遇有共通之处。纯平从国小四年级就与爷爷相依为命，明日香也在父母离婚后跟着父亲过单亲家庭的生活。他们都曾经历亚纪无法理解的辛苦。但，让二人更投缘的原因，还是明日香对纯平的工作抱有强烈的兴趣和崇拜。三人头一次在这里见面时，明日香得知屋里的家电制品比方说热水瓶、电子锅、亚纪用的文字处理机都是纯平设计的，当下就一边来回审视那些产品和纯平的脸孔一边露出异常感动的表情。

而纯平这厢，只要一谈起工作就关不上话匣子，所以能够找到这个最佳听众似乎也很满意。

“运用工业设计做成的世界性商品有很多，比方说可口可乐的瓶子就是最有名的例子。甚至有人说，那如果装在普通瓶子里，顶多只会是颜色极为怪异的汽水罢了。”

纯平的叙述令明日香从一开始就听得兴味盎然。

“你觉得设计师是从客户那里接到什么样的订单，才会设计出那种瓶身？”

这个话题亚纪也是首次听说，因此她与明日香自然听得津津有味。

“他接到的订单是这样的。即便在一片漆黑中摸到也能立刻知道这是可口可乐，而且就算瓶子破了只掉下一块碎片，也能一看那块小碎片就认出是可口可乐。”

“好厉害哦。”

纯平一脸深得我意地报以微笑。这时的他会露出宛如孩童的眼神，那和他平日的嘲讽个性形成鲜明对比，令亚纪深感其魅力。

接着纯平突然起身，去亚纪的卧室一把抓起几个化妆品容器回来。他将容器的盖子一一取下排放在矮桌上。

“明日香，你知道这个是什么吗？”他问。

明日香愣怔着眼睛。

“还能是什么，不就是盖子吗？”

“是盖子没错，但这些全部都是以某个东西为象征设计出来的，你知道那是什么吗？”

“啊？人家猜不出来啦。”

这时，纯平再次得意一笑。

“如果仔细看，全都是又圆又大，对吧？这个啊，全都是根据男人的小弟弟尖端做的设计。简言之，女人想变漂亮的最大理由，在这个盖子身上被成功地设计化。所以，年轻女人看到这种形状的化妆品就会忍不住出手。”

当时，明日香在转眼之间红透的脸蛋至今令人难以忘怀。

“倒是明日香你今年要怎么办？不去找东京的妈妈吗？”

亚纪从矮桌这头抬头看着坐在沙发上的明日香说。

“大概哦。”

明日香也模仿亚纪刚才的语气，戏谑地说。

“可是，你已经很久没见过你妈和小聪了吧。难得有这机会偶尔也该回去一下吧。你爸爸怎么说？”

“爸爸劝我不如去玩玩。可是我明年就要考试了，已经没时间做那种事了。”

明日香的父母在两年前离婚。身为姐姐的明日香跟着父亲纪夫，当时就读国小二年级的小聪跟着母亲裕美子。任职于大型食品公司的纪夫一离婚就被公司调职，在前年四月与女儿一同来到福冈。

“我会跟着爸爸，是因为那时我以为我和爸爸一起生活，迟早有机会让他跟妈妈复合。爸爸也很不放心小聪，如果同住在东京，时间久了，爸爸和妈妈或许能破镜重圆。没想到，一下子就忽然调职，害我那时大受打击。”

离婚的原因据说是纪夫有了外遇。

“背叛妈妈的爸爸我绝对无法原谅。只是，他和当初交往的女人好像已经分手了，爸爸也的确非常后悔。我想爸爸选择我，一定是因为他那时也想跟妈妈和好。”

和亚纪一起去看电影的那天，她这么说道。

没想到事态却朝意外的方向发展。离婚之后开始上班的裕美子，去年十一月竟和公司的上司再婚了。

明日香受到的打击很大。从此，她好像就和母亲与弟弟完全断绝联络了。

“不过，我想你妈一定也很想见你。小聪应该也会很想你吧。”

“也许吧，但是害我无家可归的是妈妈。”

明日香断然说道。

亚纪再次起身泡了热茶回来，把茶杯交给明日香，自己也捧着茶杯在她身旁坐下。

刚才打开的电视正在播报气象预报。

“唯有这里的气象预报，我永远都无法习惯。”明日香喝了一口茶说。

每次看到气象预报她都会这么说。亚纪对此也有同感。来福冈都要一年了，每当画面出现九州地区的天气图还是会感到突兀。就连现在只要出现全国天气图，她还是会忍不住先看东京的天气标志。

“电视频道都还记不清楚呢。”亚纪说。

“这点我已经没问题了。”明日香说着笑了。在福冈，日本放送协会（NHK）不是第一频道而是第三频道，而第三频道在东京本来是NHK教育台的频道。这里的第一频道是朝日电视台，教育放送的第六频道在东京本来是东京放送系统电视台（TBS）。TBS在这里是原本属于日本电视台的第四频道，日本电视台则以超高频UHF播放。在东京是第八频道的富士电视台在这里成了第九频道。

“说不定，连假期间达哉会过来玩。”明日香出其不意地说。

亚纪不禁看着明日香的侧脸：

“真的？”

“嗯。不过还没有确定。”

明日香用有点羞涩的动作将茶杯贴到胸口，嘴角浮现小朵笑容。

3

“达哉，博多节好玩吗？”

经过收费站上了九州自动车道后，纯平一边加快车速一边问后座的达哉。

达哉沉吟良久，沉默不语。

“一定很无聊吧？”纯平笑着说。

“也不是啦，只是人实在太多了，我也说不出所以然。”

“在啥处看的？”

“啊？你说什么？”

达哉倾身凑近驾驶座。

“不是啦，我是问，你们在什么地方看热闹。”

“就在ACROS福冈复合商场的正前方。”

坐在达哉身旁的明日香代替他回答。

“可是，现场挤得要命根本什么都看不到。中途还下起雨，所以我们立刻就回来了。”

号称日本三大庆典之一的博多节，在每年五月的三日、四日举行。有儿童游行、化装游行、手舞[1]等民俗表演，福冈与博多的人们列队缓缓走过博多街头，短短两天之间就有将近两百万观光客拥来参与这场盛大活动。

1　手舞：大批人群一边比画同样的手势一边跳的舞。

“明日香也是头一次参观博多节？”

“嗯。但我死也不会再去了。”

“那和德岛的阿波舞一样，如果不加入表演队伍一起跳舞就一点也不好玩了。”

“纯平，你加入过跳舞队伍吗？”明日香一脸意外地说。

“对呀。不过只有大学时一次而已。”

“好玩吗？”

“哎，无聊透顶。”

“什么嘛。”

全体一阵爆笑。

“冬姐，你参观过博多节吗？”

明日香改问坐在副驾驶座的亚纪。

“我还没参观过。”

车子不断加速。亚纪无暇专心回答只顾着叮咛纯平：“拜托你开慢一点。”他点点头放松油门。

纯平的驾驶方式在亚纪看来很粗暴，不仅爱开快车，切方向盘也很大胆，起动和倒车入库时速度更是快得吓人。他在学生时代就已经买车，每周都要开回大分的祖父身边，所以技术的确很好，但他就算开上一整夜也照样勇于加速令坐在旁边的亚纪总是提心吊胆。

最近纯平的睡眠时间每天顶多只有三小时，即便来亚纪的住处，也是随便吃点东西就倒头大睡。今天他也是说在事务所忙到天亮，假寐两个小时后就来接亚纪一行人。

纯平的爱车是一九八四年的日产青鸟·MAXIMA。据说这是他念完大一就把打工存的钱全数挥霍买的车，这年头已经很少有人开这种旧款汽车了。亚纪头一次和他出去兜风时很惊讶，今早达哉看到车时也同样瞪圆了眼。不过，开起来出乎意料地舒适。这固然是因为纯平从不轻忽保养，一直开得很小心，不过照他的说法，这辆车是名车。

“FF（前轮驱动）的V6涡轮式喷射引擎在日本只有这种车才有。在日产车系中，这也许是最后一款像样的车子。现在用半导体控制的车，几乎已经完全丧失汽车本来该有的机械特性了。”

他如此宣称。

“用物与人来区分的人，不懂物品也是有心的。物品当然不可能有人类那种心，但它与人类结为一体时，制造者的心会明明白白地向我们倾诉。”

这是他身为工业设计者的信念。

“简言之，人是物、物是人。人机一体，才是区分动物与人类的最大要素，我认为那就叫作文明。”

头一次约会时，纯平语带热切地这么说。亚纪当时听不懂“併具杓佬函‘函宲京函’”这四个字，不由得反问，他露出你怎么连这个也不懂的表情，抽出一张餐厅的餐巾纸，用圆珠笔写上“人机一体”推到亚纪面前。看到他好似很生气的表情，那一瞬间，亚纪当下就深深爱上稻垣纯平这个男人了。

“不过，博多节如果不好玩，难得来一趟岂不是大失所望。”亚纪说。

过完昨天的儿童节后，连续假期也结束了，开往久留米的道路空荡荡的。若是东京高速道路的北上车道今天肯定大塞车，但这边就连对向车道的车流也很顺畅。

“没那回事。规模远比东京的深川祭及三社祭来得大，我也充分享受到那种气氛。”达哉用率真的口吻回答。

“你这话是什么意思？”明日香发出不满之声。

“达哉又不是为了看博多节才来的。你是想我才来的吧。”

“呃，那当然也是啦。”

然后在抵达久留米之前的近一个小时路程中，达哉与明日香一直在后座咏咏笑谈。

今年的黄金周假期，是二十六（周六）、二十七（周日）、二十八（周一）、二十九（周二，绿色节）、三十（周三）、一（周四）、二（周五）、三（周六，行宪纪念日）、四（周日）、五（周一，儿童节）。四日是星期天，所以无法算是国定假日，要完整地休个假也很不方便。

亚纪这次也没回东京。去年中元假期她回去过，今年正月也是在两国的老家过的年，所以用不着勉强赶回去。

平田达哉来明日香家玩是在前天，五月二日的晚上。

翌晨，亚纪和他简单打过招呼后，两个小家伙中午就与纪夫一起出门去看博多节，所以直到今天才正式见面。当然，纯平也是今早才头一次见到达哉。

之前老早就已约好今天一整天要四人出游。对于预定明早搭机返回东京的达哉，亚纪透过明日香，问他想去哪里玩，他的心愿出乎意料，竟是“想吃最好吃的博多拉面”。昨晚亚纪告诉纯平这件事后，纯平说：

“真正好吃的博多拉面是久留米拉面。”

这个答复也同样出乎意料。

亚纪这才想起，以前就常听纯平提起久留米有家“白龙轩”卖的拉面是天下极品。结果到现在他也没带亚纪去过，所以两人商议之后认为这也算是个好机会，于是敲定了这次的久留米之行。

白龙轩位于自久留米市区往大牟田方向开车走十分钟的地方。附近有九州最大的一级河川筑后川流经，面店就建在大桥旁。

四人在十二点整抵达白龙轩。

在客满的店内，亚纪与明日香点了拉面，纯平与达哉点的是大碗叉烧面。的确，汤头果然比博多拉面更浓厚醇郁，却又几乎完全没有油腥味。面条是平杆的细面别具独特口感，达哉和明日香连汤都喝得精光。

“不枉我们大老远跑来久留米吧。”

纯平这么一说，二人都点头露出满意的笑容。

浑身大汗地走出面店，微阴的天空已开始有阳光照射。因为在河边，所以也有凉风吹来。朝河堤走去，可以看见宽阔的河流，蜿蜒直抵远处的阿苏群山。

“吃饱了消化一下，在河边稍微走一走吧。”在五月的阳光下，纯平眯起眼做个深呼吸后说道。

他的侧脸，好像又憔悴了几分，下颚满是胡茬儿。这么累的时候还让他陪明日香他们出来玩真是对不起他。亚纪感到很内疚。

过了桥有阶梯可以走下河岸。沿着那陡峭的阶梯，众人步向河岸。距离对岸起码有五十米的河上，只有风吹水面掀起微涟，宛如大湖一般静谧。

他们在岸边走了一会儿。只见全家出游者及情侣们，有的玩水，有的在河岸晒太阳。

达哉与明日香跑上河堤的斜坡。就背影看来，由于二人都很高，就像一对情侣一样。不过达哉才念高二，明日香才念国三，距离那个年纪为时尚早。

“不过，那二人真的打算结婚吗？”

一边仰望在河堤半途发现洼地当场坐下的二人，纯平说。

“至少明日香非常认真，绝对打算结婚。”

“为什么？”

纯平发出错愕之声。

“应该说，对现在的明日香来说达哉是她唯一的生存支柱。”

“或许是那样没错啦，不过达哉那边好像也是这么想的。”

“我也这么觉得。他好像也对明日香很认真。”

“看吧。不过，这年头真的还有由双方父母决定的指腹为婚吗？我实在有点难以置信。不管是明日香也好，达哉也好，今后想必还会遇到喜欢的对象，要一直维持现在这样的关系，按照约定真的步入结婚礼堂，我倒觉得非常困难。”

“也许会那样，但也许不会是那样呀。”

“真的吗？”

“你想想看，和青梅竹马或国中高中时的同学结婚的人不是很多嘛。他俩或许也会类似那样吧。”

纯平不知几时已牵起亚纪的手。明日香与达哉正在挥手，所以纯平与亚纪也用空着的那只手同时朝他们挥手。

“不过父母指腹为婚，感觉上听起来的语感就大不相同。因为其中毫无当事人双方的意愿，是双方父母自行决定的。”

“的确是这样没错，不过相对的，在孩子看来约束力也很强。毕竟从小，大人就已一再告诉自己将来要和这个人结婚。”

“嗯——”

纯平露出无法释怀的表情。

亚纪头一次从明日香那里听说达哉的事时也大吃一惊。二人的父亲是从国小开始的好友，彼此结婚之前，据说就已相约立誓将来如果生下儿子和女儿一定要结为儿女亲家。所以，达哉与明日香打从有记忆起，便在众人说的“你们两个将来是要结婚的”这句话中成长。看明日香的样子，似乎坦然接受了这件事。正如纯平所言，双方父母擅自决定的这种承诺，当事人是否打算遵守的确是个疑问，但观察今日的二人，双方似乎都格外认真，最重要的是他俩简直比真正的亲兄妹还亲密。

父母决定的婚事——听到明日香说起这件事时亚纪首先想到的，是佐藤佐智子。三年前，在康婚礼当天看的那封信的内容，至今仍深深刺痛亚纪的心。对于明日香与达哉的婚事她没有纯平那么强烈的突兀感。一定是因为三年前的体验吧，亚纪想。

明日香二人正在招手叫他们过去。

亚纪松开交握的手，比纯平先走上河堤。

4

纯平与达哉并肩坐在草地上，正聊得起劲。

明日香说“会稍微凉快一点哦”，打从刚才就走下河岸，亚纪在纯平身旁一直默默聆听他俩的对话。

起先，似乎还是纯平的车引起达哉的兴趣。

“车检或是保养之类的，比起买新车更花钱吧。”

“我倒觉得还好。况且，简单的汽车维修我自己就可以应付。”

达哉用佩服的眼神看着纯平。

“你该不会也有维修技师的执照吧？”

“那倒没有，不过我对汽车的结构很了解。”

达哉露出有点诧异的表情。纯平继续说：

“因为我希望有一天也能设计汽车。当然，如果对机械没有一定程度的了解怎么画得出设计图呢。事实上，我对电车也挺了解的哦。”

“那么，你也想设计电车喽？”

“对。打从学生时代起，我的梦想就是将来能够设计新干线。为此，起码得先让自己看得懂汽车和电车的结构图才行。”

纯平现在住的大名的一室一厅公寓里，到处都放着汽车和电车的精密模型。亚纪头一次造访时，他就当着她的面往床上仰面一躺，把一个电车模型举向天花板给她看。“每晚，睡前我总是这样静静打量这些东西半晌。性能好的东西形状绝对很美。无论是汽车或电车，不美就不可能成为名车。看着这些，真的会对此深有认同。”他说。

“新干线啊。纯平哥真的好有活力哦。”

“会吗？”

“会，我就是这么觉得。”

纯平苦笑，揪起手边的草往胸前一放。从左往右吹的风越过亚纪交叠的双腿将碎草吹向两米外的地方。

“可是，达哉，你起码也有将来想做的工作吧。”

“那么伟大的没有。”达哉用认真的口吻说。

“那如果是不伟大的呢？”亚纪越过纯平探出身子问。

达哉露出有点困惑的表情，想了一会儿。

“上次我看电视，觉得不错的大概是当渔夫吧。”

“渔夫？”纯平惊叫。

“对。那个节目里，有个渔夫驾着捕鱿鱼的船，夫妻俩一起捕鱿鱼。我那时曾稍微想过，等我高中毕业，和明日香结婚，如果能一边捕鱿鱼一边过日子好像也不错。”

“可是，你念的高中是升学率首屈一指的明星学校吧？”纯平哭笑不得地出声。

“基本上，是这样。”

“那么，你应该也打算考进一流大学继续念书吧。”

“是啊。”

“既然如此，不就不可能当渔夫了吗？”

“大概吧。”

然后，达哉看似非常不好意思。

“所以说，我根本没有纯平哥那种伟大的志向。”他说。

不管怎么看，达哉都是个没什么缺点的高中生。身材高大，丹凤眼配上高挺的鼻梁，相貌相当英俊。听说在学校也是手球选手，手脚修长全身毫无赘肉，看起来很帅。严格说来，和毛发浓密的黝黑脸孔上有双浑圆的眼睛、算是身材矮胖的纯平比起来，会让人感到，达哉果然不愧是东京小孩。而且达哉念的高中考取东大的概率经常排在前几名，是名校中的名校。

“等你上了大学，应该会好好用功准备当医生或者律师吧。”

亚纪这么一说，达哉一脸兴趣缺缺地回答：

“学校的人，全都这么说。可是，我很怕人际应对，所以我想恐怕不可能当医生或律师。”

“人际应对这种事，年轻时不太擅长才是刚刚好吧。”

“有时我也会觉得或许是这样，但想想还是希望尽量不要做与人接触太多的工作。”

“为什么？你这么讨厌人吗？”

“不知道。又没话可说，而且一大群人一起玩一点也不好玩。”

“你这样，不就等于是宅男吗？”纯平笑了。

“也不是。我没有那种全心痴迷的嗜好，对那种人也不太欣赏。”

“既然如此，你要上大学做什么？”

纯平越来越目瞪口呆。

“我自己也不太清楚。我想别人其实也都不太清楚吧。”

“不对！”

纯平大喝一声，脸色一正：

“比方说吧，想从事刺激的工作、赚很多钱、娶个美女当老婆、住豪宅之类的欲望，纵使没说出口，每个人心中必然都有。人哪，就算在旁人看来再怎么荒唐可笑，如果没有足以令自己心服口服的动机，就什么也不会做。现在的达哉就是完全欠缺这种东西。”

纯平的话，令达哉再次陷入沉思。从现场严肃的氛围可以充分感受到，他并不是想逗纯平和亚纪才说奇怪的话。

“以我的情形，那很困难。”

他嘟囔，又停顿了一会儿，然后说出这种话：

“我的情形是，我觉得钱不用赚那么多也没关系，反正我本来就不太需要，也觉得只要正常工作要养活一家人起码这辈子不成问题。老婆已有明日香在，至于房子，我是独生子所以有父母的房子，况且我父母也都是家中唯一的孩子，将来我会继承的房子还有两栋在东京，尤其我外公是个大地主，手上经营着好几栋出租大楼和公寓。”

“哇……”

纯平不由得惊叹。亚纪也对达哉的说辞有点哑然。

“哪像我，小时候就死了老爸，老妈也在我国小时再婚，我从小就在爷爷家里长大，所以一直渴望早点长大赚钱，好让照顾我的爷爷卸下担子，也一直都渴望做自己想做的工作，赚很多钱，自己也过上好日子。”

“像你这样，令人有点羡慕。”

达哉的语气变得感慨万千。

“我现在对自己想做什么还毫无头绪。只是明日香也和纯平哥一样，为了家里的事吃了很多苦，又一个人孤零零，所以我唯一的心愿就是希望以后可以让明日香不要再尝到更多寂寞滋味。”

纯平嘴角一撇，环抱双臂。亚纪也将目光自达哉移开，欣赏眼下的景色。云层早已散去，午后的强烈阳光照亮安静的河面。在忙着玩水的孩童中可以发现一个身材修长的少女的背影，明日香是几时跑到那么远去了，亚纪想。蓦然将视线移回达哉那边一看，他也正目不转睛地凝视明日香的背影。

陷入沉默的纯平，倏然开口：

“那个，该怎么说呢……你俩是道道地地的指腹为婚？成年之后真的打算结婚？”

“对。我和明日香都是从小就这么想。”

“你们的父母也是认真这么想吗？”

达哉做个侧首不解的动作。

“不知道，应该不是吧。”

这意外的答案令纯平与亚纪不由面面相觑。

“应该不是？”亚纪当下反问。

“对呀，因为就算我们说将来要结婚，他们好像也压根儿没有当真。”

“如果是这样，那你们为何这么坚信不移？指腹为婚是双方父母决定的才叫作指腹为婚吧。如果父母不是认真的，那你们应该也用不着受制于那个约定吧。”

“我们可没有受制哦。”

“那么，为什么会决定要结婚呢？你俩都还很年轻，就算更自由地考虑彼此的关系应该也不是坏事吧？”

这样简直成了自己与纯平联手审问达哉嘛，亚纪虽然内心有所顾忌，还是忍不住发出疑问。

达哉听了亚纪说的话，嘴角浮现出一丝不明显却像是嘲笑的浅笑。

“我想明日香肯定也一样。其实除了明日香以外，我根本不想和任何人做好朋友。并不是因为对象是明日香才这样，在我觉得是对象凑巧是明日香。我想要这种明确的东西，也渴望接受那种明确的东西。我们彼此的父母，或许是半开玩笑地约定等我们长大后让我们结婚，但对我和明日香来说，那并不是玩笑，明日香和我都是一直这么老实相信这点长大的。所以，这并不是父母决定的，我想一定是极为自然又理所当然地决定的。而且，对我们来说，这点比什么都重要。这个，如果是双方父亲认真许下的誓约，我想我们一定无法像现在这样深信不移。谁也没下决定，无论是我俩或双方父亲。这点非常重要。明明无人认真决定，结婚这个人生重大抉择却在不知不觉中自然地决定了。我和明日香都真心且认真地相信这点，并且想要接受。因为我与明日香都希望自己的人生中至少有一样东西是真正确定的，正因为真正确定的东西就如同我们现在活着，或者我们迟早会死一样，不是自己能够决定或选择的，正因为那无法靠自己的力量去改变，所以才是真正确定的东西。我的意思，你们能够理解吗？”

达哉出乎意料的长篇大论，令纯平陷入深思好一阵子缄口不语。但，最后他用无法忍受的语气开始说话：

“问题是，那样子你们的婚事不就等于像遭遇天灾一样吗？或者，就和不久前才刚解决的‘秘鲁事件’中的人质一样。所谓的重大抉择，正因为是自己选择的所以才叫作重大抉择。什么也没做就被擅自决定的东西，根本不算是重大。大抵上，如果照你的说法，两年前在神户大地震中死亡的六千多人，那才真的是被确定的选择突然那样夺走生命呢。”

纯平说的是理所当然的道理，亚纪想。

达哉再次浮现带着嘲讽的笑容：

“死于天灾真有那么糟吗？我认为就死法而言一点也不坏，而且就和死于疾病或意外事故没两样。重点是，自己的死没有自己参与的部分。换句话说，就‘没有责任’这个角度而言，死于天灾就死法而言，比起车祸或精神压力导致的许多疾病要来得自然合理多了。”

纯平认真凝视达哉的脸孔。虽然眼神看似愉快，但这时的他内心多半正对对方抱持强烈的敌意。

“那只是强词夺理罢了。你所谓的确定，照我说来是像气球一样空虚的确定。说穿了，在这世上根本没有谁也不做选择、谁也不做决定这种事。就连我的出生也是我老爸老妈选择的，我将来会死，也是我活在世上几十年来不断选择的结果才会产生的必然。我认为没有选择的世界没有生死可言。而我，努力生活，然后死去，又投胎变成另一个我回到这个世界。世上并不是毫无选择，一切都是经过选择才会存在。出生之前的我选择了成为现在的我；死后的我，肯定也会选择投胎转世成为下一个新的我。无论是阴间或人世，包括植物和动物在内所有的生命，正因为会无限地重复选择，这个世界才能一直存在。大抵上，你和明日香这样坦然接受你俩将来要结婚的行为本身，就已经摆明了是你和明日香自己的选择。”

纯平展开他向来的论调。他经常说：“做设计这一行，虽然只是偶尔，有时真的会感到自己好像附身到这个设计上。而且，那样的设计变成制品后一推出肯定会大受欢迎。人心，本来和身体是截然不同的两回事，可以自由左右这个世界。所以，我觉得就算我死了我的心也一定不会死。既然都可以附身到物品上面了，所以如果我死了，我的心一定也会附着在别人身上，再度投胎来到这个世界。”

纯平的说辞令达哉面露狐疑。

“是这样吗？我倒不认为。我和明日香什么也没选择。我认为我们只有透过不做选择才能真正接受。”

“所以，我不是说了吗，你那是大头症的强词夺理。活着本身就不属于其他任何人，彻头彻尾地属于自己。人，只能透过做决定、做选择活下去，这样才能产生自己这个人的形体。没有形体的人生不是真实的人生，就跟没活着一样。我绝对不要死于天灾，也确信自己绝对不会是那种死法。无论是被地震压垮、被推落海中还是身陷火场，直到最后的最后，我都会抱着‘自己才不会为了这种事死掉’的想法死去。人只能这样。达哉你所谓的死于地震是自然合理的事，等你自己遇上了就算撕裂你的嘴也说不出来。你不觉得吗？”

听着二人你一言我一语的，亚纪感到自己好像可以理解达哉的意思。尤其对于他说的“只有透过不做选择才能真正接受”这句话，亚纪也深有同感。的确，即便是自己的人生，有些命运好像也只能默默接受。

亚纪蓦然想起弟媳妇沙织。

至少沙织罹患的重病肯定是她自己毫无责任、没有参与任何部分，套用达哉的说法是“自然合理”的病。沙织从小就接受了那种病。她想必只能这么做，也透过接受培养出那样的人格。如果照纯平所言“人，只能透过做决定、做选择来活下去”，否则就无法形成“人的形体”，那么对于沙织这名女子拥有的出色形体，纯平会如何判定呢？亚纪微感疑惑。

“像纯平哥这样精力旺盛的人或许无法理解，但我一点也不觉得自己的人生全部属于自己。如果遇上地震或火灾，我想我一定会比任何人先绝望。死于神户的人们当中，我想一定也有一些人像我一样吧。”

不知怎的，达哉露出开朗的笑容这么说。一旁的纯平用至今无法接受的表情瞥向河岸。

不久明日香回来了，三人也趁机起身。回到白龙轩停车场取车时，已是下午一点半。在亚纪的提议下，回程时他们在太宰府交流道下车，顺道绕去祭祀菅原道真[1]的太宰府天满宫。在那里买了保佑明日香学业顺利的护身符，又在参道旁的茶店品尝了当地名产梅枝饼。回到香椎滨的公寓时已过了傍晚五点。

与明日香和达哉道别后，纯平来到亚纪的住处。他说想喝啤酒，于是拿昨晚剩的醋拌章鱼和起司当下酒菜，开了罐装啤酒。

二人在客厅的矮桌相向而坐，互相干杯。

“你累坏了吧。今天真不好意思。”亚纪说。

纯平一口气喝光杯中酒后，说：

“没那回事。”

“你今晚可以留下过夜吗？”

1　菅原道真（845—903）：平安前期的公卿、学者、文人。满腹学问，文笔出众，死后被尊为学问之神，以天满天神之名受到祭祀。

纯平摇头。

“有件工作明天要交给客户。现在只画好草图所以得利用今晚赶工完成。”

“起码打个盹儿也好呀。”

“没那个时间了。”

“可是，你还喝了酒，不能开车啦。”

“不要紧。这点儿酒只是小意思。”

纯平说着又往自己的杯中倒啤酒。

“绝对不行。”

亚纪看看墙上的时钟。“你还是睡到九点再走吧。反正就算现在回事务所工作效率也不会好。”她说。纯平也随着亚纪的视线凝视时钟的指针。

“听我的话。”

她再次强调后，纯平默默点头。结果，他喝了两罐啤酒。醉意一上来就开始谈论今天明日香与达哉的事。

“那二人相当危险。”

纯平咕哝。

“回程时在车上，虽然达哉邀明日香今年暑假一起去神户，但我觉得明日香还是别去比较好。”他说。

“为什么？”亚纪问。

“没有为什么，反正别让他俩独处比较好。”

“可是，他们看起来那么要好，我想应该不会有太大问题吧。明日香才国三当然不可以和男孩子单独去旅行，但不是说达哉的姑姑就住在神户吗？”

“我不是说那个。”

纯平渐渐地有点口齿不清。喝这点儿啤酒就会醉，证明他已经相当疲惫。

“明日香固然也是，但达哉更危险。虽然看似聪明，但那小子没有固定的形体。浑身软绵绵的，唯独温柔、羞耻心和自负心格外发达，是这年头典型的年轻人。他没有关键的容器来注入这种感性加以固定。简言之，那小子没有形状。没有形状的人，要活下去会很累。我经常说，一切都是先从形状开始，决定那个形状，然后才能选取要把什么放进那个形状中，用什么来当作内容。可是这年头的人，满脑子只想着什么生存支柱或者意义之类的。就连工作也是，都还没开始做呢，就只顾着烦恼这是不是我真正想做的事，或者我是否真的甘愿一辈子做这种工作。像工作那种东西总之先动手去做就对了。先做了之后，才会明白那份工作对自己而言有没有什么意义。这点，以前的人十五六岁就都知道了。那才代表长大成人。现在的年轻人就是缺少了作为那种形状核心的基本能量。达哉也是其中一人。正因为在得天独厚的环境长大比别人加倍聪明，所以像他那样反而会更危险。亚纪你不觉得吗？”

听了纯平这番话，亚纪再次反刍二人刚才的样子。她认为，自己多少能够理解他的言下之意。但是，亚纪不觉得达哉真有他说的那么“危险”。

“这个嘛……”

说着她看向对面的纯平。他闭着眼，不知几时已垂落双肩睡着了。

5

鸦片战争后成为英国殖民地的香港，在一九九七年七月一日回归中国。以经济成长为优先的中国政府，为了让香港继续保持过去的金融、贸易中心的地位，保障了香港比深圳、珠海、厦门等经济特区更高度的自由，企图加速欧美及日本的资本进出。近年来中国的经济发展确有令人瞠目之处。

亚纪任职的九州分社，自去年以来也被总社派下“在中国开拓建设新工厂的据点”这个特别任务，分社长赤坂频频前往北京与上海出差。

亚纪也在去年十月和今年三月两度与赤坂同赴北京。去年头一次出差是十月八日出发共计一周，但最后一天十四日正好也是亚纪三十二岁的生日。

难得的生日却不能共度似乎令纯平颇为不满，打从这趟出差定案他就一再激动地表示：“难道不能提早一天回来吗？如果向分社长提出这点小小的要求对方应该会让步吧。”终于在出发的前一晚，纯平与亚纪发生争吵，出差期间陷入彼此互不联络的冷战状态。

纯平的个性中本就有这种稚气又任性的一面。一不如意就闹别扭，非要彻底坚持自己的主张直到亚纪妥协。或许一部分也是在对年长两岁的亚纪撒娇，但更重要的是，可以隐约窥见对他来说“任性也是一种才能”这个不可动摇的信念。的确，做他那一行的，肯定不可缺少这种强烈的自我特色，但是看到纯平对以前的女友做出“到头来，她们最后还是跟不上我的个性”这种评论，还是无法不感到其中藏有自我意识过剩的自大，以及与之成套的竭力逞强。

“并不是只要有才能，就可以为所欲为。”

亚纪受不了纯平的任性，偶尔这么点他一句，他听了总是说：

“话是那样说没错。”

虽然是YES、BUT句型，但被对方批评好歹还肯点头同意，由此可见纯平的天真无邪。

“我总觉得，唯有亚纪一辈子都足以信赖。”

初次同床共枕的翌晨，纯平冷不防如此咕哝。这句话令亚纪切身感到他从小便有的根深蒂固的孤独。

在北京的最后一晚，回到饭店房间后亚纪终于得以放松。赤坂或许也累了，没加入那晚的酒席，傍晚与他和当地员工道别后，亚纪总算捡回了半天生日。冲过澡，正打算今晚不吃晚餐在房间好好休息之际，纯平在睽违一周后打了电话来。亚纪在北京的落脚处当然事先就已告诉过他。

“生日快乐。”他这么说。

“谢谢。上次是我不对。其实我很高兴你有那份心意。”

好久没听见心爱男人的声音，令亚纪得以坦诚道歉。

“你一个人八成很寂寞吧。晚饭吃过了吗？”

亚纪看看手表。正好是晚上七点。

“天天吃中国菜，搞得肚子好像有点不舒服。我刚刚才决定今晚什么也不吃早点睡觉。”

“我就知道你会这样。一定开始想念日本料理了吧。”

“对呀。天天和这边的人聚餐，日本料理只有午餐时和分社长吃过一次。”

“你现在想吃什么？”

“只要不是中国菜什么都好。我觉得只要有白饭配泡菜再来碗味噌汤就心满意足了。”

“包梅子的饭团如何？”

“啊，好耶。明天回去后我们一起吃吧。”

这时，纯平像要忍住窃笑般停顿一拍呼吸。

“用不着等到明天了。我现在就送去给你。”

电话挂断不到三分钟亚纪的房门就被敲响。开门一看，抱着花束、拎着背包的纯平，满脸得意地站在眼前。

进入这个七月，纯平的独立计划遇到重大障碍。筹募资金停摆，陷入窘境。

打从月初，亚纪就感觉纯平有点不对劲，但她本以为也许是眼看距离开业不到两个月，要处理积压的工作和开设事务所的筹备工作到了最后关头令他身心俱疲。

终于得知纯平的窘境是在七月十六日星期三，她和纯平一起花了整个下午四处勘察要租来当作事务所的房子时。

那天，亚纪请了半天假，中午一点在天神CORE购物商场的一楼与纯平会合，二人跟着房屋中介的年轻职员，三人一同参观了几间房子。

基于纯平希望远离现在的事务所所在的天神，中介商提供的房子有三间位于博多车站周边，还有三间靠近博多港。每一间都超过三十五坪（约一百一十六平方米），因为还要兼作纯平的住处，所以其实不算太大。本来也曾想过干脆租一间公寓算了。但是最后的结论是若要挂出事务所的招牌还是办公大楼比较好。二人大约一个月前就开始寻找出租办公室。靠近博多车站的那三间全都位于龙蛇杂处之地，亚纪和纯平都不喜欢；至于博多港那边，筑港本町与大博町倒是有很不错的好房子。筑港本町的那间，隔着大相扑九州赛场所在的福冈国际中心位于正对面新建八楼大厦的六楼，视野也很棒，正面是福冈赛艇场，朝右看去都市高速一号线“港口大桥”的彼方可以望见美丽的博多湾。再加上周围没有高楼大厦，光线也非常充足。至于大博町那间，是面向大博路的老旧大楼一室，但这间也光线充足，最主要的是房租非常便宜。

耗到傍晚全都看过后，亚纪二人与业者道别前往中洲某家纯平常去的鳗鱼店。昨天才刚结束庆典的博多祇园山笠[1]的中洲街头，庆典的热气至今未熄，人潮比平时更拥挤。那珂川边整排博多最出名的路边摊，也每间都挤满了下班男女。二人一路漫步到“福博相逢桥”旁，走进面河而建看似普通民宅的店面。看这座桥的名称也知道，隔着那珂川，大桥对岸算是福冈，这头的中洲则是博多，这是本地人基本上的福（冈）博（多）区分法。

他们叫了啤酒与烤鸡肝，先举杯互敬。

亚纪先开口表示，她认为筑港本町的那间新房子不错。就纯平当时环视室内的氛围看来，也能猜到他肯定会选择那一间。没想到，纯平像往常一样一口气喝光第一杯啤酒后，竟说出意外的话：

“我决定租大博町那间。毕竟那间的房租实在太便宜了。”

以纯平从事工业设计，向来对房间及用品乃至小东西都十分讲究的作风而言，这实在不像他会说的话。

“可是，好不容易自行开业，就算房租贵一点，我认为还是选个舒服的环境来工作，就长远看来会对你更有利。”

亚纪当下直觉，这个人对自己隐瞒了资金方面的新问题，一边姑且这么说。

“哎，草创初期没资格挑三拣四嘛。更何况今后我要从领薪水的变成发薪水的了。”

看着那种不像纯平作风的退缩笑容，亚纪加强了几分语气。

---

1 博多祇园山笠：每年七月一日至十五日于福冈市栉田神社举行，超过七百年历史的传统祭典。众人将附有装饰的花车称为山笠，扛着绕境游行。

“纯平，你有事瞒着我吧。贷款的事该不会到了这个月忽然泡汤了吧？”

被她一语中的，纯平张口结舌以呆然的双眸回视亚纪。

之后，一边吃他们叫的鳗鱼饭一边听纯平的详细说明，听来过程实在很惨。

纯平把他想开业的事告诉事务所社长内海次郎，是在今年三月。在那之前，他也在大约两年前就已告知内海自己有开业的打算，所以离职的事并非突然决定。本来，当初应邀至内海的事务所工作时，纯平就已与内海达成将来会自行开业的默契。

可是，对于当家设计师纯平的离职，现在内海却面有难色。

“多亏有稻垣，我们才能开始接到各家厂商的大工作。如果你能再多待一阵子，等到资金和员工、客户都到位了，我们事务所可以以一分为二的形式帮你开间气派的事务所。”

内海一再这么挽留他。在那过程中纯平也首度听说，原来内海已计划在明年春天建设自家大楼。

“这间事务所也嫌小了，况且我也想增加员工。老是让你一个人负担工作我觉得很抱歉，也想让你尽量做你自己想做的工作。这次盖大楼，我打算替你准备一间专用的设计室。”

纯平说，内海甚至把大楼的完工预想图拿给他看，“能不能再跟我一起努力个两三年？”他如此一再劝说。

“地点就在现在的事务所旁边，是栋小小的三层楼房。一想到这个人只为了当这种小家子气楼房的主人才开设事务所，我就心灰意冷。设计师要那种楼房到底有什么用！”

亚纪想起纯平曾以苦涩的语气如此抱怨。

过去内海与纯平是同一家公司的同事。纯平刚开始从事工业设计时是做住宅设计。虽说是同事但内海比纯平年长八岁，因此也有一半算是上司与部下的关系。二人任职的公司，是开发免治马桶令业绩急速成长的北九州某建筑设备制造商，纯平自福冈的工艺大学毕业进入公司时，据说内海在设计部已是主任设计师之一。将来打算自立门户的纯平，在入社的第四年，主任内海离职成立“内海设计工房”时，算是被他挖墙脚，晚了半年加入内海的事务所。那是距今六年前，纯平二十五岁时的事。

对于内海次郎，亚纪也跟着纯平和他一起吃过几次饭。之前就已听纯平说过，“对我来说他比亲兄长更像兄长”。实际见面一看，内海是个温厚的绅士，亚纪暗忖：此人就算留在公司，飞黄腾达也绝对指日可待。来回审视着正在谈公事的纯平与内海，她感到内海想必无意继续朝设计师之路精进，而是选择了管理众人的经营者之路。因为他看起来和艺术倾向强烈的纯平正好相反。待人接物也面面俱到，不忘当着亚纪的面赞美纯平。

“稻垣这人，就设计师来说是个天才。打从他进公司时，他的才华就令我惊讶。他一进公司，就立刻为免治马桶带来革命性的创意。过去，我们为了强调这个厕所有免治马桶，所以刻意画出功能繁复的机械化设计，但他的设计方案却完全反其道而行。是那种乍看之下与普通马桶无异、非常简洁的设计。‘在免治马桶已成为当然配备的时代，到现在还在主张那个有什么用。’这就是稻垣的想法。简言之，他强调的是，今后应该让使用者认识到：在日本人的生活中，免治马桶作为一种新的物品文化已经深入人心。这种想法的转换令我和设计部的同仁都不由得感叹不已。我立刻就把他的设计向制造部门提案，但那些主管的脑袋太僵硬，很遗憾地未予采用。不过，到了现在，免治马桶和普通马桶的设计几乎已毫无分别，不坐下去根本分不出来。这样的产品大为畅销。果然如稻垣当初所言。我从那时起，就知道这小子是天才，对他啧啧称奇呢。”

亚纪观察身旁因他这番话露出得意表情的纯平，一边感到不忘加上“就设计师来说”这个注解的内海是不容小觑的人物。在这样的男人看来，堪称工作狂的纯平这种死心眼的家伙，肯定很好使唤吧。

结果，纯平求去的心意不变，内海只好放弃挽留。然后，他开始反过来耐心地为纯平的今后计划提供意见。若要自立门户，就得开设事务所，雇用助理，还得找员工负责业务和会计部门的工作。但，最重要的是独立所需的诸般费用及事务所上轨道之前的运作资金事先应该如何筹措。在筹措资金这方面内海也向纯平伸出了援手。他介绍“内海设计工房”合作的博多城市银行贷款部门的人，轻轻松松就帮他谈妥了一千五百万的贷款。而且作为担保，只要拿纯平存下来的五百万在博多城市银行开个支票户头就行了，在这种贷款不易的时代这是千载难逢的良机。

纯平当时做梦也没想到这是内海设下的陷阱。

一进入七月，纯平突然被博多城市银行的贷款专员叫去，声称要取消贷款。理由是城市银行的呆账处理格外耗时，临时决定自下期开始大幅缩减贷出额度，听来实在无法令人照单接受。尽管纯平一再恳求，专员的态度却和过去截然不同丝毫不留情面。

慌忙回到事务所的纯平，向内海报告事情经过，拜托他从中斡旋。眼看距离九月开业已不到两个月了，现在如果资金卡住，开业这件事必然会受挫。

“哎，算你时运不济吧，稻垣。你现在独立还太早了。既然贷款泡汤了暂时是没希望了。被城市银行这么一拒绝，事到如今就算你改找别家，恐怕也不会有银行愿意立刻贷款。”

面对内海这种冷淡的态度，纯平说他终于醒悟，原来内海一开始就打算破坏这笔贷款才主动向自己提议。

“哎，虽然发生过很多事，但你如果想继续在我这儿工作，九月以后我继续收留你也不是不行。”

内海一边偷笑最后居然还这么放话。

“那种事务所，赶紧辞掉算了。”

这么过分的事，令亚纪一开口就这么说。然而，纯平面带忧郁地摇头：

“没那么简单。我不能扔下做到一半的工作，况且也没有明确的证据足以证明是社长在贷款这件事上搞鬼。如果现在一走了之，连我在工业设计这行的信用都会一落千丈。事后还不知会被社长批评成怎样，而且这样等于让他正中下怀。我还是要把工作好好做完，按照原定计划在八月底辞职。”

“你现在就这么软弱怎么得了。那间事务所能有今天的规模都是靠你的力量。我们公司固然也是如此，几乎所有的公司都是想要稻垣纯平的设计才发包。现在受到这样的陷害，居然只能忍气吞声，这太不像你的作风了。”

纵使亚纪拼命试着激励纯平，他还是沉默不语，只顾着啜饮难喝的啤酒。

“总而言之，一定要尽快找到新的贷款银行。近两周来，我已向各方用尽各种手段询问过了，只剩下一个多月，果然好像没有银行愿意爽快贷出一千五百万。既然如此，我想只好先用手边的五百万资金自立门户再说，然后再慢慢埋头苦干吧。”

过了一会儿，他才脸色凝重地这么说。

“那样子不行啦。什么事情都是开始最重要。如果一开始就这样妥协了，本来会顺利的事肯定也会变得不顺利。更何况，那样岂不是很不甘心。”

“可是，事到如今也没别的办法了。”

亚纪对纯平的温吞态度渐渐开始不耐烦。她认为，男人在紧要关头如果不拿出孤注一掷的魄力赌下去怎么行。

“现在还有时间。干吗为了这点小事放弃。这么大的事你为什么没跟我商量。只要不放弃，肯定能找到愿意贷款的银行；就算真的找不到，我也可以在某种程度上支援你。总之，一百万也好，两百万也好，从哪里借都行，只要借得到就去借借看呀。不管是哪种事业，光靠自己的资金起步将来反而不会有发展。还钱的事你不用操心。以你的实力将来一定还得了。”

“会吗……”

纯平软弱地低语。

“会呀。你只要按照计划继续进行就好了。只不过是被区区一家银行爽约没什么好沮丧的。就连我也不是白白工作到这把年纪。一千五百万的数目，到了紧要关头我还拿得出来。”

亚纪一边这么说，一边认真盘算如果把这十年来的存款全部取出至少可以立刻筹到一千万。

“那种事我怎么能够拜托你。”

纯平抬起之前略垂的头，眼中终于重现神采地说。

“为什么不行？你有困难的时候，我帮助你是应该的。”

“这是两码事。在我正准备自行开业之际，如果仰仗女友出钱那才真是怎么得了。我死也不打算在钱的方面依赖你。”

“现在我们谈的应该不是金钱的问题吧。如果只为了区区一点钱就让你无法做自己本来想做的事，对我来说那样更难受。”

“我可不是为了让亚纪以这种方式帮我才跟你交往的。这次的事也是，贷款泡汤的确对我打击很大，但我最痛心的其实是被信赖多年的内海先生出卖。工作上的事交给我处理就好。我希望亚纪给的是精神上的支持。这次的事一直瞒着你我很抱歉，但那是因为我打算在真正有困难时一定会找亚纪商量。”

“照你这么说，现在并不是你真正有困难的时候？”

“这点小事不算什么。”

纯平在杯中注入第三杯啤酒，又是一口气喝完。他的脸已染上红晕。最近的他也许是累积了太多疲劳，酒量差得和以前有天壤之别。

“那，你真正困扰的是什么事？”

纯平神情醺醺然地做出稍微沉思的动作。然后，“这个嘛……”他咕哝，“大概是我快要支离破碎的时候吧。”他幽幽地说。

“快要支离破碎？”

这个意外的说辞，令亚纪不由得反问：“那是什么意思？”

纯平打开一直没碰的鳗鱼饭盖子，仔细撒上山椒粉。

“我的个性就是这样，你也知道，我总是很容易看不见周遭，尤其是热衷于工作时，脑袋处于亢奋状态，有时候连自己都会害怕自己该不会疯掉吧。或许是觉得自己好像会就这样飞到另一个世界吧。这种时候，我希望亚纪陪在我身边，把我拉回这个世界。”

然后，纯平抓起筷子抬起了头，又补上一段意外发言：

“五月连假时，明日香的男朋友不是来玩吗？当时我说那小子很危险，是因为我总觉得那小子和以前的我很像。我会这么坚持形状，选择这种工作，其实也许是因为我自己欠缺形状。当然，和那个神户少年绝对不同，但无论是我或是那个叫作达哉的孩子，还有明日香，其实全都是无根之草。因为我们很相像，所以我闻得出那种味道。因此，我才会有点担心那两个小家伙。”

那个神户少年——他说的，是上个月二十八日被捕的神户市须磨区连续杀伤儿童案的犯人。逮捕那个犯人后赫然发现对方竟然才念国三，是个年仅十四岁的少年。他在今年五月下旬，把认识的小六男童带到附近的后山勒死，在家中切下男童的头颅放在自己就读的中学校门口，做出这种令人难以置信的行为。进而，二月、三月连续有四名女童遭到杀伤的案子也被警方断定是他所为，在昨天也就是十五日将他再度逮捕。

少年将“游戏开始了/愚钝的警察诸君/有本事就来阻止我/我对杀人乐在其中”这封“挑战信”和男童的头颅一起留在校门口，六月时为了扰乱侦查又寄给当地报社“犯行声明文”。在那封声明文中他写道：“一直是透明存在的我，希望至少在你们的空想中被视为实在的人物。唯有杀戮之时才能自平日的憎恶解脱，得到安宁。”内容极为异样。

五月之后，媒体铆足全力报道这起惊悚犯罪事件，在少年被捕的二十八日以后相关文字报道和电视新闻更如洪水泛滥。香港回归中国的新闻似乎完全被这个案件抢了风头。

事实上，亚纪也在得知这次的案子是十四岁少年所为后，重新思考起明日香与达哉的事。她当然不认为他俩与犯案少年有共通之处，但不可否认的是这个案子的确不容分说地让她体会到现代少男少女的精神状态有多么不可捉摸。再加上，二人计划在今年暑假去神户旅行一事也让她感到有某种奇妙的巧合，虽然没有当时纯平想得那么严重，但亚纪现在也反对明日香去神户。

明日香自己似乎也对这起案件备感震惊。

“班会时，老师提起这件事，结果班上有不少同学都说可以稍微理解那个少年的心情哦。我觉得，那真的是疯了。基本上，能够理解别人的心情，本就几近不可能，轻易说出那种话的人实在令人无法信任。”

前天，一起吃晚饭时明日香也这么说过。

“马上就要放暑假了，神户之行你打算怎么办？”

亚纪不动声色地转移话题，明日香听了之后，用非常爽快的口吻回答：

“发生这么讨厌的事件，我正在和达哉商量今年是否要取消。”

纯平一定也是因案件报道有所感触，才会想到明日香与达哉吧，亚纪如此感到。但是，亚纪实在不认为他和达哉、明日香会是同一类的人。

“只要是为了你，我什么事都愿意做。”

她对默默咀嚼鳗鱼饭的纯平说。他停下筷子，凝视亚纪的双眸。然后，他展露今天第一个笑容，用坚定的言辞如此告诉亚纪：

“亚纪说得对，我也要不屈不挠地再努力看看。”

6

七月三十日星期三。

时间已过了下午五点半，正在收拾办公桌准备离开公司时，皮包里的手机响了。屏幕显示是“J·手机”。亚纪按下通话键后起身离席，匆匆走入无人的第二会议室。“喂？”她说。“你还在公司？”纯平的声音传来。

“对。正准备要下班了。”

“天大的好消息哦。”纯平的语气雀跃。

“怎么了？”

“刚才，福冈东信金的人打电话给我，说贷款大致没问题。”

“真的？太棒了。恭喜你。”

“谢谢。不过我还真没想到居然会这么快过关。有了上次的经验现在还不能大意就是了。”

“银行的专员是怎么跟你说的？”

“他说这星期之内应该会通过审核，明天希望我和总行的贷款负责人面谈。他说这样下个月应该就可以贷给我。”

“不会在面谈之后又否决吗？”

“这个我也问过了，他说只是形式上走个过场，只要能见到总行负责人，基本上就等于已经百分之九十九定案了。”

“那就可以安心，不用紧张了。这下子你总算可以毫无牵挂地开业了。今晚来庆祝一下吧。”

“好。我还有工作没做完可能会晚一点，要约在哪里碰面？”

“还是来我公寓好了。我弄点好吃的等你。”

“知道了。其实那样我更喜欢。可能要拖到九点以后，不过工作搞定之后我一定会过去。我离开事务所时再跟你联络。”

“知道了。”

亚纪最后又说了一句“纯平，真的恭喜你。你的时代终于来临了”才挂断手机。

亚纪匆匆下班，没坐她平常坐的公车，而是改搭地铁来到“贝冢”，在那里换乘西铁电车。她在“西铁香椎”下车，前往车站附近的山崎精肉店。这间店也是明日香告诉她的，价格适中，优质肉类一应俱全。她在电车上不停盘算菜品，最后决定今晚只吃寿喜烧。冬木家每逢有喜事要庆祝时，向来都是吃寿喜烧。

亚纪做的、使用较浓汤头的关东口味寿喜烧现在已成了纯平的最爱之一。走进店里一看，进了佐贺牛，所以她买了很多。佐贺牛的肉质柔软，甚至比松阪牛和近江牛更美味。接着她又在超市买了蔬菜和乌龙面，这才回到西铁香椎站前的公车站。看看列车时刻表，六点半的公车正好刚发车离开，下一班要等到六点五十五分。她迟疑着是否要坐出租车，但东西又不是很多，所以她决定走到香椎滨。她念头一转，今天已经花了大钱买肉所以应该节省一点。纯平说过晚上九点之后才能来。煮寿喜烧的话事前准备也不需太多时间。很久没这样了，干脆安步当车吧。

从公车站折返经过JR香椎车站的香椎SEPIA街，拐过福冈银行的转角走进博商街。这条小巷是香椎最热闹的商店街。虽已是用餐时间，但买菜的人还是挤满整条街。穿过街道越过横跨香椎川的御幸桥。从桥上往香椎滨的方向仰望西方天空，太阳正要没入博多湾。望着那美丽的夕阳，亚纪倏然驻足。

今天白天博多街头的气温也上升到近三十度，非常闷热。一进入六月就开始的梅雨也在十天前结束，真正的夏日八月终于要来临。这个时间自河口吹来的微风仍是温热的。河边理发店门口种的木槿，白花像枯萎般垂首。

这是在这个城市迎接的第二个夏天了，亚纪想。

这么想的刹那，一手拎着装了牛肉与蔬菜的大购物袋，倚着大桥栏杆呆然伫立的自己，仿佛映在他人眼中一般清晰可见。

我，在这陌生的地方，究竟在做什么呢……

漫无边际的思绪涌上亚纪心头。

贷款的事情已谈妥，纯平的开业计划即将成真。如果事务所九月开张，亚纪也不得不在最近辞去工作加入事务所的运作中。上周一，纯平已正式这么恳求她。周一是海洋节的补假日，那个周末他没回大分，在亚纪住处连住了三天。最后那晚，亚纪被纯平求婚了。

“等事务所上了轨道，我希望你嫁给我。”

她缩身离开栏杆，吐出一口气后她正欲迈步。但是，不知怎的身体却不听使唤。她再次瞥向被夕阳染红的夏空。然后将视线逐渐下移，愣怔眺望细细河流两岸成排的低矮楼房和老旧店铺、看不见车子的停车场等风景。

我今后将要一直待在这个安详悠闲的小城市与纯平共度一生吗？替纯平生儿育女建立家庭，一边协助他的工作一边这么活下去吗？

那一定也不错……

对此自己并没有任何不满……

她这么觉得。

这时，亚纪不知何故突然想起佐藤康。不是直接想起康的脸孔与身影，而是想起他提出求婚的五年前的那个二月。

当时的自己和现在的自己有哪点不同呢？

好像毫无不同，又好像已经判若两人。

虽然喜欢你，但是，没有喜欢到想要结婚。

五年前，她对康说的话在脑海重现。

当时的自己对于结婚也许看得远比现在更重吧。即便是三年前看佐智子写的信时，好像还是那样。正因如此，那封信的字字句句才会令她心痛如割。然而，现在与稻垣纯平的婚事迫在眼前，她发现对于结婚并没有萌生想象中的激动心绪。自己与纯平想必一定会结婚吧。她觉得那只不过是极为理所当然的自然发展。如果这就是所谓的命运，那么命运是何等不动声色又沉静啊——亚纪感到有点不可思议。

自己，在这五年当中果然变了，她想。

人这种生物独自生活的时间越长，肯定会越容易形成无法托付他人、委身他人、也无法交由别人做主的顽强自我吧。然而，那绝非纯属坏事。婚姻不可能是人生的一切。生小孩也不可能是女人唯一的存在理由。无论是男是女，每一个人只能视为一个人来完成。人与人的相遇，无论对方是父母也好，手足也好，伴侣也好，甚至自己的孩子也好，迟早都注定诀别。既然如此，透过一再这样重复相遇与别离，人只能终生贯彻一个自我。因为最后剩下的，到头来唯有自己一人。

想到这里，亚纪终于开始迈步前行。

今后的漫漫长路我将与纯平一同走下去，直到其中一方死去的最后瞬间，我俩绝不分离——这样就行了，她在心中一再试着提醒自己。

可是，对此她就是无法产生鲜活的现实感。为什么呢？这种焦躁究竟是什么？亚纪在脑中思索。

7

今晚纯平的快活与饶舌更胜往常。亚纪准备的寿喜烧的肉被他喜滋滋地吃个精光，喝啤酒的速度也是近期罕见的快速。不到两小时就已完全喝醉了，但他没像平时那样睡意朦胧，反而变得越来越活泼开朗。

“果然，还是东京风味的寿喜烧好吃。九州的寿喜烧太甜，所以我一直不太爱吃，正宗风味果然就是不一样。”

他赞不绝口。

“亚纪是在东京出生、东京长大的嘛。单凭你是东京人这点，有时我就会觉得有点厉害呢。”

他甚至这么说。

望着这样的纯平，亚纪深深感到贷款的事能够顺利谈妥，不知令他有多么安心。

“寿喜烧的正宗发源地不是东京，而是横滨哟。”

她故意插科打诨。

“啥？”

纯平夸张地报以惊叹。

“本来叫作牛锅，是用甜味噌酱汁把切块的牛肉放在铁板上红烧。这是文明开化[1]的食物，所以发源自横滨，我也去号称始祖的店里吃过一次，但我

1　文明开化：明治初期西洋文明传入日本，使得制度与生活习惯都大幅改变，急速西化、现代化的现象。

觉得现在的寿喜烧其实好吃多了。”

“东京小孩果然什么都知道。”

纯平没用他特有的嘲讽口吻，看起来是真的很佩服地说。

那种毫无防备的模样令亚纪感慨良深地暗想，与此人相识马上就要满一周年了呢。虽然这段时间似长又短，但是要让不相干的二人变得如此亲密肯定已经足够了吧。

亚纪邂逅纯平，是在去年的八月十二日。本来的负责人正在休旧历的中元节假期，所以那天亚纪临时奉赤坂之命，前往纯平的事务所拿他的设计稿。

内海设计工房位于“岩田屋百货公司Z-SIDE”后面，越过天神西路，沿着设计工作室及美容院、咖啡店鳞次栉比的斜对面巷子走上五分钟就到了。是栋小小的三层楼房，一楼开设古董店，事务所在二楼。亚纪任职的九州分社在建于天神十字路口一角的“福冈大楼”内，因此和那间事务所的距离徒步顶多只需十五分钟。

对方指定的时间是下午一点，所以亚纪在一点整准时上楼，打开事务所的门。“我来拿稻垣老师的设计图。”她这么告诉前台女孩后，被带进后方的小会客室。在那里等了十五分钟左右，看似没睡饱臭着脸的纯平终于慢吞吞现身。

他接过亚纪递上的名片，似乎压根儿不觉得羞愧，毫不客气地说：“离完稿还早得很。”

“大概要几点会好？我可以晚点再过来。”亚纪有点恼火地说。

“你别那么生气。我马上就弄好。”

此人似乎完全不知对客户该有的说话态度。

最后，亚纪又在会客室苦苦等候了四个小时以上。而且，当她一再确认完稿时间，对方每次都说“再十五分钟”或“再三十分钟”，结果却让她苦等了四个多小时。

五点过后终于拿到设计图时，亚纪实在忍不下这口气。

“今后，能否请您给个准确一点的时间？”她要求。

结果，纯平没道歉：

“不过，这样不是很好吗？冬木小姐也能摸鱼喘口气。”

他居然还面不改色地这么大言不惭。

如果只有这样的对话，翌日他打电话到公司来邀约时亚纪应该绝不可能允诺吧。可是，实际上纯平在说出那番失礼言辞后又加上这么几句话：“对冬木小姐来说，等候四个小时或许的确令人恼怒，但我为了这个设计花了整整一个月，七百二十个小时。冬木小姐花的时间只不过是我的一百八十分之一罢了。我们彼此都是为了做出好产品在努力的工作伙伴，那点小事何妨就当作误差范围，用宽容一点的眼光看待我的工作应该也不会遭到天谴吧。”

虽然事前就已听说稻垣纯平总是为了一个设计案呕心沥血，但触及他当时早已疲惫不堪，却又带着热情的双眸，亚纪感到自己活生生地看见这个设计师是以多么认真的姿态投入工作。

纯平总是很羡慕东京长大的亚纪。头一次约会时，他也如此说过：“冬木小姐很幸运，可以在东京长大。我自大分的高中毕业后，其实本来也想去东京学设计，但我不能丢下爷爷一个人离开九州，而且我也没钱，所以只好放弃。如果去东京，为了学费和生活费肯定要天天忙着打工，况且那样做也会没时间专心学习设计。我不想做那种蠢事。但是，现在有时我还是会想如果当初去了东京会怎样。我会想，也许在东京也能混得很好。以这边的大学学历找工作也很难，日本这个国家，大家认定不管什么东西一定都是由东京流向地方。学生时代我也参加过多次设计竞赛，可是第一名永远是东京的学生。那是理所当然的，因为评审全都是东京学校设计科的老师。不过当初我进入头一家公司，也是因为有一位东京的老师看中我的才华，替我写推荐信。所以，像冬木小姐这种能够在东京长大的人，在我看来光是这样就已有了初步的超级好运了。”

吃完饭收拾干净碗盘端出西瓜当饭后甜点后，亚纪开始清洗纯平带来的脏衣服。纯平独自坐在沙发上，一边吃西瓜一边看电视。时间已将近夜里十二点。就在她启动洗衣机回到客厅之际，纯平放在圆形矮桌上的手机响了。

他自沙发缓缓起身，走到桌边拿起手机。亚纪在厨房把锅中剩下的寿喜烧移到小钵，一边竖起耳朵听纯平讲电话。明天早上，她打算用这碗剩菜加上马铃薯做个速成马铃薯炖肉。

“啊？那个不是后天交稿就行了吗？”

纯平的醉意似乎已经清醒不少，声音很明确。

“不会吧？是这样吗，我一直以为是后天。”

看样子对方好像是事务所的人。八成是工作上出了什么差错吧。

“知道了。我再过三十分钟就回去，你等我一下。不好意思给你添麻烦了。”

最后纯平语带失落地挂断电话。

过了一会儿，纯平面带困窘地来到开始洗碗盘的亚纪身边。

“是永井打来的，他说现在正在做的案子是明天交稿。可我一直以为是后天交。我现在要赶回事务所完稿。明天中午之前，还要去信金的总行，今晚我会睡在事务所。可惜你一番好意特地替我庆祝。对你也很不好意思。”

说着他低头致歉。永井是经常与纯平搭档的助理姓名。

“你那是公事没必要道歉。我现在立刻帮你叫出租车，你等一下。”

亚纪擦拭濡湿的手，准备朝客厅的电话走去。结果纯平摇手：

“不用叫出租车了。我自己开车回去。”

他打断。

“不行啦，你今晚喝了酒。”

“没事，酒已经完全醒了。况且资料都堆在我的后车厢。没那个就不能工作。”

“可是……”

亚纪嘟囔，检视眼前纯平的模样。他脸颊的红晕的确已消退，看起来醉意完全清醒了。

“就跟你说没事。已经这么晚了，不用担心。高速道路很空旷，所以开上去之后不用十分钟就到了。你一天到晚提醒我，所以我最近开车特别小心。”

这里距离都市高速一号线的“香椎滨”入口近在眼前。深夜的这个时段，高速道路和天神一带想必也不会有什么车子。但亚纪还是踌躇不决，纯平将双手放在她肩上。

“今天的我怎么可能出车祸呢。现在好不容易才否极泰来。”

面对他那天真无邪的笑容，亚纪不由得点头。

为了送纯平，亚纪一路跟到访客专用停车场所在的公寓中庭。白天天气有点阴霾，现在天空晴朗明月生辉，风也总算变凉了。看这样子洗好的衣服应该也一晚就会晾干。走在前面的纯平步伐也很坚定，看来他的酒意真的全退了。除非碰上警察取缔超速，否则应该没问题吧，亚纪稍感安心。

纯平打开车门钻进驾驶座后，先叹出一口大气。只有月光和远处的路灯，所以看不清他的脸色，但总觉得他的眼部还是透露出浓厚的疲色。亚纪又开始担心，朝着关上车门摇下车窗的纯平说：

“还是我送你过去吧。”

纯平愉快地笑了：

“你这个不经常开车的人开车才更危险呢。”

他发动引擎，打亮车灯后，扣上安全带。从这个停车场出去的话笔直横越中庭，出了两侧种有高大榉树的公寓出入口左转后走个三百米就可看见香椎滨的车道入口。深夜十二点过后中庭果然空无一人。仰望十六层高的公寓，窗口亮着灯的约有四分之一。

“那我走了，谢谢你今晚的招待。明天我们再找个地方吃晚餐。”

“和总行的人见过面后，记得把结果通知我哦。”

纯平挥挥手，亚纪向后退离车子。

引擎响起，车身缓缓穿过中庭中央开到延伸而去的路上。警示灯亮了一下，转眼之间车子已朝五十米外的出入口驶去。亚纪目送那红色的尾灯，蓦地移开视线瞥向自己位于七楼的亮着灯光的房间窗户。然后再看向正上方那层楼的窗户。明日香用的左侧房间阳台正溢出明亮灯光。进入暑假后，明日香一定也正努力准备升学考试吧。想到这里才想到这星期一次也没见过她。周末邀她和纪夫一起吃顿饭吧，亚纪想。

就在那下一瞬间，前方突然响起惊人的巨响。

是急踩刹车时轮胎与路面摩擦的声音、撞击某种东西的金属声，以及女性的惨叫——

亚纪赫然回神将视线转回正前方。正好就在公寓的出入口处停了一辆汽车。连她自己也能清楚感到浑身一凉。即便在黑暗中，也能立刻看出出事的应该是才刚刚目送远去的纯平的车。等她察觉时，已经朝出入口飞奔而去。

怎么会发生这种事！果然不该让纯平开车。天哪，怎么办？那声惨叫一定非同小可。

绝望的念头在亚纪心头打转，早早便化为文字浮现脑海。

从停车场看不出所以然，但在她跑近之后状况渐渐明朗。

过了左边的榉树树干之后，冲上人行道尚未熄火的车子，以及在车前蹲身缩成一团的纯平背影倏然映入眼帘。一瞬间，亚纪悚然一惊，以为他也受伤了。但绕过静止的车靠近一看，才发现并非如此。

公寓的铁制围篱一角严重凹陷，紧靠下方有一辆脚踏车倒卧。可以看见瘫坐的纯平眼前躺着一个人。

纯平弓起的背抖个不停，一边拼命大喊："没事吧！有没有哪里会痛！"

对方发出激烈的呻吟。

亚纪从步行道左侧绕过去，走近侧卧在高出一截的人行道和车道交界处的人物头部。她探头窥视在三米外的路灯照耀下，正痛苦扭曲身体的女人侧脸。

她不由得倒抽一口冷气。

因为那分明是泽井明日香。

亚纪发出难以分辨的尖叫，跪倒在明日香身旁。"明日香！明日香！"她不管三七二十一地猛喊名字。明日香紧闭双眼，呻吟着露出痛苦的表情。就算喊她她好像也没听见。到底是哪里受伤了？可以碰她的身体吗？可以将她从现场稍微搬动吗？这些全都不确定。一度，亚纪做个深呼吸按捺悸动，鼓起勇气把脸凑近环视明日香的全身。

头部好像没出血。脸上也没伤。上半身呢？身穿白色T恤的明日香朝右侧卧，左右两臂在胸前交叉，小手握拳颤抖。再将视线移向她的腰部以下，亚纪当下惊愕。她穿着牛仔裤的左腿自膝盖以下以奇妙的姿态折向前方。

那只脚边，扔着便利商店的塑胶袋，从中洒出零食的袋子和盒装巧克力、饼干。车道上也散落着口香糖及糖果、QQ软糖的小袋子。

亚纪站起来，俯视用狼狈的语调不断对明日香高喊"喂，你还好吗？爬不起来吗？"的纯平。

"最好先别搬动她。我去通知纪夫先生，纯平你打手机叫救护车。快点！"她高喊。

这时，纯平似乎终于察觉亚纪的存在，缓缓仰起脸：

"不能叫救护车。现在如果因酒驾造成人身事故，明天谈贷款的事一定会泡汤。”

纯平这番话令亚纪当场哑然。他泫然欲泣地仰望亚纪。

“纯平，你到底在胡说什么！明日香受了重伤耶。是你，是你撞的耶！”

“不行的，亚纪。我会开车送她去医院，所以请你千万别叫救护车。”

“纯平，你简直是疯了。你知道自己在说什么吗？”

亚纪忍无可忍，一把拽起半弓着腰的纯平前襟。

“快，你的手机在哪儿？快点拿出来。如果你不打，那我自己叫救护车。”

站起来的纯平退后半步，依旧满面踌躇地定定凝视亚纪的双眸。

“少啰唆，快点拿出来呀！”

也许是认命了，他从长裤口袋取出手机递给亚纪。

亚纪像要夺取般，一把从纯平手里抢过那只手机。

就在下一瞬间。

亚纪拨电话的手忽然被纯平用力拽住。

“你干什么！”

“亚纪，你冷静听我说。那我求你，只要今晚一晚就好，就当作是你开的车好吗？真的只要今晚就好。明天，等我见过信金的人，我一定会立刻去警局说出实话。拜托，我求你了，亚纪。求求你，这是我唯一一次求你。”

亚纪愕然地看着眼前的男人。

“你真的是疯了。我从来不知道你会是这种人。”

呼吸困难，脑袋好像快爆炸了。亚纪拼命镇住慌乱的心，把意识集中到指尖连按三次手机的小小按键。

8

持续了整个九月的残暑也在进入十月后明显褪去，到了亚纪迎接三十三岁生日的十四日时，博多街头也转为金风送爽的秋日暖阳。然而，亚纪却在日本职棒冠军赛养乐多击败西武赢得日本第一的二十三日深夜发起高烧，叫出租车赶往医院一看，已经差一点就要转为肺炎了，自那天起不得不意外向公司请假一整个星期。

虽然只住了两天医院，但之后的五天，亚纪都在家中静养。

抗生素奏效令X光片上的肺部阴影消失，但返家后一到下午就开始发烧，甚至连晚餐都无力准备。

如此卧床的数日间，亚纪深深感到身体的衰竭。

眼看快要迈入三十几岁的后半段，她一天比一天切实感受到肌肤已失去年轻时的弹性，下腹的松弛也变得防不胜防。现在这么一生病，康复速度之慢更是连自己都深感窝囊。一方面也是因为人在病中，心情更加抑郁。

究竟，自己身为女人的时间还剩下多久？

独自窝在房间发烧呻吟，亚纪不时泫然欲泣地这么思忖。这种时候，与纯平分手之举总令她萌生些许悔意，必须费尽力气去打消这个错误的想法。自那次车祸以来，一再找机会试图与她复合的纯平，也在亚纪的生日过后再也没有消息。

把生日那天送来的花束退还给他，想必是关键性决定吧。

与纯平最后一次见面，是在车祸发生的数日后。那天傍晚她去明日香住的市民医院探病，凑巧在病房遇见他。车祸那晚，亚纪和纪夫一同坐上救护车，纯平独自留在现场陪同警方勘验现场。在医院照了片子后，确定明日香的左膝关节有复杂性骨折，是三个月才能康复的重伤。当时医师的说明是“康复后或许多少会留下一点步行障碍”，亚纪立刻向明日香的父亲纪夫跪地道歉。结果反而是纪夫安慰亚纪：“幸好没撞到脑袋，意识也很清醒。刚才我问过明日香了，她说当时自己也边听MD随身听边骑脚踏车，所以没有及时注意到左转而来的车子。”

天快要亮时，结束警方侦讯的纯平打电话来。亚纪简短描述明日香的状况：“今天上午十一点要开刀。”这么告诉他时，纯平说：“那我也去医院。”

“你没必要过来。要向明日香和纪夫先生道歉也等手术结束、她的状态明朗之后再说好吗？我认为这是基本常识。”

亚纪说完就径自挂断电话。

从此，直到他们在医院巧遇之前，她断绝了与纯平的一切联络。纯平不断打她的手机，但她一律不接。她再也不想见到他，连声音都不想听。

二人走出病房，在纯平的提议下去医院顶楼的咖啡店，也许是因为看到明日香对纯平已抛开心结。于是，亚纪念头一转，心想最后再当面谈一次也好。

在窗边的位子坐下后，纯平与亚纪都点了咖啡。双方之间横亘着尴尬疏离的空气，那种氛围令人难以置信，就在不久以前彼此还是一对恋人。他们沉默地啜饮咖啡半晌，最后纯平终于开始说话：

“为什么会变成那样，我到现在还是不太明白。”

但是，从他口中冒出来的，不是对明日香和亚纪的道歉，居然是这种暧昧之词。

“我自己也知道还有一点醉意，所以依你所言，车开得很小心。出了公寓出口左转时速度也没有很快，也清楚看见骑脚踏车的女孩接近眼前。可是，不知为什么我却在那一刻踩了油门。我也不明所以。在车头灯的照耀下，当我察觉那个女孩是明日香的瞬间，我的确是准备用力踩刹车。结果，车子却突然往前加速，一眨眼之间就把明日香的脚踏车撞飞了。”

纯平不知是否仍处于精神混乱的状态，断断续续地，大略说出这番话。

“这几天，不管我再怎么试着回想，还是不明白发生了什么事。我只能说当时着了魔，即便在我跑到倒地不起的明日香身旁时，我仍无法相信眼前发生的事是真的。我觉得自己一定是在做噩梦。所以，当亚纪大声吼叫我找救护车时，我才会脱口说出那种话。当时我恳求你先冷静下来听我说，一定是因为我想告诉亚纪这根本不是真的。”

亚纪一直确信，就算再怎么辩解也无法将纯平当晚的行为正当化。但她做梦也没想到他居然会找这么不负责任的借口替自己脱罪。这样等于是连认真意识自己犯下的过错都在抗拒。亚纪当下呆然，望着眼前垂头丧气的纯平。

“我没办法再跟你在一起了。我已经无法再相信你。所以我们的交往就到今天为止吧。我的决心不管怎样都不可能改变，请你也把我忘了。”

亚纪说完就一把抄起桌上的账单站起来。纯平依旧低着头动也不动。当亚纪即将离开他面前之际，纯平忽然抬起头，用含泪的双眼仰望亚纪。

“我真的需要你。我是打从心底爱着你。”

那一瞬间，亚纪感到一个月前纯平咕哝的话在脑海重现。

当我快要支离破碎时，我希望你把我拉回这个世界——记得当时他的确是这么说的。

“亚纪，求求你，不要抛弃我。”

亚纪咬唇，想起刚才在病房看到的明日香。明日香从脚踝到大腿都打上石膏，甚至无法去上厕所只能一直躺在床上。

害人家受到那么严重的伤，这个男人却只想到他自己，连救护车都不肯叫。

亚纪将目光自纯平可悲的身影转开，一语不发地背对他。

与明日香的见面，这天也成了最后一次。

车祸隔天开刀后，判定明日香的膝盖必须再次开刀。明日香的母亲裕美子也闻讯赶来，与医生针对今后的治疗做了一番讨论，好像也提到视情况而定也许该转院到复健设备充足的东京专门医院。到此为止，亚纪也从明日香本人及纪夫口中听说，但最后明日香在开刀的短短五天后便于八月五日周二这天与裕美子一同回东京去了。亚纪在四日周一去鹿儿岛出差，六日回来去市民医院一看才知道，明日香已经出院。

那晚，她上楼去问纪夫。

“虽然明日香说，有些话非得跟亚纪小姐说不可，但是因为那边的医院临时通知说可以接受转院。”

纪夫一脸歉疚。

“这种关键时刻我竟然不在，真的很抱歉。都是因为我才害她受到那种重伤，我到现在还是不知该如何弥补才好……”

亚纪只能深深低头道歉。

“请你不要再过度自责了。因为连明日香都忍不住嘀咕：‘冬姐老是满口对不起，害我都不知该如何是好。’昨天她也很遗憾连再见都来不及说就这么离开福冈。她叫我转告你，等她进了那边的医院，安顿下来之后一定会写信给你。”

之后，纪夫取出车祸翌日亚纪送去的红包袋：“这么多钱我们实在不能收。”说着就想退还。亚纪大惊失色一再推拒，最后只好匆匆自玄关门口撤退。

十一月初旬过后，亚纪的身体总算开始复原。精神好了，想法自然也变得乐观积极。亚纪察觉，一直把身体的衰退归咎于年龄，其实只是在替平日生活毫不注重保持健康的自己辩解罢了。于是首先，她加入了天神的某健身房，每周固定有两天会在下班后去健身房流流汗。继而在不上健身房的日子，也养成早上六点之前起床做晨间散步的习惯。亚纪选择的散步路线，是出了公寓之后走香椎川的河边到国道三号——从那里右转，在敕使街左拐经过西铁“香椎宫前”车站——然后沿着香椎宫参道笔直前进，再在香椎宫折返，来回约需一个小时。

六点半出发，七点左右穿过神社的牌坊一看，许多夫妻档或是遛狗的人正在愉快散步。杉树环绕的清晨神社境内，唯有历史悠久的神社建筑散发出一种庄严冷气，在那里用力深呼吸向正殿行礼膜拜，光是这样便有种洗涤心灵的爽快感。

回程的速度比去程加快许多，好让自己回到住处时满身大汗。吃完简单的早餐，冲个澡去上班。不到一周亚纪便发现全身的细胞渐渐找回元气，动作变得顺畅，过去容易累积的疲劳现在也只要一天便能彻底消除。天亮时不再下半身发冷，也不再迟迟起不了床。最重要的是，睡眠质量好多了。

亚纪认为，能够完全忘记纯平，不是靠心智的努力，而是拜这种身体努力所赐。

进入十一月后半个月，冲击性的新闻不断。

首先是十七日，北海道拓殖银行身为都市银行头一个陷入经营困境。继而在二十四日山一证券决定自动结束营业。去年，决定投入税金填补住宅金融机构大量不良债权亏损的政府，在今年四月将消费税自百分之三提高到百分之五，向内外说明经济景象在好转。正因如此，这次都银爆发问题、三大证券之一突然关门大吉，才会令国民益发产生政府信用破产及经济前景堪虑的印象。

亚纪个人也有变化。在经济长期不景气的影响下，现在裁员这个字眼感觉上已深入人心，从初秋起公司将大幅裁员的传闻便在亚纪任职的九州分社甚嚣尘上。分社长赤坂，也在十月时确定即将就任明春于中国设立的当地外资公司社长，扮演赤坂秘书的亚纪立场因此变得有点微妙。该与赤坂一同前往中国还是回总社，实际上只有这两种选择，但是预定明年一开年就要提早去中国的赤坂，直到十一月过了一半仍未征询她的意见。

赤坂开口邀她吃饭，是在十一月二十八日星期五这天。

“老实说，我之前一直在跟总社交涉，想带你一起去中国，可是始终未获同意。在这种激烈竞争的时代我一直认为这年头早已不分男女，应该让优秀人才在工作上好好发挥，但咱们公司上面那些人还是很保守。如果去中国工作，至少一两年之内回不来，其间为了打造新工厂天天都得忙于工作。考虑到你的年纪，我也有一点迟疑。所以，最后决定让你调回总社。一月我就要离开这里了，但你在这里待到春天也行，如果你想一月就回总社也无所谓。现在的我能替你做的只能到这种程度，你就照你自己的意思做，没关系。”

听到赤坂这么说，亚纪当下不假思索地回答：“那么，我想一月回东京。”亚纪从赤坂的说话态度立刻察觉，虽然赤坂嘴上说得好像为了亚纪煞费苦心，但事实八成正好相反吧。如果他真的打算带亚纪去中国，首先应该会先征询亚纪本人的意愿，况且如果海外公司的社长坚持要人，区区一个秘书的人事安排根本不是问题。“考虑到你的年纪，我也有一点迟疑”这句话，想必才是他的真心话。

就算针对调回总社后的赴任单位一再刺探，赤坂还是只咕哝了一句：“这毕竟是人事部的案子，我也没听说你会去哪个部门。”之后就一直针对他点的葡萄酒滔滔不绝地大发议论，也频频劝亚纪喝酒。

在回程的出租车上，亚纪沉浸在既非沮丧亦非失望的凝重心绪中。那种感受难以言喻，但近似巨大的徒劳感、脱力感。其实，亚纪并不渴望与赤坂一起去中国。她本打算在九月趁着纯平开业离职。在亚纪心中，公司的工作早已不再具有太大价值。这么一想，一月得以回到东京的这次人事案，对现在的亚纪而言也许是求之不得。与纯平的关系既已在那种发展下破局，她已没有任何理由再留在福冈了。

不过，即便如此亚纪还是有点不甘心。看赤坂今晚的样子，就算她回到总社，公司铁定也不可能派给她一份足以令她热情投入的工作吧。简而言之，以亚纪三十三岁的年龄，作为一个上班族已经没有前途可言。在这种裁员时代还能有工作算是很幸运了，但是到头来，自己等于也已走到了女性综合职第一期员工平凡的终点站。

今后，自己该怎么活下去才好呢？当年佐藤佐智子在信中所写的“命运”，究竟要到何时才会造访自己？

望着从高速道路可见的博多湾晦暗的海面，亚纪这么想。

之前感到自己必然会与纯平结婚时，她曾不可思议地感到，命运是何等不动声色且沉静。但另一方面，对于自己迟迟无法与他结婚产生现实感的心态也萌生奇妙的焦躁。

现在想想，那种微微的焦躁、那种非现实感才是真实的。

如此说来，真正的命运还是非得鲜明激昂才行吗？

那样的命运，真的也会降临到我的身上吗？

亚纪觉得好像什么都不明白了。

纯平在她生日送来的花束中放了一张卡片。

卡片中，纯平是这么写的：

“亚纪，你总是聪慧冷静，温柔体贴，像个真正的大人。幼稚的我打从心底喜欢那样的亚纪。但是，反过来，也感到有无论如何都无法真正走进亚纪内心的焦虑。亚纪真的已经不再爱我了吗？如果你觉得看错了我，那你难道一次也不曾想过，不要逃离这样没用的我，而是纠正这样的我，让我变得更好？亚纪完全没想过，别放弃脱口说出那种话的愚蠢的我，试着与我重新来过吗？可我却认为，人与人相爱，一定就是这样。”

纯平所谓的“真正的大人”是什么？他感到的“焦虑”是什么？事到如今，亚纪对卡片中的那些话感到疑惑。的确，自己对于车祸那晚纯平的行为，尝到了想要放弃一切的失望。也的确再也不想与他交往，若要回答纯平的问题，对于“愚蠢”的纯平，“别放弃，试着与我重新来过”的念头她“完全没想过”。可是，纯平却说，会这么想才代表“人与人相爱”。

在纯平看来，亚纪这种“聪慧冷静”的态度，或许一直令他感到焦虑。

同时，对于不动声色且沉静的命运感觉不到现实感的亚纪，或许打从一开始就一直只渴望着激烈鲜明的“命运”。

不是纯平令亚纪失望，也许亚纪才是那个令纯平失望的人吧。亚纪曾经答应过，在纯平真正有困难时，“无论什么事都愿意做”。他在车祸那晚不就是相信亚纪这个承诺，才会脱口说出那种话吗？

直到当下这一刻之前亚纪都没有察觉这点。

出租车在公寓的玄关前停下，亚纪一边确定踩稳一边下车。也许是葡萄酒的酒意上来令身体有点踉跄不稳。冰冷的海风刺颊。

曾经以为，自己已和前五年与佐藤康分手时截然不同，但实际上也许一点也没变。

仰望自己没开灯的住处窗口，她蓦然如此感到。

9

收到泽井明日香的信是在翌日，十一月二十九日星期六那天。

亚纪狠狠睡到上午九点多。前一晚被赤坂灌了太多酒，起床时脑袋还有些疼。她决定下午再去散步，姑且先去冲澡。

坐在床上穿着运动服喝热红茶时，门铃响起。她就这身打扮走到玄关，也许是察觉到屋内有动静，“冬木小姐，限时信”。送信人的声音响起，一封信掉进信箱中。

水蓝色的信封出乎意料地厚，她朝秀丽笔迹写的亚纪姓名投以一瞥后翻到背面，上面写着东京都多摩市的地址和大学医院的名称，以及“七B之七二四号泽井明日香寄”。

车祸发生已有四个月，明日香至今还在住院，令亚纪略感担心。

回到卧室，拆信之前她先换衣服。后天周一起就是十二月，最近果然连福冈也变冷了，尤其这栋公寓就在海边，所以即使关着窗，寒意还是会在不知不觉中悄悄潜入。

今早虽然还没有冷到必须开暖气，但亚纪决定再泡一杯红茶，移师客厅。

等待茶叶泡开的期间，她拿剪刀仔细拆开厚重的信封。在新茶杯中注入红茶，放进橘子果酱，亚纪拿着抽出的整沓信纸和茶杯在沙发上坐下。

信纸上写满密密麻麻的字。开头这句“给冬姐”似乎徐徐渗入心头。仿佛可以听见明日香令人怀念的声音。

亚纪调整一下呼吸，开始好好读信。

给冬姐：

你好吗？为了接受第四次手术，现在我住进了位于多摩市的大学医院。听医生说，这好像是最后一次动手术，如果这次手术成功，据说我就可以行走如常了。手术是后天二十九日进行，所以冬姐看到这封信时，想必我正在手术室里动手术。这么一想，现在这样写信还真令人感到不可思议。

我的腿几乎已经全好了。第一次开刀时，医生说不确定将来是否能正常走路令我大受打击，但九月做的第三次手术很成功，在住院两周出院后已经可以正常走路了。这次的手术将会稍微削除膝盖骨，同时主要是让脚伤看不出来。听说也只要住院一周就好。

我现在和我妈及我弟一起生活。我妈的再婚对象现在一个人前往札幌分公司（那个人任职于日本交通公社）工作很少回来。所以我只见过那个人三次。

至于学校，我已编入我妈她们住的多摩市的中学，反正都得明年才参加升学考试，所以现在一边在这所中学上课一边准备考试。如果可以，等我上了高中我打算搬出来，找个公寓从那里上高中。迟早我爸应该也会回到东京，到那时候，我打算再跟我爸一起住。

对于冬姐，我一声不响就跑回东京来，真的很不好意思。虽然一直想着应该早点写这封信才行，但我几乎每个月都在开刀和住院，实在无法定下心来好好写信。拖到这么晚真的很对不起。

总言之，我过得很好，腿也已经没事了，所以请你什么都别担心。回到东京后，我也可以经常见到达哉，比我住在福冈时过得更快乐。我和我妈我弟，目前也和乐融融，我妈因为这次的车祸，现在对我非常温柔。

倒是冬姐，你过得还好吗？

你和纯平一定过得很幸福吧？我想纯平一定也已开业了，说不定你们已经结婚了吧？

其实，我很担心冬姐会为了我的车祸开始讨厌纯平。如果真是如此，请你重新喜欢纯平好吗？因为我一点也不恨纯平。

毋宁该说，现在的我非常感激纯平。不只是我，达哉也有同样的心情。至于这个理由我最后再写。

纯平自我住院后，每天都会来看我好几次。其中一次也遇到你，其实那天他早、午、晚都有来。他还说如果我无法行走如常，不管怎样他都要想办法让我能够走路。听说纯平还在我爸妈的面前下跪道歉。而且，当我犹豫是否该转到东京的医院时，也是他鼓励我一定要转到好医院。委托朋友找来轮椅、安排汽车、安排班机，这些也全都是纯平做的。

纯平的车撞伤我是事实，但我认为那场车祸不能怪他。因为当时我只顾着听随身听根本没有看前面，而且路又很暗，我想纯平应该也没怎么看到我。也因为突然和汽车相撞，所以我对一切都不是很清楚，甚至就连是纯平开车的事，也是到了医院后，听我爸说起我才知道的。

冬姐，人与人之间，肯定会发生无可挽回的事，但既然不可能挽回，我认为不要试图挽回比较好。重要的是克服那个悲剧，接受比那种事远远更加重要的命运。

就这个意义而言，这次我出车祸，一定是我的命运。

多亏我这样受伤，现在才能在东京，和达哉并肩同行，也得以和我妈我弟一起生活。如果没有这场车祸，我本来再也不打算与再婚的妈妈见面。

我认为这些全都是拜纯平所赐。

所谓的相信命运，绝对不只是灰心丧志或者逆来顺受而已吧？所以，为了我与达哉的命运，非得有那场车祸不可。

最后我要写出那个理由。这件事连我爸我妈我也没说。冬姐，如果可以的话请你也别告诉我爸妈。我总觉得迟早有一天，我与达哉能够好好说出这件事。

老实说，在达哉趁着黄金周来福冈玩时，我与达哉就已约好今年暑假要一起自杀。

事实上就在车祸的隔天，我本来应该离家出走，与达哉在神户会合。我俩本来打算一起巡视发生过地震的场所，然后在旅馆住一晚，从神户某栋高楼一起跳下去。车祸那晚，为了翌日离家出走，我瞒着爸爸去便利商店买零食。然后，就遇上了那场车祸。

其实，在那之前，就算再怎么强调是指腹为婚，但我根本不相信真的能与达哉结婚。我实在没办法一辈子都和达哉在一起，况且我以为如果真有我们能做的也仅仅是一起去死。

我想达哉一定也抱着同样的想法。当我求他跟我一起死时，达哉二话不说就回答我："死吧。"

我俩拟定离家的计划，约好七月三十一日同时离家在神户碰面。然后八月一日自杀。

可是，我俩因为那场车祸，这才头一次明白我们的相遇不是机缘巧合或双方父母的自私，其实是命中注定。

我与达哉肯定早在出生之前就已注定好要一起活下去。而且，我与达哉都相信，让我们明白这点的是纯平。

所以，冬姐，请你不要讨厌纯平。

纯平并没有做错任何事。

如果冬姐与纯平为了我吵架，拜托，请你把这封信给纯平看，与他握手言和。

我一直想说这件事，现在总算能够写出这封信。拖到这么晚还请你原谅。

我现在非常幸福。

请冬姐也要与纯平幸福过日子。

平成九年十一月二十七日
泽井明日香敬上

又及，住院前一天我与达哉一起去外苑前的林荫大道散步。银杏的叶子已完全染上秋色，非常美丽。随信附上一片作为纪念。期待将来与冬姐在东京相逢的日子。

亚纪折好信纸从沙发站起，抓起矮桌上的信封。拆信时没留意，信封里果然有一片黄色的银杏叶。拈着叶柄取出后，她在矮桌前重重坐下，对着那片黄叶定睛打量了半晌。

她在想，刚才看完的信中内容是真的吗?

明日香该不会是为了让自己与纯平和好，才想出这个精心编造的故事吧?

如果不这么想，内容实在令人难以置信。

但是，亚纪很清楚。

信中写的肯定是真的。

最好的证据就是与纯平最后一次见面的那天，他说的话与明日香写的不谋而合。纯平当时说，察觉逼近眼前的脚踏车上是明日香的瞬间，“不知为什么我踩了油门”。还有，对于自己撞到明日香，他也说：“只能说是着了魔，实在不像是真的。”纯平的那番剖白，当时的亚纪不屑一顾，认定那只是不负责任的自我辩解，但那其实是纯平毫无虚假的诚实告白。

遇上已决心在两天后和达哉一起自杀的明日香，本就担心二人想法危险的纯平，想必是在车祸的前一秒直觉到了什么吧。他本就有这种资质。他说自己的心会附着在设计上，人心本来就和身体是两回事，可以自由左右这个世界——他如此深信。工作一旦渐入佳境，就会害怕自己飞到另一个世界——他如此不安。正因为是这样的他，所以那时候才会在无意识中没踩刹车却踩下油门。正如明日香在信中感谢的，纯平在那一瞬间，并不是要伤害明日香，相反，应该是想把她救出死亡的深渊吧。

明日香说，拜纯平所赐才察觉他俩的真实命运。她还说，达哉也有同感。

说到这里才想起纯平曾经说过，他觉得达哉和以前的自己很像。他说自己与达哉、明日香都是无根之草，是同一类的人。“我能闻出那种味道。所以我有点担心。”他说……

亚纪在不经意间感到寒意，遂自矮桌前起身。打开暖气后她回到沙发上，从客厅窗户隔着阳台漫不经心地望着外面的景色。也许是起风了，公寓中庭行道树的枝叶正在沙沙摇曳。

所谓的相信命运，绝对不只是灰心丧志或者逆来顺受而已吧？所以，为了我与达哉的命运，非得有那场车祸不可。我俩，因为那场车祸，才头一次明白我们的相遇不是机缘巧合或双方父母的自私，其实是命中注定。重要的是克服那个悲剧，接受比那种事远远更加重要的命运。而且，我与达哉都相信，让我们明白这点的是纯平。

亚纪再次打开信纸，一边仔细撷取明日香的话，一边感到自己好像有点明白明日香想要告诉自己什么了。

那与五年前佐藤佐智子同样是透过写信想传达给亚纪的事，竟然奇妙地一致。

第一眼看到你的瞬间，对我来说，已经清楚看见了我传承给你的命运。我当下直觉，你一定会来到我们佐藤家，生下继承这个家的孩子。我一直深信你与我的命运休戚与共。人与人的缘分有多么不可思议令我深受感动。我感到，这个世上根本没有任何偶然。我认为你是以我的儿子康为火把，千里迢迢自遥远的城市来到我身边。然后，我细细咀嚼着那种感激。

没错。自己头一次遇见纯平时，也曾想过——搞了半天，原来我是为了邂逅这个男人才来到这么遥远的城市。纯平也在第一次约会时就坦白说过，他当下感到“天哪，这个人终于出现在我的眼前了”。还有，当平田达哉在那个筑后川的河岸说：“只有透过不做选择才能真正接受。”当时她一边想起雅人之妻沙织，一边觉得哪怕是自己的人生，也有只能默默接受的某种命运。

可是，自己却用看似真正大人的嘴脸逃离没用的纯平，完全没想过与他重新来过，仅仅只是抛弃了他。

康那时和这次到头来完全一样。

佐智子看得见的“命运”自己看不见，也没有试着去看。纯平看得见的“命运”自己看不见，也没有试着去看。纯平看得见明日香与达哉的“命运”，自己看不见，也没有试着去看。纯平、明日香与达哉看得见他们三人的“命运”，唯有自己看不见，也没有试着去看。

亚纪忽然很想逃开涌上心头的种种思绪，她兀然凝视放在桌上的那片银杏叶。

现在这个时节，神宫外苑的银杏大道肯定很美吧。

好想赶快回东京……

一个人也没关系，好想以安静的心情走在那条林荫大道上。亚纪泫然欲泣地这么想。

雷鸣之信

1

背后好像有人接近的动静。

低微却规律的“鞋音”响起。不久，呼唤亚纪名字的声音也传入耳中。

到底是谁？这么一大清早的……

亚纪缓缓睁开眼睛。

她立刻明白，所谓的“鞋音”是敲房门的声音，正在喊她名字的是母亲孝子。

抓起放在床头的手机看时间，在透过窗帘自窗口射入的光线中可以清楚辨识液晶屏幕上的文字。早上七点零七分。“亚纪，我可以进去吗？”听到这个声音，亚纪回答：“请进。”迅速坐起来。

下腹中央瞬间掠过尖锐的痛楚。这才想起，昨晚在返家的出租车上月经来了，比预定时间提早了整整一星期。自从回到东京之后，月经周期一直很紊乱。

脑袋昏昏沉沉的大概是月经的关系吧。幸亏自福冈时代便养成健走的习惯，所以爬不起床的毛病已经完全克服。

孝子走进房间后，对着起床的亚纪说早安：“对不起哦，这么早就把你叫醒。”

“怎么了？”

孝子也还穿着睡衣，一副刚起床意识还不清醒的样子。今天是周六。

“雅人打电话来，他说沙织又住院了。”

“什么时候？”

“他说是昨天夜里。这次发作好像很严重。”

“不会吧，情况很危险吗？”

如果是这样孝子也不可能这么平静吧，亚纪一边暗忖一边问道。

意识总算完全清醒了。

“好像不至于啦，但雅人说他整晚一直陪在旁边连眼都没合过。他是等到沙织的发作平息后，暂时先回公寓，才通知我们的。他说现在要稍微补个觉。”

“这样啊……”

沙织的入院，今年已是第三次了。第一次是亚纪刚回到东京的一月，第二次是七月。然后在这十月的头一个周六据说又入院了。病情开始逐渐恶化应是事实吧。亚纪想起一个月前见到的沙织，感到心情渐沉。那时候，她看起来明明非常健康。

“怎么办？”孝子说。

“什么怎么办？”

“我想中午过去看看她。”

“那我当然也要去。”

一月和七月，亚纪都在住院当天就去探望沙织。孝子也一样。前两次沙织各住了一星期左右就出院了。但愿这次也不会太久才好，亚纪想。

“那，让你爸爸吃完午餐之后我们就一起出门吧。”

仰望孝子如此嘟囔着的脸孔，亚纪再次感到，母亲这几年也老了不少。在晨光中看来，她的双颊消瘦，脸上的皱纹也变多了。

四年前的一九九四年，就在佐藤康与大坪亚理沙结婚的同一年，雅人也与沙织步入礼堂。沙织有严重心脏宿疾之事，是在二人的婚约正式谈妥的前夕才由雅人亲口告诉冬木家的成员的。那正是亚纪公司的若杉社长突然宣布退职之时。两个月后的七月，雅人便与沙织结婚了。

从此，雅人夫妇想必令孝子与四郎伤透了脑筋吧。最后，连长女亚纪也在第三年离开东京，调往博多工作。虽然亚纪在两年之后回来了，但至今依然小姑独处。对于再过不到半个月就要满三十四岁的亚纪的将来，孝子与四郎忧心的程度肯定不逊于他们对沙织病情的操心。

兼之，今年三月四郎突然因胃溃疡吐血，被迫住院一个半月，对孝子而言更是一大打击。四郎在两年前自都立高中的校长之职退休，受聘到北区某中高一贯制的私立学校当校长，但在那里与理事长家族的人际关系令他吃尽苦头，也把本就不强壮的胃肠搞坏了。

结果，四郎在五月底离职，目前仍在两国的家中静养。

孝子下个月即十一月份就要满六十岁了。儿媳妇的重病，毫无出嫁迹象的女儿，以及失去工作也失去健康的丈夫——正因过去一切顺遂，这几年一下子接踵而至的困厄，想必令她也备感抑郁吧。

“我要准备早餐，亚纪你要吃吗？”

换作平时，八点之前起床，沿着隅田川边健走是亚纪周末的固定日课。

“不好意思，让我再睡一下。昨天加班弄到很晚。”

“那么，要我叫你吗？”

“不用了。十点过后我就会起来。”

说着，亚纪再次躺下。下腹部还有一点隐隐闷痛。

孝子离开房间后，亚纪凝望老旧的天花板对沙织的事思考了一会儿。

沙织的病是心脏瓣膜疾病的一种，称为大动脉瓣膜症。瓣膜症，分为瓣膜与瓣膜沾黏使得瓣口狭小、血液难以流通的“瓣膜狭窄”，以及瓣膜本身有缺陷无法完全闭合导致血液逆流的“瓣膜闭锁不全”这两种。沙织的情况是心脏的大动脉瓣并发狭窄与闭锁不全的重度瓣膜症。

第一次发作，据说是在她小学低年级时。当时她上体育课频繁出现心悸及哮喘的情况，去专门医院接受诊察后被诊断为瓣膜症。瓣膜症大半由幼年期罹患的风湿热引起，但沙织并无这种风湿热的病史，研判可能是其他因素导致大动脉瓣组织发生病变。雅人得知沙织的病后与伯父二郎商量时，据说得到的答复也是："这种病症极为罕见，只能说是不幸的病人。"二郎是心脏内科医师，现在从国立医院的副院长转到港区某企业旗下的综合医院当院长。和亚纪姐弟的父亲四郎相差三岁，所以伯父今年也要六十五岁了，但他身体非常硬朗至今还能胜任每周三天的门诊。四郎这次胃溃疡，住的也是这位二哥的医院。

沙织由于娘家加藤家位于上野毛，因此一直在世田谷的关东共济医院看病，雅人夫妇也将新居选在离这家医院最近的上用贺车站旁。从那里到上用贺的共济医院开车不到五分钟。主治医师皆川医生凑巧是伯父的大学学弟，过去在同一个医疗单位受过伯父的指导。二郎也拍胸脯保证他在心脏内科方面的技术绝对一流，况且四年前沙织的病情对日常生活并无影响，因此冬木家的双亲最后才会同意二人成婚。

可是，常年来为了预防细菌性心内膜炎不断服用抗生素，连过度运动或长时间入浴都不忘小心避免的沙织的身体，即便在皆川医师和二郎看来，原则上也不可怀孕生产。据说，大动脉瓣膜症一旦引发心功能不全，之后的治疗会变得非常困难。基于这点，会对心脏造成极大负担的生产，似乎无法排除令患者致命的可能性。

身为丈夫的雅人既已选择与沙织结婚、放弃生子，四郎与孝子也不好为了这件事再对雅人夫妇说三道四。只是，长子的这种选择自然令二人十分失望。将那份期待转嫁到长女亚纪身上，同样也只不过是理所当然的。

对亚纪来说，想留下自己后代子孙的这种愿望，虽然在字面上可以理解但是心里却无法理解。将新生命送来这种世界，就某种角度而言堪称有勇无谋的行为，但孝子与四郎似乎真的很担心冬木家的血脉会就此断绝。"这样对不起列祖列宗。”“没见到孙子之前我不想死。”偶尔听到这种台词从那样的母亲嘴里冒出来，总令亚纪备感意外。

父亲也在病倒后变得特别脆弱，再也按捺不住过去克制的情感。吐血入院的翌日，趁着病房里只剩下父女俩，父亲认真地说：“我现在这样也不知几时会发生什么事，至少能不能让我在死前看到你结婚呢？”这是父亲头一次直接向亚纪提起她的婚事。但最近他三天两头将类似的话挂在嘴上。

据说一月那次沙织发作前所未有地严重。深夜里，她忽然呼吸困难，出现近似心功能不全的症状，被急忙送进共济医院。幸好，发作尚在狭心症的范围内就控制了病情，只住了一星期医院，但七月又出现同样的昏迷发作，主治医师告诉雅人已确定病情的恶化。

从这次发作之后，雅人似乎就连爱喝的酒都戒了，为了应付沙织的病情出现骤变过着神经紧绷的生活。今年八月他也满三十三岁，听说工作单位也要升他当艺文组编辑，但是他说已经推辞每周必须值夜两天的编辑业务。

当初与稻垣纯平的婚事告吹，亚纪是落荒而逃地离开福冈，但即便回到这里，面临父亲与沙织的住院，在新单位又要忙于应付不熟悉的工作，令她还来不及慢慢抚平身心疲惫就已快要度过一年。本来打算一回来就去见泽井明日香，也直到她顺利考取都立高中，开始通学的四月才重逢。

明日香正如那封信上所写，目前在都内租了公寓独居。她的左腿历经四次手术几乎已痊愈，步行上的不便已改善至肉眼几乎完全看不出的地步。

当初，亚纪本来打算先在老家住一两个月，入夏之前就找房子搬出去。但是，四郎的病倒令她陷入了无法把父亲丢给孝子独力照顾自行搬离两国的状况。

种种事情毫无预兆地发生，还来不及理清就又发生了另一桩事。虽然认定最后还是只剩自己孑然一身，但亚纪深深感到，就连孑然一身的人生也身不由己。

光靠自己认定，想必不足以泳渡这个错综复杂的世界吧。这么一想，现在这个时候经历痛苦的发作后肯定已熟睡的沙织不再是同情与怜悯的对象，这也在亚纪的脑海萌生异常的样貌。

亚纪试着回想被雅人初次介绍认识时的沙织。

那是四年前的正月二日，全家人一边围炉吃寿喜烧一边聊了很多。沙织当时才二十四岁，是在庆应念心理学的研究生。同年修毕硕士课程后，她没有选择就业而是走入家庭。以沙织的情况要兼顾家庭与工作想必很困难，所以对这个选择她自己毫不犹豫。

初次见面的那天，沙织曾说，自己打从中学起就喜欢“爱上了就拼命”这句话。这么年轻貌美的女孩为何会说出那么夸张的话，令亚纪颇为费解，后来得知她的病才恍然大悟。对沙织来说，喜欢上某个人的的确确是拼命的行为。而且，她现在也继续活在那种拼命的行为中。和沙织熟识后，亚纪在近距离窥见她那深藏在内心深处的强烈热情，对丈夫雅人堪称全心奉献的爱情，虽然年纪小了五岁之多，但亚纪开始对这个弟妹打从心底萌生敬意。

沙织的精神中像有一根坚硬笔挺的脊梁骨，亚纪想。

那也许是从小就在生命危机感中长大的她不假思索创造出来的苦肉计产物，但另一方面，那好像也是搜罗了人类为了确认自己生存不可或缺、类似微量元素的稀有产物。

而自己这个人，并没有那种重要的脊梁骨……

和沙织相较之下，亚纪如此深深感到。

在被窝里静静躺了一会儿后身体渐渐暖和起来，下腹部的疼痛也减轻许多。还是再睡一会儿吧。昨晚为了烦琐的计算埋头忙到午夜两点多，整个人都累瘫了。

亚纪将目光自天花板移开，拉起毯子以侧卧的姿势静静闭上眼。

2

雅人泡的咖啡浓得吓人。

亚纪本来就是红茶派，如果喝咖啡她向来只喝意式浓缩咖啡，所以倒还不当回事。但孝子只啜了一口立刻说：

“这好像有点太浓了吧。”

“不然，我帮你掺点开水吧。”

雅人从椅子起身去厨房。

“儿子，你向来都喝这么浓的咖啡吗？”面对拎着水壶回来的雅人，孝子问道。

“还好啦。”

雅人一边在孝子的杯中注入热开水一边点头。这是一个月前造访这里之后首度与雅人见面，他看起来似乎又瘦了一圈。虽然他当时说：“自从戒酒之后赘肉都没了。食欲倒是比以前好。”但想必还是为了沙织耗费太多心神吧。这杯咖啡肯定也是戒酒与照顾病人的压力带来的副产物，亚纪暗想。

“你这样，迟早会把胃弄坏。你爸已经因为胃溃疡病倒了，你也要好好注意胃肠才行。”

孝子说出做母亲的操心。雅人只是含糊地笑着。

雅人与沙织住的这间公寓，就在东急田园都市线“用贺车站”出入口前。这是两室一厅，适合小两口的房子，但是由于地点是位于东京都内首屈一指的住宅区，想必房租是亚纪住到去年为止的福冈公寓的两倍吧。这么想着放眼打量，室内狭小的程度简直没天理。首都圈居民不断支付的这种不合理价格究竟有何意义，对现在的亚纪而言是一大疑问。

三人在五坪（大约十七平方米）大的客餐厅放置的桌椅上坐下。亚纪与孝子并排坐在一起，雅人隔桌坐在对面的椅子上。室内收拾得很干净，但用品和地毯、窗帘都以暖色调统一营造出安心自在的氛围。亚纪初次来访时便感受到，似乎可从中窥见沙织的个性。

下午一点半过后亚纪二人来到沙织的病房。雅人已经来了，沙织的父母也在。沙织的气色虽然不太好，但似乎比想象中有精神。

“让你们担心了，真对不起。”

一再向孝子低头道歉虽已是常事，但今天听到这话的孝子却不由得双眼含泪，众人相对无言半晌。母女俩放下探病的红包和水果待了十五分钟后便与雅人一同离开病房，坐他的车来到他这间公寓。在车上听雅人叙述了昨晚发作的大致经过和皆川医师的诊断。发作本身和前两次比起来毋宁算是轻微。但还是将沙织送到医院，是因为她的精神极度不安。“都是我不该多事。”雅人说着很是沮丧，得知他所谓的“多事”之举是什么后，亚纪与孝子也感觉无话可说。

不过按照皆川医师的判断，沙织应该周一就能出院，总算可以松口气。

“你有好好吃饭吗？”那杯咖啡孝子几乎完全没沾唇，如此说道。

“有啦。午饭也是在医院的咖啡座吃的。”雅人表情抑郁地回答。

“不过，这样不是很好吗。沙织好像并不严重。”亚纪说。

“可是，沙织每次一发作，我就被吓得六神无主。”

雅人点起香烟，一边吞云吐雾一边喃喃低语。亚纪望着他吐出的轻烟，想起佐藤康。最近，每当看到有人在抽烟她就会忍不住想到康。刚才也是，好久没去关东共济医院了，走在沙织住的四楼病房走廊上，不由得又想起他与他的妻子亚理沙。

定是我害的。

即使一再试着抹消，亚纪还是抹不去听到康的事时那股深深的罪恶感。

“不过，又不是会继续恶化下去。你如果这么沮丧沙织也会提不起精神哦。”

孝子强作笑容，出言鼓励。

“瓣膜症，多半会在突然之间急速恶化。沙织也是，今年这已是她第三次严重发作了，最近睡觉时她也常常呼吸困难。再这样下去的话恶化的可能性绝对很大。”

雅人把香烟在烟灰缸中摁熄，站起来，打开阳台的窗子后又回来。

七月沙织入院那次也是这样，当时他在这屋子里抽烟，“只有这种时候，我才能在这里抽烟。”说着露出苦笑。那时候亚纪还不知道康的事，所以随口调侃：“反正你在公司八成抽了不少，所以在家不能抽应该感谢沙织这个贤内助。”现在光是回想起自己那时说的话都感到心口阵阵刺痛。

三人沉默了半晌。

“今早皆川医生又问我‘要不要考虑开刀’。”雅人忽然说。

亚纪与孝子不由得注视他的脸。

“虽然还没出现严重的心功能不全现象，但他说这样下去随时变成那样都不足为奇。与其那样或许还不如趁现在就开刀换上人工瓣膜。”

“可是，二郎伯伯不是说，不太建议人工瓣膜吗？”

七月那次发作时皆川医师也提起人工瓣膜手术的事，雅人才去找伯父商量过。

“伯伯的确是说，考虑到手术后的血栓或人工瓣膜引发的问题，以沙织的情况或许为时尚早。但皆川医生表示，最近已成功开发出人工纤维做的优秀瓣膜，据说手术的安全性也有突飞猛进的进步。他说开刀当然还是会有风险，但是如果太胆小错过了开刀的时机症状就再也没希望改善了。”

“这件事，你跟沙织讲了吗？”亚纪问。

雅人摇头。

“没有。因为沙织向来不愿动手术。七月医生如此建议时她也说绝对不要。”

“雅人你自己的想法呢？”

“我也难以判断。沙织的病一旦变成心功能不全就会药石罔效，所以我认为开刀是选项之一，但是术后管理想必如伯父所言很困难吧，万一发生血栓或栓塞现象，极可能就那样脑中风死亡，况且术后，也得终身服用抗凝血药物。现在沙织每天就已经得服用一大堆抗生素之类的药物了，如果再增加药量我怕她自己也会受不了。”

总是如此，只要一谈到沙织的病，就会觉得她的眼前似乎只有黑暗的未来。然而，实际见到沙织，又会确信那种晦暗的未来绝不可能降临到她身上。刚才也是，在病房看到沙织的那一瞬间，亚纪当下感到这个人绝对没问题。

“那么好的女孩，为什么非得遇上这种事不可。”

孝子又有点泪盈于睫。

雅人露出恍惚的目光，看着这样的母亲。

“虽然今后不知会发生什么，但是，我相信沙织。”

雅人没有特定对象地宣告。今天的他看起来疲惫不堪。应该说，好像有点虚脱、魂不守舍。昨晚的发作想必令他大受打击吧，亚纪思忖。

房间角落传来猫叫，三人不约而同把脸转向那边。

阳台的落地窗前放了一个纸箱。叫声就是从那个箱中传出的。

“那只小猫，要怎么办？”亚纪问。

一进这间屋子，雅人就立刻让他们看了箱中的猫。这是一只美国短毛种的幼猫，出生似乎尚不及三周。小猫还不到两个拳头大，裹在柔软的浴巾中用惹人怜爱的姿势睡着。但是，突然开始响起的叫声出乎意料地高亢有力。

雅人没回答亚纪的问题，起身去厨房拿来装牛奶的奶瓶，从箱中抱出小猫。他当场盘坐在地，把小猫抱在怀中格外灵巧地喂起奶。喂到一半时亚纪与孝子都忍不住起身凑到旁边，望着拼命吸奶的小猫。

“好可爱哦。”孝子绽放笑颜。

“如果继续这么养下去，沙织一定也会开始疼爱她吧。”

五分钟后小猫再度睡着，雅人小心翼翼地把猫放回箱底，微微叹息仰望亚纪二人。

“今天，待会儿报社同事会过来，我已决定暂时把猫让同事照顾了。总不能才刚收下一天就退还给古田老师。”

雅人带这只猫回来，是昨晚的事。

与他交好的作家古田敦夫养的猫生了小猫，之前就在问他能不能收养其中一只。之前虽然从未养过猫或狗，但是雅人觉得为了无望生子的沙织着想这也许是个好机会，于是昨天傍晚特地去古田家领猫。他事先瞒着沙织，打算突然带回来给她一个惊喜。

沙织见了猫，起初的确很开心。她小时候养过猫，偶尔还会提起死去的爱猫。也因此，当沙织半夜突然哭起来时，雅人一头雾水当下慌了手脚。他想不通平时难得落泪的妻子，为何会这么伤心。

“你根本不该和我这种人结婚的。”

就算沙织抽泣着这么说，雅人还是无法领会沙织的真意。

“嗯，小沙你在哭什么？到底是怎么了？”

雅人一再追问后，沙织说：

“你实在太残酷了。就算没有恶意，至少也该想想我的心情。”

听着沙织在呜咽之间断断续续说出这种话，雅人这才终于醒悟，自己带小猫回来之举深深伤害了沙织。

沙织会突然发病，就是在她好不容易平静下来，夫妇俩一起喝完助眠牛奶，钻进被窝之后。

“今晚的我，一定是疯了。怎会变得那么奇怪呢？”

关灯之后沙织冷不防咕哝，反常地开始发出沉静的鼾声。

“没想到，不到三十分钟，她就突然按住胸口痛苦挣扎起来了。她还是头一次那样发作。”

自医院回来的车上，雅人如此说道。

听着雅人的叙述，亚纪觉得，自己似乎事到如今才见识到沙织无法生小孩的痛苦有多么巨大。但，对于未婚的人来说，实在难以体会那种痛苦的实质。更重要的，虽是为了妻子着想才收养小猫，却被责怪“太残酷”的雅人也令她感到分外可怜。

趁着小猫睡着，亚纪二人也决定打道回府。

“包括是否要开刀的问题在内，我认为还是把皆川医生的意见好好跟二郎说说比较妥当。你也有工作在身，如果沙织这样三天两头地入院，迟早连你都会出毛病。沙织也是，如果再这样发作下去或许对于开刀的事也该积极地去考虑。”

孝子一边披上搭在椅背的夹克一边说。

“我没事啦。现在我满脑子只想着沙织的事，自己怎样根本不重要。”

“你的心情我了解，但这种想法是错的哟。你如果累积太多压力硬是不让自己倒下，到头来，只会两个人都垮掉。你爸当初也是这样，什么事都一个人闷在心里忍气吞声，才会突然病倒。你跟你爸爸很像，千万得当心哦。”孝子说。

亚纪也赞同母亲的说法。

“我也认为妈说得对。沙织远比我们以为的更坚强，这次的事我相信她一定也能克服。所以雅人你也要对她有信心，好好珍惜自己的工作和自己的时间才是。沙织绝对不会死，况且今后还要长期抗战，逞强可是大忌哦。”

雅人默默点头，微露笑意。

正好就在这时，对讲机响了。

雅人拿起话筒确认访客身份后走出客厅，玄关门开启的声音响起，接着传来他与对方交谈的声音。然后他立刻回来，抱起装猫的箱子便想再度走出去。亚纪二人拿起皮包，也慌忙跟在他身后向玄关走去。

一名娇小的女子站在玄关门口。她大概就是要暂时收留猫咪的报社艺文组同事吧。亚纪一直以为是男同事所以有点意外。身旁的孝子似乎也一样。

“我们要走了，你请人家进去坐嘛。人家难得光临，站在门口太失礼了。”

孝子向对方点头致意后，对雅人说道。

“她是比我晚入社的圆谷圆小姐。这是我妈和我姐。”

雅人急忙替双方介绍。

“两位好。冬木前辈一直很照顾我。”

圆脸的女子客气寒暄。

“不敢当，今天真是谢谢你。请里面坐。我们正好要走了。”孝子重复同样的台词。

“不了，在这里就好。我的车子还停在公寓玄关。”她明快地说。

她的年纪应在二十四五岁吧，是个身材丰满但长相讨喜的女子。黑白分明的大眼睛透出独特的光芒。在记者这行想必才刚起步，但那种活泼的气质果然还是拜年轻所赐吧。

亚纪自肩上皮包内取出名片夹，抽出一张递给她。她也从灰色棉质夹克的口袋掏出名片。亚纪接过名片细看姓名。上面印着“东京总社编辑部　艺文组　圆谷圆”。

至于圆谷圆，定睛打量亚纪的名片后，她说：“我常听前辈提起他姐姐。”

“猫的事给你添麻烦了，真不好意思。”

亚纪鞠躬致歉，一边对雅人居然会和报社同事谈论自己感到不可思议。也许是察觉亚纪这种想法，圆谷圆说：“听说你是财务部主任，在工作上很有成就呢。前辈常说他姐姐从小就聪明得不得了。”

这女孩真机灵，亚纪感到。

“没那回事。今年年初我从外地被公司调回来，只是因为没地方安插才把我派到财务部。整天与数字为伍，不到一年我就已经做得很腻了。”亚纪笑着否定。

“可是，你跟我想象的一样。我之前就猜你一定是个很酷的人。”

总之，圆谷圆非常随和爽朗。

亚纪也常被公司后进的女孩们评为“很酷”。起初亚纪以为，一旦成了三十过半的“老大姐”职员，也只能用那种字眼形容，她们这么说应该是半带揶揄；但是最近她渐渐感到似乎并不尽然。亚纪开始觉得，她们与自己那个世代，在根本上无论是对结婚或工作意识好像都有所不同了。

然而，不管再怎么被批评，亚纪还是不觉得自己“很酷”。

回到总公司后进入现在的部门，经过也正如她对圆谷圆的解释。她被业务第一线拒于门外，在财务部也是被派到最不起眼的出纳课。昨晚加班，也是因为配合九月底的期中决算在上个月下旬就已做完持有有价证券的核对，结果直到上周都快决算发表了，会计部才指出有个小错误，害得她不得不重新核对部分证券类交易资料与会计资料。只因为身为出纳课主任是作业的领头人物，害得亚纪老是被课长和财务部长当面教训。

“那，这个就拜托你了。我会尽快找人领养，在那之前你先帮我照顾一下就好。不好意思。”

雅人插入亚纪二人的对话，把手上的纸箱塞给圆谷圆。

“你不用急没关系。嫂夫人正在生病，所以猫咪就交给我，前辈你不用再操心了。”

接下箱子，圆谷圆满面笑容地说。然后向亚纪二人默默行以一礼，便匆匆走了。

“这女孩真有活力。”孝子半是目瞪口呆地说。

“还好啦。不过，那丫头其实也吃了不少苦。”雅人说。

“她大概入社第二年吧？”亚纪问。

“不，她待过两个分社，前年调回来的，所以我记得应该和沙织同年。”

“那么，她已经二十九了？”亚纪惊声说。

实在看不出她已有那个年纪。

“嗯。别看她那样，其实工作很能干哦。”

亚纪再次仔细打量名片上的文字，她暗忖，“圆谷圆”简直是为她量身打造的名字。

“那你如果有什么事一定要立刻联络哦。”

孝子一边交代一边穿鞋。时间已过了下午三点。大概是不放心留在家中的父亲吧。亚纪也走下玄关。开门之后孝子先走到走廊上。亚纪正想跟上时雅人在背后低声对她嗫嚅：“姐，我有点事想跟你商量，待会打电话给我好吗？”

亚纪转身看着雅人的脸。之前郁郁寡欢的表情已消失，现在的神情变得极为认真的他定睛凝视亚纪的双眼。

3

辽阔的公园中充斥秋的气息。

把车停在园内附设的世田谷美术馆旁边的大停车场，亚纪与沙织以缓慢的步伐走向公园西侧的自然生态保护区。这个砧公园距离沙织之前住的关东共济医院，隔着环八道路不到五百米。一周前的周六还躺在那间医院病床上的沙织，现在已能这样与之并肩漫步，令亚纪感到很不可思议。

沙织的脸色红润，看起来神采奕奕。她长得漂亮，所以走在步道上可以感到擦身而过的大批路人都将视线集中在她身上。今天的沙织一袭巧克力色宽松洋装外罩米色开襟外套。刚才沙织说，出院后她已不再穿长裤和牛仔裤，那时她看似欣喜的表情历历如在眼前。

擦身而过的人，想必压根儿想象不到这么年轻貌美的女子竟有严重的心脏病吧。

十月三日深夜入院的沙织，果如皆川医师的预测，在上周的六日周二那天出院。手术的事，由于当事人的状况已无暇顾及那个，自然就此打消。

雅人周日仍去上班了。亚纪上午造访用贺的公寓，二人喝着红茶聊了一会儿后，在沙织的提议下来到这个公园。天空非常晴朗，吹过凉爽的秋风。她们开了雅人的车，不过是由亚纪驾驶。沙织当然没有驾照。

春初，习惯新部门后，亚纪立刻去驾训班报名开始学习开车。她一直极力避免回顾与稻垣纯平的那段过去，但出车祸那晚，如果是亚纪开车载纯平，她与纯平的关系或许也不会在那种形式下破局。就算撇开那个不谈，她也不打算再重蹈覆辙。

横越约有十二万坪（约四十万平方米）的自然生态保护区，亚纪二人来到自然生态保护区前的观景窗。光是这样已走了三十分钟，但身旁的沙织毫无疲色。正值秋天观赏野鸟的季节，观景窗前挤满了人。同样头戴鸭舌帽身穿背心胸前挂着望远镜的老人团体、各种不同年龄层组成的“野鸟会”团体，以及带着幼儿的全家福、年轻的小情侣，正在兴致勃勃地隔着围墙的窗子观赏柞树和日本花柏、兰屿野茉莉丛生的树林。

然而，亚纪二人没有往环绕生态保护区的长长围墙那边走，却走近一旁设置的大花坛。

花坛是整片黄色。

“好美哦。”亚纪不禁脱口赞叹。

“看吧。”沙织说。

这个花坛里，志工团体亲手栽种的黄色波斯菊正在绽放。昨天周六，和阿雅来散步时美景夺目，可惜下了小雨，无法看个过瘾——沙织就是这么开口邀她来公园的。

“黄色的波斯菊还是头一次见到。”亚纪说。

“我也是，昨天头一次发现。严格说来，品种好像不太一样，不过说到波斯菊通常应该是粉红或白色，所以还挺惊讶的。与其说是秋樱[1]，更像是秋天的向日葵，对吧。”

一边瞥向花坛深处绽放的粉红色波斯菊和红色的一串红，亚纪觉得沙织说得对极了。波斯菊给人的印象向来是一种很寂寞的花，但是看着这种黄色的波斯菊，心情好像也随之昂扬。

“真的耶。光是这样看着好像就浑身都有力气了。”

1 秋樱：波斯菊的别名。

“就是啊。”

沙织语带坚定地说。

二人在花坛边的长椅上坐下。

她们沐浴在秋光中晒太阳。不久，一名坐轮椅的青年被看似母亲的人推着靠近花坛。那是个脸色蜡黄瘦得非比寻常的青年。年纪应该才二十出头。亚纪和沙织都默默凝视他的侧脸。亚纪先移开视线，转而仰望一抹微云划过的蔚蓝晴空。昨天傍晚直到午夜都下着雷雨，但今天的天空很蓝很蓝。

茫然追随微云的尾巴，亚纪将眼前的青年与佐藤康重叠。

康与大坪亚理沙结婚的那年，夫妻俩便一同调往美国的公司。当时若杉社长才刚闪电下台，这次调职是为了扫除若杉人马的新人事案一环。第三年亚纪也调往福冈离开了总社所以再也没有康的消息。但今年亚纪回到总社时，他并未自美归来。堪称若杉社长推动的脱生产路线尖兵的康，被佐伯社长以下的现任首脑群忌惮也是在所难免，而且佐伯路线如今既已收到预期以上的成果，他在公司的前途显然绝不光明。

事隔两年半后再次得知康的近况，是在今年九月后。

当时她正与财务部几名同事闲聊，突然冒出康的名字。据说康在美国发病，八月中旬为了治病回到东京。现在住进都内某家医院，挂名在总务部实际上等于长期停职。

病名是肺癌。

听到这个小道消息的瞬间，亚纪受到极大的打击。比亚纪年长三岁的康才三十七岁。这样的他竟罹患癌症固然令人震惊，但出现肿瘤的部位是肺脏这件事更令亚纪心痛。肺癌本来就是一种治愈成绩不佳的癌症，而致病的首要原因是抽烟更是常识中的常识。

本来不抽烟的他开始烟不离手，是在与亚纪分手后。最后一次与康交谈是将近五年前的一九九三年十二月中旬，当时康说：“被你甩掉后我就开始抽了。虽然味道并不好。”亚纪劝诫他：“既然味道不好何不干脆戒掉。那可是最容易引发癌症的东西。”“可是，那时我一心只想着自己非改变不可。倒也不是说抽烟就能改变什么，只是当下想到就能采取行动的我也只想得出这个。”康说。

亚纪不得不感到自己对康的发病有责任。

当然他生病的真正原因是什么亚纪并不清楚。论及癌症，想必就连医师和病人自己都无法确定原因，况且瘾君子也未必人人都会得肺癌。癌症这种疾病是种种生活习惯的偏差和过大的心理压力错综复杂地结合在一起造成的——这点现在已成了常识。以前曾听长年担任外科医生参与癌症治疗的父亲长兄一郎伯父说，由大约六十兆个细胞形成的人体，每天无论是谁都会产生数千个癌细胞。只是，一般情况下那些癌细胞还来不及在体内增殖就会被每个人的免疫力驱逐。除非出现某种特殊因素，比方说常用香烟这种致癌物质成瘾或免疫力急速下降，否则癌细胞不可能分裂到以亿为单位变成“癌症”。

若杉体制瓦解，过去的光明前途骤然受阻，摆明是被下放到美国整整四年，在这种处境下不难想象一定是让本就温厚笃实绝对不算强悍的康产生相当大的精神压力。再加上是在美国工作，在赴任阶段他极有可能被迫禁烟。

没必要这么愁眉苦脸认定是自己害康罹患肺癌，那样认定反而是一种太高估自己的厚颜想法，亚纪一再这么告诉自己。但她还是无法抹去深深的罪恶感。那种念头毋宁是与日俱增，她非常担心佐藤康，甚至一再感到心痛如绞。

如果自己当初按照佐智子信中所言接受了康的求婚，他应该就不会罹患肺癌了吧。或者，即便自己嫁给康结果仍然相同？虽是无凭无据的假设，亚纪还是忍不住这么想。然后，她也试着想象，佐智子现在又是什么想法。

轮椅青年在花坛边停驻了五分钟左右，也没和背后的女人说什么话，就这么离开了。

目送二人的背影离去后，她对着身旁出神凝望大片黄花波斯菊的沙织发话：

“今天和你出来走一走，看你这么有活力我总算安心了。”

沙织理平洋装下摆。

“我现在觉得，不管是箭啊炮的尽管放马过来都不怕了。”

她说着笑了。亚纪也被她这句话逗得忍俊不禁。

“自己能变成这样，还真有点不敢相信。我想我现在一定是过度兴奋。”

“是这样吗？”

“是的。虽说这种事对普通人来说，想必只是很理所当然的事罢了。”

“应该没那回事吧。不过我自己没经验所以也不太确定。”

“是吗？”

沙织把脸转向亚纪。

“嗯。我认为怀孕毕竟还是非比寻常的事。对普通人来说，应是一生之中为数不多的不寻常经验之一吧。”

亚纪察觉沙织像在确认什么似的眼神，如此说道。

“是吗？”沙织呢喃，独自点点头。

“也许是吧。”她说。

上个星期六，亚纪与孝子一同离开用贺的公寓后，在涩谷车站和孝子道别出了检票口，立刻和要求她打电话的雅人联络。然后，从他口中得知沙织怀孕的消息。雅人之前在公寓说，这次皆川医生也建议开刀的说法并未骗人，但那是医生在沙织刚入院时说的，等到检查结果出来，下午向他说明时内容已截然不同。根据尿液及血液的数据确认怀孕后，据说皆川医生简直想要痛骂雅人，当场质问他：“怎么会发生这种事？”

雅人在电话中流露出打从心底困扰不已的口吻：

“姐，你说我该怎么办？”

“你告诉沙织了吗？”

亚纪一边回想临别之际弟弟的认真眼神，一边问到重点。

“我没说。我想她自己应该也还没发觉。”

“那么，你现在就回医院，立刻告诉沙织这件事。”

“可是，这对现在的沙织来说冲击性太大了。”

“就算那样也不可能不告诉她吧。你可以尽量说得谨慎一点。总之，我认为这件事应该赶紧告诉她。这么重大的事不能让她自己最后一个知道。我也不会把刚才听到的事告诉任何人，你现在就该立刻去医院。”

“可是，如果告诉沙织她一定会坚持生下来。皆川医生当然没叫我一定要怎样，但他断言她的身体绝对承受不了生产。”

“雅人，你振作一点。现在，该想的不是今后要怎样，把怀孕的事实立刻告诉沙织才是最重要的。沙织可是腹中胎儿的母亲啊。今后的事，只能靠沙织和你好好讨论之后再决定。”

听到雅人回答“知道了”，亚纪这才挂上电话。

好像有点起风了。沙织把开襟外套的纽扣从上到下通通扣起来，用力将衣摆往下一拉盖住肚子。

入院时检查，发现她已怀孕进入第二个月。

“医生他们也同意，真的是太好了。”

亚纪这么一说，沙织的脑袋微微一歪：

“可是，好像很不情愿。”

她微笑。

“我们的伯父好像拍胸脯保证沙织绝对没问题哦。这点雅人一定也很高兴吧。”

“是啊。”

这次，皆川医师会同意沙织生孩子，要归功于二郎伯父的建议。据雅人前几天表示，伯父说：“只要严格做好怀孕期间的健康管理或许还是可以撑过去。当然危险是一定有，不管自然分娩或剖腹，她的心脏能否承受都还有疑问。但是，以她现在的状态过去毫无生产的前例。这如果再过个两三年，想必会变得绝对不可能生育吧。”

伯父拍胸脯保证——这个说法是有点夸张了，但既已决定生下来，让沙织产生自信是非常重要的。

刚才在屋里聊天时，她最在意的好像就是药物。她似乎很怕长年来一直服用的药物会对受孕时的子宫造成不良影响，自己的心脏病反而放在其次。自从发现怀孕后，她说已经请医生把药物几乎通通换成对胎儿无害的药。

“让大家这么担心我，真的觉得很不好意思。”少许沉默后，沙织说，“阿雅也是，如果我不是这种身体，他本来应该毫不掩饰快当爸爸的喜悦，现在反而等于让他又添了一桩心事。我的任性也害得大姐和婆婆跟着替我费心。真的很抱歉。”

她微微低头致歉。

“一点也不会。沙织想生小孩是天经地义的事，我和我妈，老实说也没那么担心啦。因为我们相信沙织一定能好好生个健康宝宝。”

亚纪说着，一边回想起母亲孝子得知沙织怀孕时，虽然忧心她的身体却又不掩喜悦的那一幕。孝子那种反应，令亚纪在内心感到相当幻灭。

“不过，就算这样，我还是要拜托你千万别逞强。你肚子里的宝宝固然要紧，但对我来说沙织远远更加重要。雅人想必比任何人更这么认为，沙织的父母一定也是同样的心情。”

亚纪的话，令沙织露出稍做沉思的表情。

“大姐。”

她的语气很平静。亚纪微笑催她往下说。

“我想，我已经活不久了。”

亚纪惊愕地回视她的脸。

“四年前，与雅人结婚时，我就在想这下子我的一生随时结束都死而无憾了。我俩早就讨论过，我死了，虽然会令雅人伤心，但是相对的，不如把握短暂的婚姻生活努力活下去。所以，对于我会先死，他应该也早有心理准备。结果，这次竟在这种情况下确定怀孕，真的很意外。因为我们打从一开始就没想过要生孩子，况且也没想过我能够怀孕。雅人是个男人，等我死了，他迟早会跟别人在一起，我觉得到时他再跟那个人生小孩就行了。虽然他嘴上没说，但我想他心里多少也是这么想的。”

“不会吧……”

对亚纪而言，只能这么回答。是针对沙织话中的哪一点觉得“不会吧”，自己也不是很明白。是沙织说她活不久的那一句？是她说雅人对她的死已有心理准备的那一句？抑或，是雅人打算以后再婚时再生小孩的这一句？

“我在想，就算放弃生小孩，我恐怕也活不到大姐现在这个岁数。既然如此，那我只能生下来。本来我以为自己无法受孕，但我却怀孕了。这对我来说匪夷所思，简直是奇迹。所以我真的很想生。只是，考虑到即将诞生的宝宝多少也会有点迟疑。即使生下这孩子，他小小年纪就得失去母亲，必须度过没有母亲的寂寞童年。我也替阿雅想过。把孩子留给他，他一定会非常辛苦吧。即使我不在了，他也无法完全自由，将来要爱上别人肯定也会受到很大的制约吧。这么一想，我就会渐渐无法确定，仅凭我自己一人的任性真的应该生下孩子吗？”

亚纪聆听沙织叙述，一边想起当年初次听母亲提起沙织时的情景。那时候一听到加藤沙织这个名字的瞬间，亚纪在内心深处，当下直觉，这桩婚事恐怕会面临悲伤的结局。

亚纪现在待在认真表白的弟妹身旁，蓦然思忖，当时那种预感该不会成真吧。那时的亚纪曾经嘲笑自己在无意中将康的结婚与雅人的结婚重叠陷入可笑的妄想。可是，实际上康夫妇现在的确面临严苛的困境。这个明显的事实不知为何，似乎反而证明了雅人夫妇即将面临的悲剧。听着沙织现在的叙述，虽然无法具体解释清楚，但总觉得肉眼看不见的命运长河正要将她冲走。而且，在那滔滔奔流中，康夫妇乃至雅人与亚纪好像也坐在同一艘船上，令人有种不寒而栗的不祥之感。

“还是不要想太多比较好吧。”

亚纪忍不住语带劝诫地说。

“我没有怀孕的经验，也不知道将来会不会生小孩，但即便是这样的我，有时候也会忽然害怕自己是否没做该做的事，只是任由时光不断虚度。就好像在冬天很冷的日子，其实很想穿上厚重大衣，围着温暖的围巾，然后戴上毛茸茸的手套出门，却只能在找不到手套的情况下在户外四处徘徊，心情会变得非常焦虑。刚才我也讲过，对女人来说，生孩子不是为不为了谁的问题，应该是更根本的问题才对吧。要不然，这个世界根本不可能有人类这种生物存续至今。一般动物，想必绝对不会在生产之前就先苦恼自己生下的孩子将来会不会幸福，更不可能会去替那孩子的父亲设想。如果动物会对生与不生产生迟疑，大概也只是怕自己会因此受伤或变得虚弱吧。所以，我认为沙织你只要考虑自己的身体来做决定就行了，说得极端点，连即将诞生的宝宝都没必要去想。反正，那孩子也不是一心巴望出生才投胎到你的肚子里。不管个人意愿如何，只是不容分说地被生出来而已。既然如此，孩子和孩子的父亲，乃至周遭任何人你都不用去考虑，仅仅只要考虑自己的情况做决定就好了。我认为，说到底，女人都是只凭自己的状况生下孩子，所以人类才能在这个世界生存下来。”

亚纪一边滔滔不绝，一边感到佐藤佐智子的信中内容在脑中一隅重现。是“生育小孩，让这个世界长存永续是我们女人的任务。如果没有我们守护家庭、生育子女，这个世界会在瞬间灭亡”这段内容。

“大姐，谢谢你。”沙织说。

“不过，我还是认为这孩子渴望来到世上。他比其他任何宝宝都渴望诞生渴望得不得了，所以，即便是我这样浑身缺陷的母亲他也不介意，才会选中我来投胎。因此，我真的很想实现这孩子的心愿。”她再次把脸转向花坛，悄声说道。

那双大眼睛是湿的。亚纪假装没察觉，她说：

“开始起风了，我们也该回去了吧。”

4

沙织在家中破水，被雅人开车送进关东共济医院，是在翌年一九九九年一月十五日的清晨。那天正好也是成人节，所以是直接冲进急诊处。由于出血严重，做过各种检查后也大致确认胎儿死亡，因此被招来的医师们立刻替她进行堕胎手术。

亚纪一行人赶到医院时，手术已经结束，沙织正在加护病房插上人工呼吸器。手术当中她曾发生出血性休克一度心跳停止，但总算恢复脉搏得以熬过手术。

然后在半天后的下午六点十三分，冬木沙织终究没有恢复清醒，因急性心功能不全死亡。享年二十九岁。

稍可安慰的是，她直到进手术室前意识仍很清醒，也能和雅人正常说话，最后在不知胎死腹中的情况下陷入昏迷，然后在家人的环绕下、医师们也惊讶的安详平和中咽下最后一口气。

一进入三月，亚纪便买下一间中古屋。位于JR总武线“平井”车站前的两室一厅公寓，总价两千三百五十万日元，首期款是从亚纪的存款取出一千万，再加上四郎援助的三百五十万，剩下的一千万向银行贷了十五年房贷。为了替冷到谷底的房市护盘，小渊新政权大幅实施购屋减税政策，泡沫经济瓦解后的低利率政策也继续实施，因此每月付的钱扣除管理费的话只有八万日元左右算是相当便宜。那是针对单身者所建的公寓，因此只有十八坪左右（约六十平方米），相当狭小，但是一九九三年盖的算是比较新，最大的魅力则是距离车站徒步不到五分钟。搭乘总武线往西船桥方向到两国也仅有三站的距离，和老家来往算是地点极为便利。

公寓本就整修过，所以签约后第三周的周日，即三月十四日亚纪便搬进了新居。孝子和四郎，虽对只在网络上看了几间公寓就匆匆决定买下的亚纪有点目瞪口呆，却也没有插嘴干预。

因为四郎与孝子都忙得团团转，已无余暇来管女儿了。过完年身体已完全康复的四郎，找到了在埼玉县某私立女子大学担任专职讲师的工作，为了四月开始的课程正忙着写讲义、找资料。他好像是以打从学生时代就孜孜不倦研究至今的《万叶集》[1]为主轴来整理讲义，但他说“既然要教大学生，那可不能马虎”，每天勤快地上图书馆报到。至于孝子，也正为了二月时学生时代的老友突然提议开设英语教室之事四处奔走。孝子之所以爽快同意亚纪迁居，多少也是因为想把两国老家的一楼改装开设教室。招募学生和编写讲义、派遣教师等都由友人经营的总部一手包办，孝子当讲师兼班主任，只要教小学生英文即可。仔细查契约内容后，收入多寡姑且不论至少可以确定几乎毫无经营风险，所以亚纪也赞成开设教室。

人人都无法接受沙织的死，所以转而寻求能让自己热衷的事物。

守灵、丧礼一结束，亚纪就把她与沙织的回忆封进心底深处的仓库，在厚重的门扉上加上重锁。即便如此，沙织的音容笑貌仍旧不时自那门扉缝隙之间溢出。这种时候无论是白天或黑夜、在公司或在家中，她总是难以遏止涌出的泪水。

孝子与四郎的状况也差不多。二人都再也不曾对亚纪提起她的婚事。对于来不及见到的长孙、沙织甚至雅人，他们从此绝口不提。亚纪亦是如此。

搬家前后，亚纪两度向公司申请调职。第一次是向直属上司财务部长口

1 万叶集：奈良时代（710—784）的诗歌集，共有二十卷。

头提出，但果如所料，没得到理想的反应，所以第二次她索性正式向人事部呈交“调职申请书”。佐伯社长就任后，立刻采纳时下流行的成果主义，自两年前起对于每位员工的薪资引进部分考核制度。这项未来预计会转型为年俸制[1]的人事改革，相对地也赋予员工得以不经上司直接向人事部要求调职的权利。然而，实际上和其他公司一样，上司的考核沦为讲人情套关系，也几乎没有员工会越过顶头上司向人事部提出“调职申请书”。

在申请表中，亚纪强烈希望调回业务部门。

她压根儿没想过会得到同意，但四月一日发布的定期人事案，亚纪离开财务部，得以调到位于赤羽的电子零件事业总部的品质保证中心。

亚纪决心一定要离开才任职一年的财务部是有原因的。

那个异变发生在沙织死后正好满一个月的二月十五日星期一。

十五日早上，像平时一样被手机闹钟吵醒的亚纪正想钻出被窝时，忽然觉得身体不对劲。上半身竟然无法像平日一样顺利坐起。脑袋昏昏沉沉，全身都很笨重。上周一直加班忙着检查下半期的期末存款余额和紧急汇款到海外，所以她自认周末已充分休养。周六周日除了各做一小时的健走之外完全没出门，昨晚也在十二点之前便已就寝。可是现在爬不起来的情形简直像是又退回到一年前。

即便如此，她还是勉强爬起来，拖着虚软无力的身体去盥洗室。没有恶寒也没发热，所以应该不是感冒，她一边这么想，一边朝自己映在盥洗室镜中的脸孔投以一瞥，当下屏息。

她揉眼皮，怀疑自己是否眼花了。

左眉竟然变得雪白。

惊愕的亚纪，连洗脸刷牙都忘了慌忙返回卧室，坐在梳妆台前试图将

1　年俸制：相较于日本传统的年功序列制（随着工作资历与年龄的增加而加薪），改为根据个人每一年的工作成绩及其对公司的贡献，决定该付给员工个人多少薪资的制度。

这个异变的真面目看个清楚。起先她以为是沾了什么白色物体，或是涂了东西。说来可笑，她甚至怀疑是有人趁她熟睡之际搞出的恶作剧，但并不是。就算再怎么看了又看左边的眉毛的的确确一根不剩完全变白了。

到昨晚为止尚无任何异状，所以只能说眉毛在一夜之间变白了，而且就只有左眉……

亚纪离开梳妆台，这次坐到书桌前的椅子上。打开书桌上的电脑。她搜寻入口网站，把她想得到的“眉毛＋白色”等关键字逐一输入，搜寻有无与自己这种状况类似的体检报告。

找了十分钟左右，终于发现状况几乎如出一辙的女性日记。那个人是地方都市的银行员，某天早上醒来一看同样是眉毛大半变白。那个女人不是一边眉毛，是双眉都变白。她在吃惊之下向公司请假，去医院咨询，内科医师告诉她这是“压力性白毛”。

（这下子我决定了！这一次一定要离职！）

那天的日记上她用这句话做结尾。

亚纪回到梳妆台前，姑且先用眉笔将左眉完全涂黑后，一如往常地出门。来到两国车站，朝着被吸入检票口的人潮望了一会儿，她当下用手机联络公司。她已完全丧失上班的意愿了。以感冒名义请了病假后，她拦下出租车，前往东京车站。

今天一天，她想离开东京，好好思考一下自己的将来。

她搭乘上午九点二十六分发车的“光二〇七号”开往新大阪的列车，抵达京都车站时正好中午十二点。

抵达京都之前的两个半小时中，她已大致理清思绪。

和写日记的那个女人一样，她首先也考虑离职。但是车子过了新横滨后，她察觉那只不过是有勇无谋且感情用事的行动。如果认真考虑今后的人生，不管怎样都得有份工作。事到如今，自己不可能像二十几岁的年轻“粉领”族那样突然离职，把目标锁定在结婚上。

以一辈子保持单身为前提，规划今后的生活才是比较实际的做法吧。

车子经过热海时，她已归纳出和起先截然相反的结论。

无论如何都不能离职。不过，她得立刻调离现在的部门，今后要努力让自己置身在工作负担越轻越好的职场。说穿了，其实一年前调到现在的部门时，她就已放弃在公司出人头地的想法了。今后只要把上面交付的业务确实做到就行了，这么客观想清楚后，能够领着还算不错的薪水直到退休绝非坏事。

毋宁该小心提防的，是像现在这样，面临突发事态时发作性地冲动辞职。今早发生的事或许的确是个重大警告，但冷静想想，这并不只是工作上的压力造成的。也可说是沙织的死、她与佐藤康及稻垣纯平的分手、去年春天父亲的病，这将近十年来发生的种种事件纠缠在一块儿导致的必然结果。

车子驶出静冈车站时，为了不让自己轻易离职，她已做好盘算。

她想了又想，在车子抵达名古屋前，做出自行购屋的决定。

办个五十岁缴清的十五年贷款，把每个月缴的钱尽量压低到跟房租差不多。不找太贵的房子。然后，等到那间房子在五十岁真正属于自己时再申办优退方案就行了。基于去年策定的长期经营计划，过去年满五十五岁才能适用的优退方案现在已放宽标准到五十岁即可申请。如果在五十岁退休，可以用与工作至六十岁者一样的计算利率领到退休金。即便以亚纪目前的主任这个头衔，只要不被降级，届时应该领到相当大笔的金额。

名古屋至京都的这段路上，她一边欣赏窗外景色一边遥想沙织。这是她的满月忌日。唯有今天就算尽情哀悼也没关系，她这么告诉自己。

事实上，自沙织过世后，有句话一再浮现在亚纪的脑海。那是去年十月十一日两人去砧公园时沙织说的话。

我在想。就算放弃生小孩，我恐怕也活不到大姐现在这个岁数。

以往，她总是避免多想。可是，这天她却向前迈进一步。

彼时，二十九岁的沙织，是这么看待再过三天就要满三十四岁的自己——亚纪想。仔细想想，沙织从小就用那种心情计算别人的一生，令亚纪由衷感到悲伤。对沙织来说，即便是如此平凡的三十四年人生，肯定也是她无法到达的未来，永难实现的梦想。

这么一想，亚纪觉得，今后的日子一定要慢之又慢、不慌不忙、不自寻烦恼，好好地活下去才行。就算是为了沙织，她觉得自己也该把沙织无法活到的时间尽力替她活下去。哪怕是不结婚，哪怕是不生小孩，哪怕是孤独到死，自己都有这个义务亲眼看到沙织无法活到的未来，她想。

对于死者，生者若有应尽的职责，一定就是这种事。正因如此，人类才会生儿育女，不断繁衍后代吧——亚纪感到自己有生以来头一次接触到活着的真相一角。

那天，她在京都街头散步到傍晚才回东京。

翌日起她一如既往地上班，工作余暇就切实执行之前在新干线上拟定的计划。每天早上染色的左眉也在搬完家后长出新的，不知不觉中恢复原貌。

5

本来打算从东京车站走过去，可是恐怕会赶不上约定的六点半，因此亚纪穿过丸之内南口的检票口后拦下出租车。到帝国饭店只有车费基本价的短程距离，所以上车说出目的地时，忍不住有点心虚。幸好，司机是女的。“这么近的距离不好意思。”她说。“不会啦。您工作辛苦了。”女司机用开朗的声调回答。

亚纪很高兴能够遇上女司机。去年，回到东京才发现，不到两年的时间女性出租车司机竟已大幅增加，这令亚纪颇为惊讶。这或许也是经济长期不景气所赐，但过去专属男性的职场现在有女性加入着实令人精神振奋。出租车这行尤其如此。将来，她希望在深夜叫车时能够有指名女司机的一天。

这个时段，日比谷街非常拥挤。

车子在帝国剧场前卡在车潮中动弹不得，亚纪看看手机。六点二十分。她思忖是否该下车走过去，但只见过一面的圆谷圆的脸孔浮现在脑海，她念头一转，想想好像也没必要那么神经质。圆谷圆打电话到亚纪的公司，是在今天中午。当时圆谷圆说：“关于冬木前辈，我有点事想跟您商谈。”于是双方立刻约定今天傍晚在帝国饭店的大厅碰面。至于商谈的主旨，亚纪已大致猜到。最近她与雅人大概每个月会在老家见一两次面，他似乎完全无法走出丧妻之痛。两次总有一次喝得烂醉如泥，只好在他以前的房间过夜。他这样想必无法正常工作吧，自上个月起全家人都这么暗自担心。

沙织过世已有半年。四月开始在大学授课的四郎，五月开设英语教室的孝子，以及调到赤羽新单位的亚纪，现在都非常忙碌，也随着时间过去渐渐冷静接受了沙织的死。但是，如果期待雅人也能在短短半年做到这个地步，未免太苛求了吧。

可是话说回来，即便在亚纪等人看来，他的憔悴似乎也有点超乎常情了。

车上一直开着的收音机流泻出宇多田光的歌曲。

宇多田光，在去年十二月以一曲*Automatic*出道，一口气创下百万销售纪录，进而今年三月推出的首张专辑也已缔造超过六百万张的惊人销售纪录，现在已成了掀起一大社会现象的女歌手。她年仅十六岁，母亲是演歌歌手，父亲是音乐家，也是常年定居美国的双语族。即便是亚纪这种外行人，对她那惊人的才华，也觉得和过去的创作歌手境界大不相同。亚纪也在专辑推出的同时就买了，为眉毛褪色所苦恼的那段日子，经常在上下班的通勤途中聆听。

听着专辑同名曲*First love*，亚纪自车窗观看皇居前广场彼端郁郁苍苍的皇居森林。渐沉的初夏夕阳为浓绿的树林染上朱红。

在这世上，就是有像宇多田光这样充满祝福的人生啊，她想。另一方面，也有像沙织那样在痛苦中结束短短二十九年的人生。还有像雅人那样失去另一半，被难以平抚的丧失感折磨的人生。

沙织，再也不能欣赏这美丽的夕阳，也不能聆听这么受欢迎的歌曲。这么一想，亚纪感到心头深处涌起难以形容的情感。那是一旦人死去，对自己死后仍在继续运转的世间种种事物再也无从得知的空虚。

至少留下自己的分身也好——沙织肯定是这么期盼。注定早死的她，想必更加渴望亲生孩子的诞生吧。

想到这里亚纪觉得，涌现的情感旋涡更加激烈地动摇心神。

她深深感到，其实自己也一样。即便是老天所赐的这段不太可能得到格外祝福的平凡人生，也一样希望至少留下自己的分身。

I hope that I have a place in your heart too.

这个十六岁的少女唱着。的确，无论是谁，都想把自己留在爱人的心中。并且，比之更甚的是：

I hope that I have a place in this world too.

想在这世界留下自己活过的证据。

过了日比谷十字路口，车流终于顺畅。亚纪在晚上六点半准时抵达饭店的正面玄关。快步走在人潮杂沓的宽阔大厅，在超过百席的位子大半坐满的咖啡座附近发现圆谷圆的身影。

一身灰色长裤套装拎着黑色托特包的圆谷圆，和之前在雅人家的玄关门口初次见面的印象有几分殊异。当时，得知她与沙织同样二十九岁，曾令亚纪颇感惊奇，她那浑圆的眼睛是最大特征。总之，给人的感觉是爽朗快活。但，睽违九个月之后，眼前的她展现出与年龄相符的沉稳，黑白分明的大眼睛也散发着知性的光芒。

亚纪走近喊她，圆谷圆当下含笑深深一鞠躬。

“让你久等了，不好意思。”

亚纪也行礼如仪。

“是我不该突然打电话，一定给你造成困扰了吧。”

彼此公式化地客套寒暄完毕后，圆谷圆说。

“大姐，你还没吃晚饭吧？”

亚纪点头。

“那么，一起吃饭好吗？或者，大姐待会儿另有安排？”圆谷圆主动邀约。

“我今天没事。倒是圆谷圆谷小姐的时间没问题吗？”

“我已经下班了，所以完全没问题。老实说，我已经预约了这间饭店里的餐厅，你看可以吗？今晚由我做东。”

“那怎么行，不敢当。应该是我谢谢你照顾舍弟，今晚让我请你。”

亚纪一边说，一边暗忖，若是这间饭店内的餐厅想必所费不赀不过无所谓。

“不然就用军队付钱的方式吧。”圆谷圆干脆地说，立刻开始迈步。

军队付钱的方式是什么意思？亚纪满心讶异地与她并肩前行。

“自从前辈的太太丧礼一别，已有半年了吧。”

被她这么一说，好像的确是，亚纪赫然察觉。守灵夜、丧礼当天的记忆一直很模糊所以不大有印象。说不定，当时曾与她交谈过。

圆谷圆带领她去的是位于本馆一楼的“Eureka”。若是这间餐厅就可以安心了，亚纪当下松了一口气。

在靠里面的四人席落座，二人各自点了四千日元的晚餐套餐。主菜，亚纪选了蒸烤鲈鱼，圆谷圆选择的是红酒炖牛肉。饮料都是选单杯白酒。

白酒送来了。“今天临时邀你出来真不好意思。好久不见。”圆谷圆举起酒杯。亚纪也举杯回敬。

吃完前菜后，亚纪坦率发问：

“圆谷圆小姐，你刚才提到军队付钱的方式，那是什么意思？”

酒也喝到第二杯早已敞开心怀。圆谷圆的酒量似乎也不错。她也是快快喝光第一杯，又叫了一杯。

圆谷圆露出独特的笑容：“那是我父亲常用的说法。以前的军人，在军营外喝酒时，为了避免事后起纠纷好像都是大家均摊酒钱。据说，因此有了军人付费方式这种说法。”

亚纪本来还以为是长官掏腰包请部下的意思，当下恍然大悟。

“噢。我第一次听说呢。”

“是吗？讲出这么老掉牙的名词真不好意思。”

“令尊打过仗吗？”虽然觉得应该不可能，亚纪还是问道。

“他晚婚，所以已经很大岁数了，不过还没老到那种地步。我父亲一直在山形县的小乡镇当镇长，明明没有打过仗却最爱用军中用语。唱卡拉OK时也是大唱军歌，总之是个怪胎。”

“令尊高龄多少？”

“已经六十九岁了。”

“那，你是令尊四十岁才生的孩子喽。”

“对。不过我上面还有一个哥哥。”

“这样啊。”

“对。我哥今年三十四，和冬木前辈同年。”

亚纪不禁在内心里说：“三十四岁吗……”然后说：

“说来理所当然，但是年纪渐长，比自己年轻的人就变得越来越多。有时会忽然觉得很不可思议。我常常在想，等我变得更老更老以后，不管走在街上，还是进入哪里，周遭全是比我小的人，到时不知会是什么感受。”

“不知道耶，很难说吧。上次，我听学生时代的朋友说，她的婚事敲定后去烹饪教室上课，结果班上同学全是二十出头的女孩，所以她立刻就不去了。变老之后，如果每天都是那种感觉，一定很讨厌吧。”

“不过，相对的脸皮应该也会厚如城墙，所以说不定其实毫不在乎哦。”

“说得也是。”

圆谷圆哧哧娇笑。她的笑容有种难以言喻的讨喜。

“就像我自己也是，和以前比起来脸皮已经厚得多了。”

“真的是那样吗？”

“那当然。”

“真令人羡慕。”

她的语气听来是真的很羡慕，亚纪也不由得笑了。

解决汤品和主菜的期间，二人一直聊着无关紧要的闲话。据圆谷圆表示，年长五岁的哥哥目前在东京这里工作。“照我父亲的说法，身为镇长的长子却抛弃故乡的哥哥是个叛徒，沦为记者的我则是不肖女。”她愉快地说。最精彩的是，她解释自己的名字由来：

“我父亲自称资深地方政治家，他的座右铭据说是‘万事圆谷圆滑处之’。所以，我的名字是圆谷圆。你不觉得有点过分吗？圆谷圆，这种名字写出来是圆谷圆耶。好像整个人都是圆之又圆。我哥更惨，亚纪姐，你猜我哥叫什么名字？”

喝完汤时又叫了整瓶葡萄酒，所以二人都已有点微醺。圆谷圆对亚纪的称呼也从“大姐”变成“姐姐”，现在干脆改口成了“亚纪姐”。亚纪也在不知不觉中喊她“小圆谷圆”。

亚纪思索了一下，说：

“该不会，叫作什么丸男吧？”

她说。因为她的脑中忽然浮现散文名家盐田丸男的姓名。

结果，圆谷圆露出夸张的惊讶表情，大叫：

“亚纪姐，你怎么会知道！”

6

到了上甜点和咖啡时，圆谷圆终于进入正题。

虽说早有预料，但她口中的雅人最近似乎颓废得令人震惊。每晚都烂醉如泥，最令亚纪哑然的是，据说他烂醉之后半夜回到报社艺文组，竟在自己的位子上失禁，而且好像还不止一次。

“竟然严重到那种地步……”

亚纪自己也知道，眉间的皱纹越来越深。她做梦也没想到竟然闹到这种地步。

“他这样，迟早会连报社都去不了。”亚纪说。

结果，圆谷圆若无其事地说：

“前辈早就已经不来上班了。即使偶尔露脸也是刚从酒馆出来早已喝醉。就连稿子也是，近半年来我猜他八成一行字也没写过。”

亚纪当下哑然。

“那样岂不是会被炒鱿鱼。你们的上司怎么说？”

“我们组长——那个人姓正林，他说，暂且只好先任由他这样过个一年再说。正林也是有B型肝炎这颗不定时炸弹的人，对部下算是比较体谅。但是，我个人判断，现在已经没时间说得那么悠哉了。我也经常向正林抱怨，他的态度那么慢条斯理，万一事情演变到无可挽回的地步怎么办。”

“呃……”

亚纪满腔疑问地听她说。长达半年不去上班，偶尔醉醺醺地露个脸居然在自己的位子上失禁——这样的员工竟然到现在还没受到任何处分，不仅如此，直属上司还公然表示先放任一年再说，这就亚纪身为上班族的人而言简直无法想象。

“我弟没去上班，那他每天到底都在做什么呢？”

“我想，八成白天在家游手好闲，晚上就到处喝酒。我们组里的人好像也多次在涩谷或新宿撞见前辈喝醉的场面。”

听来令人只能叹气。

“然后，老实说，这个月初闹出了小小的事件。”

圆谷圆露出有点难以启齿的神色。今天是七月二十七日，所以说其实也已是快一个月前的事了。见亚纪沉默，圆谷圆继续说道：

“七月二日，就在这间饭店的宴会厅，举行了某项文学奖的颁奖典礼。结果，前辈忽然在会场现身，一来就连灌了好几杯威士忌，然后和其中一位评审纠成一团大打出手。报社的干部们也都有出席，所以被视为重大问题。这下子就连正林组长也满脸为难地说：‘这样下去，冬木会完蛋啊。’不过对方那位作家也是出名的酒鬼，而且本来就和前辈交情很好，所以最后幸好没有闹大。”

以亚纪认识的雅人来说那全是无法想象的事。就算沙织的死对他的打击再怎么大，她还是有点难以置信雅人居然会那样胡闹。虽说是亲弟弟，但彼此上了大学后早已只剩下表面上的来往。亚纪深深感到，青春期过后的雅人成长为什么样的人，其实自己一点也不了解。

“然后，隔了一天，前辈又在报社失禁了。再加上颁奖典礼的那件事，组里的同事也开始议论是否该认真检讨善后对策了。”

届时，理所当然是要调职吧，亚纪猜测。最起码也会被踢出第一线的工作岗位。别说是万一了，若是亚纪的公司，雅人铁定会被解雇。

“我们也压根儿不知道雅人居然会变成这个样子。虽然他每个月也会回老家几次，但那种时候他总是默不作声只顾着喝酒，什么话也不肯说。给报社的同仁们添了这么大的麻烦，真不知该如何致歉才好。”

亚纪语气郑重地低头致歉。

“亚纪姐根本用不着道歉。站在报社的立场，也只是希望前辈能设法振作起来，目前并没有考虑要处分他，或是把他调走。前辈身为艺文组记者的才华与成绩无论在谁看来都是首屈一指，况且前辈真的受到所有人的爱戴。前辈是那种绝对不会讲人家坏话的人，而且不管对谁都打从心底亲切又体贴。所以就算前辈变成这样也没人批评他。大家只是觉得遭逢这种不幸的确情有可原，非常担心他而已。”

圆谷圆反而露出极为惶恐的表情。

“这该怎么办才好呢？他自己怎么说？”亚纪不知所措地问。

圆谷圆略歪脑袋：

“总言之，前辈现在很少来上班，所以我也不清楚他在想什么。组长也好不到哪儿去，虽然嘴上说他会找前辈好好谈一谈，却没有采取任何行动。而且在其他同事面前，好像还是照旧说：‘这种时候，只能暂时先别管他。’在那些编辑当中，甚至还有人提议说不如暂时先把他送进专治酒精中毒的医院。”

酒精中毒、住院——令人愕然的字眼接踵出现。

“雅人本来就是酒量超好的体质，所以我想他应该不会那么容易就酒精中毒。”亚纪结结巴巴地说。

“我也觉得不是。我认为是妻子过世，前辈无法接受事实。简言之，应该只是变得自暴自弃，才会不顾一切地拼命喝酒吧，所以我认为他根本没那个必要住院。”

圆谷圆的说法，非常斩钉截铁。同时，多少也可以看出她是打从心底在担心雅人。

“可是，再这样下去雅人不知会变成怎样。”

“不知道，暂时报社的人应该也会睁一只眼闭一只眼吧。因为工作上的事我们可以代劳，而且我们组长又是那种放牛吃草的人。不过，我感到，状况已经变得有点严重了。如果再这样放任前辈，我怕他真的会毁掉。”

的确，像他这样等同拒绝上班地每天喝得烂醉，就算是千杯不醉的雅人想必也会身心俱疲。雅人居然在职场失禁的事实已经表明了事态急需处理。脑袋能够这么充分理解，但亚纪就是无法产生现实感。雅人回两国老家时，和父母也是正常对话，虽然喝得烂醉但从未胡闹过。这半年来他虽然瘦了很多，但实在不像有病。

“小圆，你觉得该怎么做才好？”

亚纪啜饮杯中剩下的葡萄酒。不知不觉酒瓶已空。

“总之，我认为不能再这样让他独自生活。恐怕只能暂时先让他停职半年，减少酒量，等待前辈自己重新站起来吧。”

的确如她所言。但，问题在于为此周遭的人能够做些什么，亚纪想。

“不过，就不知道他自己会怎么说。就算突然叫他停职，哪怕只是暂时的，男人对于放下工作还是会排斥吧。况且，要叫他抛下与沙织生活过的房子，现在搬回老家，我想恐怕也不可能。”

“说得也是。”

圆谷圆倒是格外明确地点头同意。照理说她喝得比较多，脸色却丝毫不变。

“其实让他住在我那里由我照顾也行，但我也是一个人住，考虑到前辈的将来，我想那可能不大好。”她完全不当回事地说出大胆发言。

亚纪在一瞬间目瞪口呆，但对方可是一本正经。

“既然这样，不如叫他住我那里吧。我三月时买了公寓，如果是那里我弟也许肯来。”亚纪喃喃低语。

“我看最好不要。”

但是，圆谷圆口齿清晰地当下泼她一桶冷水。

“为什么？”

她忍不住抗声反驳。看来好像是自己醉了，亚纪感到。

“因为前辈好像在亚纪姐面前相当自卑。他每次都说：我老姐太完美了，从小就成绩优秀，身材又高，看起来很酷，在男生堆里好像也很吃得开。”

“怎么可能？”

亚纪听到这天外飞来的一笔，再次哑然。

“至少前辈是这么想。所以前辈如果和亚纪姐一起住，搞不好反而会变得更沮丧。”

亚纪听了这句话缄口不语。如果换个角度想圆谷圆说的话其实相当失礼。虽然知道她是出于好意才这么说，但自家人的事多少也有外人无从窥知的部分。身为家人不希望外人过度干预这种问题，也是理所当然的心态吧。对于这方面的顾虑，圆谷圆好像有点欠缺。基本上，她的叙述从一开始就有点过度夸张的嫌疑。雅人的上司既然说应该暂时别管他，说不定那个判断才是意外的正确——亚纪将视线自圆谷圆的脸上移开，这么思忖。

另一方面，撇开圆谷圆的解释有几分正确不谈，她也觉得要叫雅人现在和父母或自己一起生活或许的确是不切实际的想法。雅人一旦离开报社，家人都有工作在身，根本无法完全掌握他白天的动静，况且雅人自己也绝对不会同意被家人监视吧。如此一来，交给足以信赖的第三者显然是最佳方案。

也许是察觉亚纪的这种想法，沉默半晌后，圆谷圆出其不意地倾身向前：

“其实，我就是因为有个提议，今晚才邀亚纪姐出来。如果府上都赞成，我认为这应该是最好的办法。”

她的大眼睛瞪得更大了。亚纪抬起本来略微低垂的头，凝视那双充满意志力的眼睛。

“我想让前辈停职半年，去我哥的店里工作看看。”圆谷圆说。

“我哥嫂目前在埼玉县的川口市，夫妇俩经营一间饺子店。他们就住在店面的二楼，而且现在也还没小孩，前辈就算跟他们一起住也没问题。我哥向来热心助人，所以如果我去拜托他我想他一定会答应。如果去那里，前辈也能一边在店里帮忙一边生活，工作就是给客人倒酒，所以自己没什么时间喝酒，况且有我哥夫妇在旁边陪着也可以照顾前辈。我个人认为，现在只剩下这个办法了。”

这个突然的提议，令亚纪惊愕得说不出话。

“小圆，你先等一下好吗？”她忍不住这么说。

“就连雅人的情况我也是今晚才刚听说，我们家的人也有必要认真思考今后应该怎么援助他。所以，你突然这样跟我说，我一时之间还无法做判断，况且，再怎么说也不能给令兄添那么大的麻烦吧。总之，我会找雅人一起全家好好商量他的今后问题，请你再给我一点时间好吗？”

亚纪想阻止圆谷圆的性急，姑且先这么说。

但是，亚纪的这番话令圆谷圆勃然变色。她满面严霜地直视亚纪的脸。

“大姐。现在已经不是客气的时候了。”

她的声音与之前不同，仿佛是自丹田发出。

“恕我说句失礼的话，大姐和令尊令堂乃至报社的同事，恐怕根本就没弄清楚前辈现在的问题有多么严重吧。”

亚纪感到自己被圆谷圆的气势压倒。她完全说不出话。结果，圆谷圆用力叹了一口气：

“再这样下去，我认为前辈一定会很快就自杀。”

她如此断言。

7

中元节过后的八月十七日，在总社开完会，亚纪与过去营业部时代的老同事们出去消消暑。今年是个酷夏，进入八月后白天的气温连日超过三十摄氏度，夜里也没低于二十五摄氏度。简直天天都是热带夜[1]。这天也是，白天气温飙升到三十四摄氏度，热得令人虚脱无力。下午四点开始的会议在六点过后结束，席间凑巧与老同事坐在一起，于是大伙决定一块儿去啤酒屋。

他们从总社所在的三田坐出租车到天王洲岛，在东京海堡第一饭店的露天啤酒屋落座。成员除了亚纪还有三人，当然全都是比她资浅的女同事。不过在场的全员都是年过三十的单身女郎，谁也不用顾忌谁。

一边聊着彼此的近况和工作，一边分别快速喝光了杯中啤酒。亚纪不检讨自己，倒是望着其他人豪放的喝酒姿态一边暗忖，肯定在哪儿有“酒量好的女人不易结婚”这样的统计结果。

在那三人当中，有人半年前才刚开过刀切除子宫肌瘤。据说，肌瘤本身是在二十五岁之后就发现了，但直到步入三十大关才鼓起勇气决心割除。

“拿出来一看，医生说肌瘤比足球还大。听了令我毛骨悚然。”她说着笑了，“虽然伤口疼了一个礼拜，不过咳嗽或打喷嚏还好，最痛的是这样笑的时候。我这才知道原来笑是一种很费力的腹肌运动。”

然后，她忽然说出意想不到的话：

---

1 热带夜：日本气象厅的用语，指夜间气温超过二十五摄氏度的情形。

“对了，二月我住院时，亚理沙的老公正巧也住在了同一家医院。我在医院内的商店买东西，结果和她撞个正着。虽然只是站着匆匆聊两句，但那时候感觉上她为了替老公治病真的是很努力。没想到，最后居然离婚了，真是太意外了。”

除了亚纪之外的人都在总社工作，所以似乎早就知道佐藤康与亚理沙离婚之事。但亚纪初次耳闻。一瞬间，冲击之大几乎令她窒息。

“可是，佐藤先生不是已经完全康复了吗？偶尔在公司见到他，总是神采奕奕，一点也不像曾经因为肺癌休息了八个月。”另一人说。

“对呀。可是，既然如此，他们俩怎会离婚呢？”又一人说。

这三人都一直待在业务部门，所以当然对亚理沙很熟。据说二人离婚的消息在七月就已传遍社内。亚纪满心茫然地听着她们七嘴八舌地谈话。

佐藤康重回工作岗位，是在亚纪刚调到赤羽的电子零件事业总部的四月中旬。他回来报到的单位是NTT业务总部的情报通信业务一课，职衔是课长代理。据说，这个人事案令总社全体上下都难掩诧异。虽说是重回第一线，但大病初愈的人接任那样的明星职位被大家视为异例中的异例。

然而，亚纪得知那起人事安排后当下就想，若就目前公司的状况来看，这次提拔其实是理所当然。

借由重新加入个人电脑市场令业绩出现惊人好转的佐伯体制，也在迎向第三期第五年的现在，开始为如何提升业绩而苦恼。个人电脑市场已陷入饱和状态，视为下一个事业主干投入资金的液晶电视和半导体制造业，也因韩国厂商的崛起未能收到预期利益。既然如此，针对NTT这个向来的首要客户扩大交易，就成了稳定业绩不可或缺的要件。

NTT，自一九八五年四月民营化之后，以通信业界的巨人之姿君临市场。虽在今年七月一日再次重组，分割成东西两个地区通信公司与国际通信公司，以及统括这三家公司的持股公司共四社，但其独占力至今依然不衰。

来自美国的市场自由化要求日益增强，对新加入的通信业者而言已成为最大阻力的接线费用问题，在日美两国之间不断引发炽烈的攻防战；但另一方面，NTT在手机市场方面早已拥有NTT DoCoMo这家公司，进而五月成立的国际通信公司NTT Commmunication’s也成功地未纳入NTT法规限制对象。就这点看来，专家们一致认为，包括网际网络服务及资讯通信在内的这种高成长性的电信领域，NTT独霸天下的现象暂时不可能动摇。

如此一来，佐藤康虽是前朝体制的余孽，但是身为公司屈指可数的网络事业专家，他在这种状况下获得提拔是理所当然的。比方说就拿今年一九九九年二月起NTT开始推动的i-mode[1]服务来说，能够打入这种前途看好的网络事业的人才，实际上在亚纪的公司，除了佐藤康之外还真找不出第二个人。

“佐藤先生的病可能还是最大因素吧。”

“是啊。虽说他已康复，但那毕竟是癌症，谁也不知道几时会复发。听说佐藤先生重回工作岗位时就已办妥离婚了，所以那应该是双方长谈之后的结果吧。”

“他们好像也还没小孩，如果要重新来过现在的确是个机会。”

“那丫头，比起我们的确还很年轻。”

“她应该才二十九岁吧。要再婚也没问题，或许她老公也是替她的将来着想吧。”

“不过，他们五年前的婚礼可真轰动。毕竟亚理沙的父亲可是饭店主管嘛。”

“对对对。而且对象又是佐藤先生，那时她可得意了。”

“不过，人生还真的是不知会发生什么事呢。”

---

1 i-mode：用手机上网及收发电子邮件的服务。

“她自己应该也没预料到会走到这一步。”

众人拿亚理沙的离婚当话题聊得起劲，但亚纪只咕哝了一句：“我今天才知道。”就再也无法插嘴。

得知康克服了肺癌，重新回到职场时，她真的很开心。

翌日，她特地找借口从赤羽的品质保证中心前往三田的总公司。她来到十七楼的情报通信业务部，从远处偷窥康。暌违五年的康在大病一场后清瘦不少，但是以三十八岁的年龄来说看起来远远年轻许多，他以一如往昔的沉静态度正在敲桌上的键盘。亚纪躲在置物柜后面望着他的侧脸半晌。然后，在心中默默祈祷：“神啊，请救救他。请保佑他的癌症不会复发。”之后亚纪默默离去。

消暑聚会在晚间十点结束，众人踏上归途。海堡广场和运河边的栈桥步道都挤满了年轻男女。亚纪努力拨开人潮往前走。她喝了不少啤酒，但几乎毫无醉意。她在天王洲岛车站搭乘单轨电车。抵达滨松町之前的短暂时间，她凝神看着窗外东京湾的美丽夜景，脑中只想着一件事：

离婚的康，现在到底过着怎样的生活呢？

去年八月自美返国至今年四月的八个月时间，他肯定一再进出医院。结果却在复职的同时失去了妻子，现在他到底是在何处过着什么样的生活？每天的三餐和洗衣又是谁来打理？一下子被扔进忙碌的部门，病后的身体要恢复以前的状态照理说应该还很需要周遭众人的大力援助。尤其，好好吃点营养的东西想必比什么都重要吧。就像弟弟雅人也是，多亏身边有人替他费心设想为他的重新振作扮演了决定性的角色。现在的康除了亚理沙以外可有这样的人在身边？

那个佐藤康离婚了……

亚纪仿佛全身都起鸡皮疙瘩似的感到，与他的那段情本来早已是褪色的往事，却因这意外的发展渐渐又开始染上颜色。

8

上海饺子店“香香”位于川口车站东口出来走到川口银座街上直走十分钟之处。从荣町一丁目十字路口的前一条巷子右拐进去约有三十米距离，由于不在大马路边，因此要招揽初次上门的客人有点不大容易。

即便如此，不管几时光顾，不大的店内永远客满。大半都是老主顾，但偶尔也会被情报杂志介绍，所以似乎也有不少人是从东京都内或横滨一带专程上门。据雅人表示，店里的生意似乎相当不错。

亚纪的工作地点在仅有一站之隔的赤羽，如果想来其实每天都能来，但她尽可能不露面。不过，这三个月当中，算起来还是等于以平均每周一次的频率来“香香”报到。

起初，她还是不放心雅人所以定期来访，但过了八月时已经变成被这家饺子的美味吸引而光顾。“香香”的饺子的确好吃，甚至堪称天下第一。亚纪第一次吃到时就被那种美味迷住了。之后才听说，在圆谷圆的带领下初次造访这间店的雅人也是吃了一口店里的饺子之后，就对她突兀的提议产生兴趣了。当然那一半是在开玩笑，真正的理由应该是被丸男与咲的人品打动吧……

进入十一月，东京也已颇有凉意。早晚温度相当低，亚纪一不小心感冒了，在第一周向公司请了两天假。季节正急速自秋天转为冬天。

十一月十日星期三。亚纪在暌违多日后来到“香香”。昨晚，雅人主动跟她联络，问她要不要参加店里替小春办的庆生会。圆谷圆似乎也会出席。

雅人说，也请了一些店中常客所以应该会是很热闹的聚会。“香香”的公休日是周三。

亚纪在赤羽的拉拉花园购物中心买了一个大蛋糕，于晚上六点半抵达饺子店。拉开挂着“今日公休”牌子的店门一看，庆生会早已开始。

“亚纪姐，欢迎光临。”

坐在靠里面那张大圆桌的丸男举手招呼。左边是他的妻子咲，接着是小春、雅人，以及常在店里看见的几个客人。丸男的右边坐着圆谷圆。总共约有十人。老主顾们腾出位子，亚纪得以在圆谷圆的旁边坐下。

“好久不见。”亚纪对圆谷圆说。

自从九月初旬在店里巧遇后，已有两个月未见。

“好久不见。”圆谷圆立刻替她在杯中注入啤酒。

“那么，这下子全体到齐了，我们再来干一次杯吧。”

丸男说着，在每人的杯中倒满啤酒。

“这次由雅人带头说句话吧。”

雅人露出腼腆的笑容，但还是缓缓举杯。

“那我就僭越一下，带领大家同喊干杯。”

有多少个月没看过他喝酒了？亚纪想。雅人好像并未彻底戒酒，但最近每次见面时他都是正在店里工作，所以没机会看到他喝醉的样子。雅人在圆谷圆的劝告下自八月起停职半年，之后就立刻住进这家饺子店工作。听说他起初对工作敷衍了事还是天天喝醉，但在祭拜沙织的第一个中元节来临前后雅人开始急速振作起来。

他的心境究竟出现怎样的变化，亚纪无从得知，但在与丸男、咲同住的生活中，他的确已开始找回从前的自己。

“敬向来总是开朗活泼的高原春子小姐，我也是打从心底被小春的笑容拯救的其中一人。包括丸兄和咲小姐，还有今天特地赶来的各位，乃至所有的客人我相信应该也都一样。真的很谢谢你，并且祝你二十九岁生日快乐。那么，干杯！”

在众人的附和声后响起如雷般掌声。春子满脸羞涩，和身旁的雅人面面相觑。

高原春子，是咲娘家那边的表姐妹。比咲小三岁，据说前天十一月八日是她的生日。她今年二十九岁，这表示她比圆谷圆和过世的沙织小一岁。“香香”在一楼开业的这栋高原第一大楼本来是春子父亲的，也就是咲的舅舅所有，丸男与咲等于是房客。

圆谷丸男自东京的大学毕业后，进入神户的钢材制造公司就职，但工作不到三年就辞去工作，换过多种工作后最后成为神户市内某间饺子馆的店员。结果，他在那间店里大约当了五年学徒，三十岁那年来到川口开了自己的店。那是四年前的事。丸男与雅人同样三十四岁，咲三十二岁，据说二人成婚是在丸男任职钢材公司的时候，所以他们已是结婚近十年的老夫老妻了。

即便在亚纪眼中，他俩也是感情好得罕见的夫妻，因此亚纪觉得最不可思议的就是他们竟然没小孩，但之前她向咲问起这件事时，咲倒也不认为苦地说：

“我们才刚结婚丸哥就辞职了，有段时间只能靠我的收入过活，过了一年丸哥又住进师傅的饺子店当店员，从那时起分居了五年。好不容易他学成出师来到这里，为了准备开店连睡觉的时间都没有，开店之后也没闲着，为了让店里上轨道我们两个都很拼命。赫然回神才发现已是这把年纪，感觉上根本找不出生小孩的时间。”

听到这番叙述，亚纪莫名地恍然大悟，心想说不定真是这样。

“对我们来说，饺子店就是可爱的孩子。”

丸男也经常这么说。看着这样的二人，亚纪有时会羡慕得不得了。

丸男不停送上特制的上海饺子，众人开怀畅饮啤酒和葡萄酒、绍兴酒，庆生会热闹非凡。

道地的上海饺子，据说是以蒸饺为主流。“香香”的菜单上也几乎都是蒸饺。味道比煎饺清淡，对日本人来说往往会嫌不够味，但相对的，那种弹牙有劲的口感只要吃过一次就会上瘾。丸男做的饺子在食材方面也多姿多彩，尤其是包了白肉鱼的饺子和包了虾仁与芹菜的饺子更是堪称绝品。另外，还有用了中国蔬菜和菊花、洋栖菜、干萝卜丝等药膳类食材的饺子，放了干海参和干贝、冬瓜、鸡蛋的高级饺子等，饺子的种类五花八门。进而，手擀偏厚的饺子皮会根据每天的状况调整掺入的面粉分量，精准保持弹牙的口感。据说，他当学徒的那间店在神户也是赫赫有名的名店之一，但短短五年就能习得如此手艺肯定是因为付出了极大的努力吧，亚纪对丸男怀有某种敬意。

雅人一边含笑与身旁的春子交谈一边喝绍兴酒。不再是失去沙织后那种简直像要跟酒拼命似的阴郁喝法，现在他是真的很愉快地一杯又一杯地喝。“刚来店里时他都是空着肚子猛灌酒，连我在旁边看了都怕。”咲曾这么说过，但是现在他也不停夹菜吃。店面二楼是丸男夫妻的住处，雅人睡在其中一室。春子则是从同样位于川口市内的老家通勤上班。

春子离过一次婚。亚纪不知详情，但是听说当时春子一离婚便罹患忧郁症，在上尾市的疗养院住了半年左右。那似乎是她二十出头的事，现在她已经完全恢复了活力，打从“香香”开业时就在店里帮忙。因为是表姐妹，所以长得与咲非常像。一样都是纤细的体形，也一样都有偏红的发色，而且和咲一样是个美人儿。

亚纪一边喝绍兴酒，一边与丸男和圆谷圆说话。不过，丸男和妹妹正好相反是个非常沉默寡言的人，因此和她对话的几乎都是圆谷圆。圆谷圆依旧大口灌着葡萄酒，以活泼的语调滔滔不绝。

趁着丸男起身去厨房，亚纪向圆谷圆道谢：

“一切的一切都要归功小圆谷圆。雅人固然如此，连我也很庆幸能够认识令兄和咲。有这么好的人帮助，雅人才能勉强振作起来。真的很谢谢你。这份大恩我绝对不会忘记。”

“不敢当。我身为外人却擅作主张实在很抱歉。对于亚纪姐和令尊令堂，我很感谢你们愿意答应。”

“不过，看他现在这样应该不用半年就可以提早回到职场了吧。”

亚纪一边瞥向雅人一边说。圆谷圆追随亚纪的视线。

“那恐怕有点困难吧。”她停顿了一下说。

“不会吧。我倒觉得他已经变得很有活力了。”

结果，这次圆谷圆照例又以那种斩钉截铁的口吻断言：

“前辈根本没有变得有活力。”

“是丸男先生这么说吗？”亚纪颇感意外地反问。

圆谷圆点头。

“我哥也说，恐怕还需要很长一段时间。”

亚纪多少有点难以释怀地噤口。圆谷圆又补上几句：

“现在的前辈一点一滴地慢慢有了忍受悲伤的力气。就算回忆起沙织小姐，在心碎之前已经能够狠狠一咬心灵之唇忍住了。”

“心灵之唇”这个说法令亚纪耳目一新。心同样也有眼睛耳朵鼻子嘴巴和手脚吗？她思忖。然后，用那样的眼光重新看待坐在桌子对面那头的弟弟。他依然看似愉快地与春子和咲聊天。

“我啊，以前曾让前辈狠狠臭骂过。他说，与其像你这样老是在后悔、反省、自寻苦恼，还不如默默咬牙忍住，告诉自己就是因为无法尽如人意才叫作人生。”

正当她观察雅人半晌之际，不意间听到圆谷圆的声音，亚纪有点吃惊地看着身边人。

“遭遇更悲惨更可怜的人，现在在这世上就有好几千万，自己却无法为那些人做任何事。明白自己无能为力是人生的基本。而活着就是要在那个基本上添加别的东西，哪怕是一点点也好。”

圆谷圆像要确认亚纪的表情般继续说。

“我想前辈也明白自己无能为力，现在一直在默默忍耐。所以，暂时就这样什么也别做，按兵不动比较好。”

“你所谓的以前是什么时候的事？”亚纪问。

“干吗问这个？”圆谷圆面露狐疑。

“我在想，他说出那种话，是否是在与沙织结婚之后。”

“那时我才刚调回总社，说是以前其实也才三年前。”

圆谷圆像是觉得“搞了半天只是这样”似的回答。

有人比自己的遭遇更可怜，却什么也不能为对方做——雅人这句话，直接就是指沙织吧，亚纪思忖。但是，那肯定是可以套用在任何人身上的说法。正因为无法尽如人意才叫作人生，在日复一日之中明白自己无能为力就是人生，这点亚纪最近也深有所感。

不过话说回来，圆谷圆刚才的说法令她有点耿耿于怀。三年前，圆谷圆到底发生了什么事呢？亚纪不确定是否可以问那个问题，举起酒杯喝了两三口绍兴酒。

结果先开口的是圆谷圆：

“其实，那时候我让老公跑了，我整个人几乎快垮掉呢。”

想都想不到的台词，令亚纪不由得失声惊叫：

“啊？小圆谷圆你结过婚？”

“对。”她顿时面露腼腆。

“我头一次听说。丸男先生他们也只字未提。”

“是吗？”

这时亚纪想起来了。当初第一次见到圆谷圆时雅人曾说过：“那丫头其实也吃了不少苦。”原来指的是这么回事吗？

然后，圆谷圆开始将自己走到离婚那一步的经过娓娓道来。那段过程是从平日的她身上完全无法想象的内容。

圆谷圆是在刚就业后结婚的。对方是大学的同学，二人都才刚满二十二岁，丈夫当时正在准备参加司法考试。夫妻俩一同迁居报社分社所在的岐阜、水户，家计由圆谷圆负担。得知丈夫有外遇是在三年前的三月，圆谷圆结束水户分社的工作即将调回总社的前夕。迁居水户的同时，丈夫在准备考试之余也开始在水户市内的补习班担任兼职讲师。丈夫的外遇对象，据说就是那间补习班的事务员，一名比圆谷圆还年长两岁的女子。

“我当时完全没发现，但其实二人在我老公刚到补习班工作就勾搭上了，我知道时，他居然恼羞成怒反过来骂我：‘就是因为那样所以我才开始讨厌你。’”

圆谷圆露出自嘲的笑容如此说道。

“所以，你们就离婚了是吗？”亚纪问。

但圆谷圆摇头。

“不是那样。我一点也不想离婚，当时我想得很简单，以为只要等我们搬回东京以后我老公应该就会清醒了。所以，我也没怎么追究，心里还想这种时候只能先暂时随他去了。我老公考了好几年都没考过压力也很大，我又忙着工作没什么时间陪他，我心想就是这样他才会一时意乱情迷被大姐姐吸引吧。因为有一次我逼问他时，他也斩钉截铁地向我保证过迟早一定会结束那段外遇。”

亚纪一边聆听，一边蓦然想起圆谷圆父亲的座右铭“万事圆谷圆滑处之”。这间店的店名“香香”，据咲表示也是根据丸男“万事都要和和气气圆谷圆满解决”这个座右铭的谐音而来。看来血缘天性果然是无法抗拒的事实。

"我打从心底爱他，也不认为他没有我还能过得下去。没想到就在水户的报社宿舍也已收拾妥当，眼看明天就要搬回东京的那天，我老公居然和外遇对象私奔了。"

"私奔"这个古老的字眼突然冒出，令亚纪不由得停下筷子。

圆谷圆终于找到丈夫的下落，是在五月的连续假期前。原来丈夫逃到情人的故乡去了。她利用假期，前往那个女人位于群马县桐生市的老家。

"那是个很大的农家，在辽阔的境内一角另有一栋小小的旧房子，他就在那里和她同居。我进屋一看，当初他应该是空手离家的，现在却连司法考试用的参考书和文具用品都一应俱全，而且全都是新的。"

丈夫先慌忙将情人遣出，就在妻子的眼前下跪恳求说，他已无意复合只想离婚。

"她是在拼命。但你不是。就是因为她很拼命，所以我才觉得自己也该拼命。"他说。

圆谷圆当下张口想说"我也一样是在拼命"，却怎么也说不出口。

"那一刻我明白了。原来自己就算再怎么努力，有时还是无法得到理解。然后，我心想身为妻子的我一旦落得只能说'我也是'那就已经完了。人与人的缘分居然就这样切断了，真厉害啊。"

自桐生回来后，连续假期一结束她就在离婚协议书上签名盖章，然后寄给丈夫了。

"那时刚调回艺文组，工作也正是最辛苦的时候，之后，离婚和工作好像把我逼疯了。我开始觉得自己做的一切都是错的，每天都好想死好想死到了无法控制的地步。在那种时候，比任何人都支持我的是冬木前辈。所以，这次我也愿意助前辈一臂之力。应该报恩的其实是我。"

"小圆也吃了不少苦呢。"亚纪语带叹息地说，"我什么都不知情真不好意思。”

“没那回事。那已是往事了，况且我也早已忘了前夫。”

放在小圆面前的葡萄酒瓶早已空了，现在正用绍兴酒加冰块喝。二人聊到一半丸男就回来了，他把煎饺分给众人后，挤到雅人身旁热闹咋呼。煎饺的味道也是一流的。

干杯之后，再次倒满绍兴酒，圆谷圆又露出她那独特的笑容。

“其实，我前夫今年司法考试合格了。大约十天前公布了二次试验的合格名单，我在上面找到了他的名字。这时候，我想他一定正在深深庆幸还好当初跟我离了婚。”

亚纪听到这里，好像可以理解她现在才说出离婚之事的理由了。前夫顺利地金榜题名，想必她也总算放下肩头重担了吧。

“我倒觉得不是那样。”亚纪说。

圆谷圆面露讶异。

“你前夫这次考取，想必也终于可以真心感激你多年来的支持了。我才不相信他会庆幸离婚呢。”

“是这样吗？”

“是啊。”

圆谷圆得意地笑了。

“其实，我也觉得应该是这样。”

“什么嘛。”

“对不起。我起先说的话其实有点酸。”

亚纪也笑了。

“那么，为你前夫金榜题名来干一杯吧。”

“好主意。”

二人碰杯互敬。望着难得红了脸的圆谷圆，亚纪暗想，这个人也许到现在还爱着前夫。

“亚纪姐为什么不结婚？”不意间圆谷圆问道。

亚纪想了一会儿：

“大概是没有遇上真正觉得对的人吧。”

她说。这是她认真思考之后的答案。

“是这样吗？以亚纪姐的条件，果然眼光也特别高啊。”

“不是那样的。这把年纪说这种话其实有点丢人，但我真的没有任何具体条件。只是，迟迟没遇上令我感到是真命天子的人。你也知道我是这种个性，所以在三十岁之前察觉这点，然后就真的再也找不到对象了。”

亚纪对于这把年纪还说出这么幼稚话的自己，感到非常丢脸。但是，今晚她觉得无法再在圆谷圆面前死要面子。

“真命天子啊。”

圆谷圆在嘴里，一再重复这个字眼。

“那么，能够想到的答案就只有两种了。”

“答案？两种？”

亚纪不太懂她的意思。

“是的。一种是亚纪姐还没遇到那个真命天子。另一种可能是亚纪姐明明早已遇上却在不经意间错过了对方。以亚纪姐的脾气，我猜八成是第二种吧。”

亚纪被圆谷圆一语中的不由屏息。稻垣纯平粗野豪放的脸孔在脑海浮现，然后佐藤康俊秀的侧脸也随之浮现。

“也许被你说对了。我也觉得好像错过了真命天子。”

这还是头一次向别人如此表白。说出口后，亚纪感到如遭冰冻的心痛。心若也有身体，现在痛的八成是“心的胸口”吧，她想。

“若是那样，完全不是问题哦。”

然而，圆谷圆以她天生的快活嗓音用力说道。

“为什么？”亚纪问。

“因为如果那个人是真命天子，不管发生过什么事，最后你们应该还是能够在一起的。”

圆谷圆拿起酒杯，朝亚纪面前一举，一口气喝光剩下的酒。

9

二〇〇一年六月十日星期日——

下午六点起，在内幸町的日本新闻中心大楼内的餐厅举行了雅人与高原春子的喜宴。上周的六日气象局宣布关东甲信地区进入梅雨季，这天也是断续下着豪雨伴随雷声轰隆的阴天，但这是只邀请两家的亲戚、雅人的报社同事，以及至交好友的小规模喜宴，所以无人缺席，喜宴在祥和的气氛中进行。

二人决定结婚是在沙织的三周年忌日过后不久。

雅人在停职半年后，去年二月得以顺利重回原来的工作岗位。今年春天升为艺文组编辑，工作似乎也一帆风顺。他与春子虽是在“香香”工作期间熟识，但据丸男和咲表示，二人开始认真交往好像还是在今年一月以后。如此说来，二人等于在一转眼间就闪电般步入礼堂。

两年五个月的时间，想必说长不长说短不短吧。对雅人而言，那肯定是他仔细过滤他与沙织的回忆，只萃取出上层清澈液体所必需的、极为自然的时间——望着他与春子穿梭在各桌之间，含笑与出席者一一交谈的模样，亚纪闪过这个想法。

与亚纪同桌的四郎和孝子今晚也满面笑容。四郎的兄长一郎、二郎也在快活交谈。隔壁那一桌可以看到丸男与咲、圆谷圆。圆谷圆去年已调到大阪，为了这次婚礼特地来东京。昨天亚纪与她久别重逢共进晚餐。大阪的风土人情似乎很对圆谷圆的胃口，她说工作好玩得不得了。

她似乎也找到了新的恋人。“感觉上还在入口附近徘徊吧。”她如此抱怨，但表情却洋溢着灿烂的光辉。一段时间没见，圆谷圆变得漂亮了许多，这令亚纪大吃一惊。圆谷圆应该也会很快就传来喜讯吧，亚纪抱着这样的期待在昨晚与她道别。

春子和圆谷圆都还很年轻。亚纪一边出神地望着眼前春子一袭婚纱的俪影，内心深有所感。春子今年三十一岁，若将女人的一生用季节来譬喻应该算是正值夏末吧。相较之下，今年三十七岁的自己已经连晚秋都过了，该说是初冬吗？随着岁月流逝，她们与自己之间似乎产生了超乎实际年龄差距的隔阂。

女人怎么算都吃亏呢，她想。就拿八月即将满三十六岁的雅人来说也是，感觉上男人现在正是盛夏。过世的沙织只活到二十九岁，对女人来说，那时才是盛夏，到了三十出头，夏天也结束了。然后历经短暂的秋天很快就进入冬天。男人的夏天却很长，收获期的秋天更长。短暂的冬天过后，他们就死了。平均寿命也比男人多活将近十年的女人，自三十五岁开始就不得不忍受长之又长的冬天。

女人的幸福究竟为何？

至今犹有人说，是结婚，但亚纪不以为然。这个时代已有太多实例推翻“结婚＝幸福”的公式。无论是圆谷圆或是春子的第一段婚姻最后都是惨淡收场。那个大坪亚理沙亦然。在亚纪的同事与友人中也有许多人都离过婚。就连沙织，如果单看最后的下场，多少也算是婚姻的牺牲者。

只是，如果因为结婚不保证女人的幸福，就说未婚对女人而言是幸福那也不正确。即使“结婚＝幸福”不是真的，“未婚＝不幸福”这个公式恐怕至今依然屹立不摇吧。

那是为什么？

上个礼拜六，亚纪和同样久别的好友阿梓重逢。阿梓在那次退婚的四年后，于一九九六年三月亚纪前往福冈赴任的前夕，和她公司里比她小两岁的同事结婚了。亚纪住在福冈那段时间，她也因丈夫的调职搬到四国，今年六月才回到东京。阿梓已经成为一个有四岁儿子和两岁女儿的妈妈了。她现在似乎天天过着忙于带小孩的生活，虽然约好了一起吃午餐，但地点是选在离她住的公司宿舍最近的车站新江古田站旁的乐雅乐连锁餐厅。两个小不点当然也带来了。小家伙没有片刻安分，所以二人也没能好好聊上几句。尤其是四岁的小男孩特别活泼好动，女服务生才刚把装开水的杯子和装果汁的杯子放到桌上就立刻被他分别打翻，搞得自己的衣服和妈妈的裙子都湿淋淋的。

聚餐一个半小时左右就散会了，送她到车站的阿梓，在临别之际，说：

“亚纪你也得赶快生小孩才行哦。因为带小孩必须靠体力，至于对象是谁都无所谓。”

亚纪在回程立刻顺道前往新宿的百货公司，替阿梓的两个小孩挑选衣服寄去。这还是她有生以来头一次认真逛百货公司的童装卖场。她本来打算速战速决挑好就走，但是脑海中一边浮想刚才看到的两个小家伙的脸蛋、五官及身形、动作，一边挑选适合的衣服，竟然忍不住越挑越起劲，最后耗掉一个多小时。太过愉悦令她连时间都忘了。这是最近数年来不曾有过的感觉。

回程的电车上，亚纪衷心感到自己身边要是也有那么可爱的小孩该多好。

拥有小孩，对女人来说应该有相当大的概率是幸福的吧。“未婚＝不幸福”这个公式之所以屹立不摇，或许是因为“未婚＝未生育”这个一般概念至今仍通用于社会全体吧。简言之，世上有“结婚＝生育＝幸福”这个公式和“未婚＝未生育＝不幸福”这个公式，到头来论断女人幸福时最重要的，不是已婚、未婚的区别，而是生育、未生育的区别才对吧。“生育＝幸福”“未生育＝不幸福”这种区分方式的确具有某种说服力。如果着眼在这点，或许不幸的并不是无法结婚的女人，真正不幸的其实是无法生育的女人。

这才想起，上个月十五日宫内厅[1]发表了皇太子妃雅子殿下怀孕的消息。正因为之前媒体一再报道雅子妃为了治疗不孕煞费苦心，亚纪对这则新

1 宫内厅：负责处理日本皇室的相关国家事务、保管国玺的行政机关。

闻也感到心头一暖。同时，与亚纪属于同时代女性的雅子妃怀孕，甚至令亚纪感到大受鼓舞。

雅人与春子的婚礼大约两小时就顺利结束了。

婚礼后半时，各桌传阅了写有续摊派对时间与地点的通知单，亚纪不打算出席之后的派对，所以婚礼结束后，她向站在会场出口送客的新郎新娘打个招呼，就直接与四郎和孝子等人一起走下新闻中心一楼的玄关。

时间已过了晚上八点半。雨虽然停了，但夜空被厚重云层覆盖不见月亮与星星。送父母和伯父们坐上出租车后，亚纪决定稍微走走路顺便醒醒酒。雨停之后吹来舒爽的南风。丸男和咲、圆谷圆等人想必早早便前往举办派对的原宿那间店了吧。不知几时已不见了人影。

在内幸町的十字路口朝左过马路，继续走日比谷公园边的那条路。她想一路走到晴海街，去银座街头逛一逛。

隔着马路可以看到被灯光照亮的帝国饭店。两年前的这个时候，她与圆谷圆就是在那家饭店商议雅人的事。席间圆谷圆曾断言：再这样下去前辈一定会自杀。当时雅人的状况的确很严重。要是没有圆谷圆与丸男夫妻，他不知会变成什么德行。至少要等到今天这样的日子来临恐怕会是很久很久以后的事。不过，因丧妻而陷入悲痛深渊一蹶不振的人，居然在短短两年后就续弦了。这又是怎么一回事呢？人，以及这个人世，都充满了超乎想象的不可思议——亚纪不胜感慨。过世的沙织要是知道了肯定会很吃惊。今天的喜宴上无人说起沙织的名字。当然也无人提及春子的前夫。说来理所当然，但是，亚纪却对此感到悲哀。沙织现在魂归何处？她正在做什么？怀着雅人的孩子，与那孩子一同死去的她，现在一缕芳魂究竟是以什么心情凝视雅人的再婚？

10

过了有乐町Mullion商厦，穿过首都高速道路的高架桥来到数寄屋桥十字路口前时天空倏然一亮。

急忙朝上看但什么也看不见。这时，乌黑的天空再次发光。这次可以清楚看见呈撕裂状闪过的闪电。电光连着两三次划过天际。随后，天上响起雷鸣。伴随着仿佛撼动地面的可怕巨响，温湿的风自上空凝结成团扑面而来。

白天虽也一再听到远方打雷，但夜晚的雷鸣格外令人悚然。落雷的地点似乎也就在附近。时间早已过了晚上九点，路上行人也寥寥无几。若是新宿、池袋、涩谷这时候想必正挤满年轻人，但周日晚上的银座十分冷清。不过数寄屋桥十字路口仍有人群聚集，在红绿灯信号变色的同时开始小跑步。

蓦然回神，雨滴已开始滴滴答答地落下。撑开手上雨伞的瞬间，雨突如其来地变大了。亚纪也快步越过十字路口。她发现对面大楼有依特利的红色招牌，连忙冲进位于地下的店面。走下蜿蜒曲折的楼梯尽头，背后再次传来轰隆雷鸣。

亚纪一边接过咖啡，一边问店员打烊时间。听到对方说营业到晚上十一点总算松了一口气。落座之前她先走到自动门前探出头，越过楼梯往上窥视。外面好像正下着倾盆大雨。

陆续冲入的客人使得店内在转眼之间客满。即便是有带伞的人，外套也湿透了。每次门一开就传进雷声，楼梯那块地方被闪电照得发白。嘈杂的雨声使得客人们的交谈都听不清楚。

亚纪坐在门口旁边的双人座。她啜饮一口咖啡，自皮包取出一封信。包括是否该看这封信的问题在内，她本来打算回公寓之后再慢慢思考，但突来的大雨令她无端多出一段空当，于是决定就在此时此地过目。

近年来亚纪开始觉得，无论是任何偶然或突发事件，背后或许都有不为人知的理由与意义。

例如，就拿雅人交给她的这封信来说，她不确定自己是否真的可以看。因为把信交给她时他未置可否。然而，婚礼结束走到外面时，亚纪忽然很想一路走到银座。当时天空虽然阴霾但是一点也不像会下起这么大的雷雨。沿路她一直在思考沙织的事。然后，正好走到这间速食店附近时突然下起大雨，不得不这样进来躲雨。距离打烊不到两小时。这段期间雨一定会停吧。在雨停之前，亚纪无事可做。除了阅读这封代为保管的沙织写的信以外……

这样将日常琐碎连在一块儿思考的习惯，令亚纪近日来缺乏变化的生活变得耳目一新非常丰富。对于自己周遭发生的事，与其将之分别视为不同的偶然，不如当作一切皆拥有一个意义，这样人生会远远更加真实且快乐——亚纪如此感到。

又喝了一口咖啡后，她调整呼吸，抽出信封里的信。五张信纸密密麻麻地写满手写的小字。

光看那秀丽的笔迹，亚纪就忍不住鼻子一酸。

“这是她一发现怀孕就写下的信。沙织过世后我整理抽屉才找出来。现在已经不能再留在我手边了，所以不好意思，我想交给姐永远保管。唯有这封信，我实在不希望春子看到。”

婚礼开始的前一刻，雅人把信给她时如此说道。

她仔细摊开折痕已变得很深、几乎快要磨破的信纸。雅人到底翻来覆去看了多少次呢？

亚纪开始缓缓阅读信中内容。

给阿雅：

到目前为止，好几次我都想这样写信给你，但是一直无法写下去就这么拖到现在。四年前，和你结婚时我也曾想要写信，最近一月我发作入院时也在病房准备动笔，可是一旦提起笔却不知该写什么，总是只写下寥寥数行就作罢。

这该算是第几次了呢？不过，我觉得今晚这封信我应该可以好好写完。因为有件事非得拜托你不可。

在那之前，首先我想向你道谢。

那天，我的父母、婆婆及亚纪姐来探病后，你回到病房，告诉我肚子里已有宝宝时，我真的好开心。我简直无法相信转眼之间距离那天已经过了一周。到现在我仍如在梦中。

阿雅，真的很谢谢你！

我做梦也没想过我们会有孩子。我想你一定也是如此。虽然我俩都说不敢相信，但这的确是真的，对吧？今后但愿我们能够好好面对这个现实，一起努力。

好了，接下来要进入正题。

当你看到这封信时，我已不在人世。当你继续看下去后，肯定会比现在更难受。但是，这是我打从心底对你的恳求。拜托，请你一定要遵守我接下来写的事。我是抱着相信我俩最后约定的心情认真地往下写。

与你相识，得以结婚时，我相信自己的命运，并且得以明白地确信的确有掌管那个命运的神明存在。

我们的结婚是命运。我这样先你而死也是命运。我希望你能够冷静地接受这件事。

现在，我最害怕的就是等我死了，你会不会也去寻死。正如我俩最初谈过的，我曾经觉得只要能永远和你在一起根本不需要小孩。因为我相信，即便我死了也能继续存活在你的心中。

但是，七月那次发作之后，我的这股确信开始动摇了。虽然你从来没有讲过那种话，但我开始感到，如果我死了你或许也打算随我而去。前几天，你说不想接编辑台的工作时，记得你是这么说的："在工作上我不想给其他人添麻烦，也已不想再对你以外的人事物负责任。"听到你那句不经意的话时，我当下直觉，这个人该不会打算跟我一起去死吧。

我忍不住想：换作是我会怎么做呢？

换作是我，如果你死了我一定会立刻自尽。因为这个世界已没有什么值得留恋，况且我也无法在没有你的世界活下去。不过，过去我一直告诉自己：那是因为我的身体这样才会这么想，因为明白你不可能比我先死去才会这么想。

然而，看着你在七月之后的样子，我开始觉得并非如此。或许就如同我会这么想，你也一样正在这么想？今年我发作了好几次，是否如同我随着次数增加开始渐渐接受自己的死，你也有了同样的心理准备？我开始这么觉得。

我这才知道过去的自己非常傲慢。

我满心以为，你绝对无法像我爱你那样来爱我。正因如此，对于即便谈到我死时的事也从来不说"自己也会去死"的你，我一直安心看待。我也单纯地期望，即便将来剩下你一个人，你也应该能克服那种孤独，很快就和别的女人再婚生子吧。

但是实际上或许并非如此……

就在我开始为这种不安而胆怯时，得知我怀孕了。我真的很开心。我心想，不管怎样都要生下这孩子留给你。因为这样的话，就算我死了，你应该也不会追随我于地下了。可以的话，我希望生的是女儿，和我一模一样的女儿。那样的话我应该就可以继续存活在你的心中，也存活在你心之外了。

但是，万一宝宝跟我一起死掉了……

连我自己也不知道我的身体能否平安撑过生产。我的心脏纵使随时停止跳动也不足为奇。这点我自己比任何人都明白。生产时我这颗心脏如果撑不住，腹中的胎儿想必也会有生命危险。我想我与宝宝也有可能会同时自你眼前消失。

为了那样的时候，我现在写下这封信。

阿雅，现在你有多么哀痛，我感同身受。我诚心诚意想向你道歉。阿雅对不起。不只是我，连宝宝也从你身边夺走。真的很对不起。但我拼命努力过了。为了你和宝宝我已尽了全力。这点我想我一定无怨无悔。这是上天给我的命运，是我俩宝宝的命运。所以，拜托，请你不要那么哀伤。我从小就有的多年期盼已经实现了。我得以拼命地爱你。我已了无后悔。

能够认识你，与你一同生活真的很幸福。虽然也许有人会说我这一生何其短暂，但我认为这是比任何人都幸福丰富的人生。

阿雅，真的谢谢你。我不知该如何向你好好道谢，但真的很谢谢你。

所以，阿雅，请你千万不要死掉。今后请你连我和宝宝的份一起活得很久很久，在这世上做你该做的事。就像你常说的，我也认为哪怕是一无所长无能为力的人，肯定也能替这世界添加些什么。请你好好珍惜上天为此赋予你的生命。生命是神的美好恩赐。这点我确信。请你千万不要为了已回到神身边的我和宝宝，糟蹋自己的生命。

不过，就算我苦口婆心地这么说，或许哀伤还是会随着时间累积，让你觉得活着非常痛苦。我想一定会那样吧。也许你会很想念我与宝宝。

那么至少请你这么想。两年就好。就忍耐我死后的头两年就好，请你先不要死。过了两年，如果你还是想死，那时随你想怎么做都没关系。我不会再有任何意见。但是，我相信在那段期间你一定会振作起来。为此如果有我能做的任何事我都愿意做。虽然不知道已经死掉的我还能做什么，但是如果可以的话，我什么都愿替你做。

阿雅，这些年来谢谢你。我常常想起你来三枝老师的教室采访的那一天。那时第一眼看到你的瞬间，我就知道这个人是自己该爱的人。

肚子里的宝宝能否平安诞生，我非常不安。哪怕是要用我的性命交换我也想好好生下宝宝。但是，如果那样也不行……我还是很不安。

如果只有我死掉，这个孩子就拜托你照顾了。只要这孩子能存活，余愿足矣。今后或许会让你非常辛苦，但这孩子应该会长成一个出色的人。

阿雅，你一定要再去找个喜欢的人。请你结婚，和那个人也生孩子。

还有，对于我，也请你不要忘记。

我将自己交给命运。无论何时我都相信自己的命运。

外面正下着大雨。电光闪过，也听得见轰隆雷鸣，简直就像深夜的庆典呢。而你正在隔壁房间安静入眠。

忽然觉得现在的我，不管是箭呀炮的尽管放马过来都不怕了。

回头重读之下，整封信写得拉拉杂杂，不过我很高兴能够写完。

明年，如果我能够平安生下孩子，当然打算撕掉这封信。

但愿，这封信不会让你看到。

只要能和宝宝一起再多活一两年，我就满足了。不过，我真是贪心哪。当初和你结婚时，明明觉得那样就已心满意足了。

明明已向神发誓，再也不需其他愿望。

真是不可思议啊。

就这样了，阿雅再见。

我打从心底爱着你。永远祈求你幸福。

永别了。

一九九八年十月十日

冬木沙织笔

亚纪用手帕拭去溢出的泪水，把信收回皮包后看着门外的阶梯。不知不觉中雷和雨好像都已停了。客人三三两两地离开，五分钟左右就几乎全走光了。她一口喝光剩下的冷咖啡让心情平静下来。

这封信是她与沙织去砧公园散步的前一天写的。转眼已过了快三年。记得在那前一天，东京的确自傍晚到半夜雷雨交加。沙织与雅人去公园，在自然生态保护区旁发现黄色波斯菊的花坛，却因下着小雨只好在翌日十一日星期天再次与亚纪前往散步。在怒放的波斯菊前，呢喃“我想，我恐怕活不久了”的沙织，前一晚才刚写完这封信。当时亚纪一再劝诫沙织，只需考虑自己的身体就好，但沙织的心中只想着雅人一个人。

沙织并不是想留下自己的分身才渴望生子。她是希望雅人能够活下去才渴望生子。对她来说，雅人的生命就等于是自己的生命。沙织说当年第一眼看到来大学的心理学教室采访的雅人，就知道他正是自己该爱的人。她还说得以和那人结婚时，她相信自己的命运，也确信神的存在。

现在的亚纪好像可以理解沙织留下的这些话是何意义。

沙织将自己委身于命运，纵然前方有死亡在等待，她还是能够继续相信那个命运。纵然，别人批评她的一生何其短暂，她肯定比任何人都度过了幸福丰富的人生——这些事，亚纪觉得自己非常清楚。

爱人之声

1

香港的面积约为东京都的一半，有六百八十万人居住，由于大部分的商业设施、观光设施都集中在维多利亚湾的两岸、香港岛市区和九龙地区，因此人口密度远远凌驾于东京之上。

二○○二年五月十三日星期一。JAL七三一班机按照预定时间于下午一点五十五分抵达香港国际机场。亚纪在三十分钟之后出海关，按照出租车乘车方向的指标穿过北侧的缓冲大堂，自挤满人潮的入境大厅直接走出机场大楼。

才踏出一步就被窒人的热气与汽车喧嚣包围，一瞬间产生类似晕眩之感。幸好这次是两天一夜的出差，所以行李只有一只小旅行袋。亚纪重新打起精神，步向出租车乘车处。

她要去的驻港事务所位于香港岛中环地区的交易广场。坐上红色的出租车后她以英语说出目的地。年轻的司机默默点头发动车子。

车内的冷气过强甚至会冷。

五月中旬的东京平均气温还在十五摄氏度左右，有时就连白天都需要穿外套，尤其今年雨水特别多，阴霾的日子持续不断。相较之下，隔着车窗不时可见的香港海面被阳光照亮，天空一片蔚蓝。不愧是属于亚热带气候的地方，但湿气也很重，光是走到出租车乘车处的这段路额头就已冒汗。体感温度想必已超过三十摄氏度。

这是亚纪第三次造访香港。上一次是任职福冈时陪同赤坂分社长去北京、上海出差，回程顺道停留香港办公。那是香港即将在四个月后回归中国的一九九七年三月，算算已过了五年之久。至于头一次造访已是近二十年前的事了，当时她还是学生，那次也是和大学的好友们一同去泰国、新加坡旅行，回程在香港过境，仅两天而已。

虽然对香港不熟，但她觉得这种高温多湿的地区并不适合日本人居住。更不用说在这密度超过东京都心一倍的办公街工作，肯定压力很大，亚纪一边走在学生时代来玩时就已挤满人潮的高楼大厦之间，一边如此感到。

佐藤康去年一月起以驻港事务所所长的身份被派来香港。

经过青马大桥，右手边开始出现九龙及中环的巨大高楼群。望着那番光景，亚纪再次思忖，虽说病后已过了整整三年，但在这种超密度都市生活对康的身体毕竟还是一大负担吧。

出租车自九龙车站的西侧驶入海底隧道，行经港澳码头抵达香港车站正面的交易广场。从国际机场到香港市区有三万五千米的距离，经由机场所在的大屿山、青衣岛，以及九龙半岛通往香港岛的路程不用四十分钟即可抵达的便利交通，也令她不由得佩服。

亚纪下车之后确认时间。才刚过下午三点。她搭的是上午九点五十分自成田起飞的班机，所以午餐已在机上吃过，现在并不饿。约好的访谈时间是下午四点开始，但她也懒得再找地方打发时间，索性决定直接前往驻港事务所。眼前耸立的交易广场第二座共有五十二层，楼高二百零五米，即便在香港也是首屈一指的超高层大楼。

而佐藤康，就在这栋大楼的三十六楼上班。

事务所远比想象中还大。分成好几个房间，包括本地员工在内有许多人正在忙碌工作。亚纪向柜台表明来意后，日本职员立刻出来带她去所长室。铺满蓝色地毯的长长走廊尽头是女秘书坐镇的办公室，更前方才是所长室。

“所长出去和客户见面了，但他讲过在约定的四点之前一定会赶回来。”

从职员那边接手的年轻秘书，一边请亚纪进房间一边说。她的日语很流畅，想必是在当地雇用的日本职员吧。

所长室豪华得惊人。应有十五坪（约五十平方米）以上的室内放着全套气派的皮沙发，后方是黑光油亮的巨大办公桌。舒适的办公椅背后是几近整面的玻璃。眼下窗外可见维多利亚港的七个埠头，更远处是九龙、尖沙咀地区华丽的高层大楼群。可以清楚辨识亚纪今晚预定下榻的半岛酒店也在林立的高楼一角。

敲门声响起，站在窗口出神眺望风景的亚纪转过身。刚才那名秘书端着饮料进来了。亚纪走回放着自己皮包的沙发。

“从这里看夜景想必很美丽。”亚纪说。

亚纪这么一说，把装有橘子汁的杯子放在桌上的女秘书说：

“是啊。不过，从对面的尖沙咀海滨公园看这边会更美哦。”说着露出笑容。

“那，今晚我就立刻从饭店欣赏看看。”

“您住在哪里？”

“我订了半岛酒店。”

“那么，我想一定能够尽情欣赏。”她口齿流利地回答。

“不过佐藤先生真是好福气，每天都能看着这样的景色办公。”

佐藤先生——说出这个名字不知怎的令亚纪有点害羞。与他面对面，其实已隔了八年半之久。

“所长好像不太喜欢。”她说。

桌上的数位时钟显示时间是下午三点三十分。距离康回来还有段时间。

“你说他不喜欢？”亚纪反问。

女秘书像是被回忆给逗笑了，说：

“他每次都很生气地说：这是什么鬼风景！简直是《摩登时代》[1]的

1　《摩登时代》（*Modern Times*）：一九三六年的美国喜剧电影。剧本、导演、主演、配乐皆由卓别林一手包办。

世界！”

“‘摩登时代’这个名词已经老掉牙了吧。”

“是。我起初还听不懂那是什么，忍不住问所长。”

“结果呢？”

“隔天，他默默把录影带借给我。那部电影真的很有趣。”

亚纪一边感到这果然像是康会做的事，一边聆听。他与这位秘书似乎也处得很好，令人莫名地安心。她对于这样的自己也感到不可思议。

女秘书出去后，亚纪啜饮一口桌上的柳橙汁。之前应该口渴了，但现在没什么感觉。是因为这个房间也太冷吗？他应该极力避免让身体受寒才对，亚纪不禁再次为康忧心。明明是长达八年半来连话都没讲过的对象，但自从得知他的病，每次回想起他首先想到的总是他的健康管理。最好的证据就是亚纪一进这间办公室首先检查的便是有无烟灰缸，确定到处都找不到后，亚纪还是松了一口气。

从皮包取出录音机放在桌上。将新的录音带也一同取出放进录音机。这是她向来使用的九十分钟带子。今天的访谈预计一小时，所以这卷应该就足够了。但为了预防万一，她还是又取出一卷备用录音带拆封，放在录音机旁以便随时可以替换。然后插上麦克风测试录音效果。

“香港的天空晴朗，香港的天空晴朗，现在正在测试麦克风。”

她小声重述三次。倒带播出后明了的音色传来自己的嗓音。

按下停止键，亚纪再次望向窗外的明媚景色。

每次这样听着自己的声音，就会发现自己已不再年轻。声音也像脸蛋和身体一样会渐渐老去，是亚纪接下这份工作之后的新发现。亚纪今年三十八岁。正是开始会怀疑自我与自身的年龄。

亚纪突然自赤羽的品质保证中心调到总社的公关课是四月的事。在品质保证中心已做满三年所以调职本身并不意外，但她做梦也没想到会调回总公司。更何况新单位竟是公关部门，那是亚纪毫无经验的工作。兼之，她的职位是公关课次长，可以算是风光高升。

这项出乎意料的内定人事案甚至令品保中心的主任也不解。但赴任之后，她当下明白调职的理由。作为与四月定期人事调动一并实施的机构改革一环，总社的公关体制也被大幅更新，不等六月替换主管，常务赤坂宪彦就已走马上任接掌了公关部门。

赤坂在中国两年多的任期顺利结束，于两年前的二〇〇〇年四月回到总社。去年六月，他追随对佐伯接班人宝座虎视眈眈的副社长太田黑耕一升任常务，步步登上高升之路。看来过去的“黑鬼”“赤鬼”搭档至今依然健在。而赤坂，就是把亚纪调来公关课的人。

四月一日，因应崭新的公关体制上路做了主管训话后，亚纪被叫去常务办公室。她吃着外送的荞麦面与赤坂单独谈了一个小时左右。睽违四年的他和福冈分社长时代没什么改变，但是想到对方已贵为常务，长年离开总社的亚纪格外地紧张。

“那时候没能带你去北京很抱歉。”

赤坂一开始就先低头致歉也在意料之外。

“我回来发现你居然埋没在赤羽那种地方当下大吃一惊。我向人事部查询，他们吞吞吐吐地解释说，是你自己强烈希望调回业务部门。其实去年我就想把你调回来了，但那时我当总社主管也才刚满一年实在分身乏术。就在我想着今年一定要把你调回来时，我自己也换了负责的部门，如果要临时塞人，公关课最省事。对你来说或许不完全符合期望，但公关业务是今后越来越重要的职种，我想对你来说也是很有意义的工作。山际课长也是新官上任想必会手忙脚乱，所以还要拜托你好好协助他。我自认比任何人都欣赏你的能力，你可要让我拭目以待哦。”

赤坂说完，对亚纪的私事只字不提，便开始兴致高昂地聊起福冈时代的回忆及北京时代的故事，始终满面笑容。

亚纪退出常务办公室后，陷入一种难以形容的心情。被有实力的常务看中得以重回总社，这种事如果发生在男职员身上肯定会是一大快事吧，她想。公关课次长这个职位对女性来说毋宁是特例，况且公关课的工作本身对今后升级很有利，这点在亚纪的公司也和其他公司一样。公关是个与经营企划及财务企划、人事、总务一样可以经常接触到高阶主管的单位。对于“埋没在赤羽那种地方”的亚纪来说，这次的调职也是重回第一线的大好机会。

然而，亚纪的心情低落。三年前离开总社时应该就已完全舍弃对工作的企图心了。她本来打算一满五十岁就利用优退方案提早脱离上班族生涯。结果却意外被调回总社，甚至还在她眼前吊着出人头地这根诱人的胡萝卜。

这三年她并未遇上心动的对象，日常生活的单调一成不变。既然如此，反正已经意外回到总社，不如就此转换方针，再次试着投入工作应该也不错——脑袋是这么想，但心情就是高兴不起来。

说到出人头地，亚纪反而思忖。事到如今，自己也不可能当上高阶主管。基本上，日本企业社会的出人头地只限于男性，无论在哪个时代，女性的出人头地都只不过是以“就女性而言”这个定冠词来表现的另一码事。

晋升到赤坂这样的常务阶级，想必的确有其相应的手段。看着刚才的他，就已具备了威震四方的慑人魄力。但是，亚纪又想，若说在这个世界有“就女性而言”的好处，随时可以和这种立身扬名的单纯力学切割，不正是女性立场的优势吗？

男人不容分说便被强迫加入男性之间的竞争，但女人却不用和女人竞争，也没必要与男人竞争。男与女只有可能成为搭档不可能成为敌人。简言之，女人独立于任何竞争之外。这不正是女人最大的武器吗？

这样追根究底地想下去，事到如今，亚纪实在无法在脑中描绘出自己热衷工作的模样。

公关课次长的重要工作就是编辑社内宣传刊物。当然，每个月这份刊物都会发给集团全体员工，但同时也会在网络上公开，任何人皆可上网点阅。另外，亚纪公司的社内刊物比起其他不定时发表的机关宣传刊物，是更受业界报及一般报纸记者注目的媒体。这是因为每期都会刊登以佐伯社长为首各高阶主管的访谈以及与有识者的对谈，也一再从主管的口中脱口冒出真心话。就这点而言，这份不断提供业界话题的异类宣传刊物已成为公司的一大特色。

这份宣传刊物的总编辑由亚纪担任，成员包括亚纪在内共四人。除了编辑工作也得兼顾日常业务，因此她一到任就忙得头昏眼花。每期的专题企划和各部门的交涉、整理谈话记录及对谈内容等全都是她过去从未接触过的作业，四月总算推出一册时，老实说她觉得自己已经精疲力竭。

这个月月底很快又得推出第二期。

结果上周，赤坂常务亲自提议的企划案是去采访佐藤康。

去年三月，在国内签约人数已突破两千万的NTT DoCoMo的i-mode，到了今年更是开始进军世界。德国、荷兰等欧洲各国，以及大洋洲都已开始推动服务业务，在美国，类似i-mode服务的m-mode也已起步。在这样的状况下，各家电信业者与支持各国手机配套系统及基础架构、行动互联网的伺服器和闸道系统、应用服务等项的供应商展开无所不用其极的激烈竞争。在这场抢攻所谓第三代手机市场的竞争中，亚纪公司带头指挥的就是佐藤康。去年，他临时被派到香港，目的也是为了在今后第三代手机市场前景最被看好的中国这个巨大的市场打下基础。因此，康之前一直在摸索如何与在香港及欧洲发展通信事业的香港当地企业集团进行合作。并且，这个月终于成功地争取到巨额的基础架构系统订单，目前正在苦战恶斗要再接再厉进一步投入资本到对方企业。

这个手机事业，如今在社内已逐渐被视为核心事业。赤坂也是负责中国事业的常务，因此，为了向社内外盛大宣传这次的基础架构订单，才会提议让康在社内宣传刊物登场。

亚纪被半强迫地接下这桩差事，似乎总算了解赤坂让自己当公关课次长的理由了。他安插容易使唤的亲信部下，八成是想把社内刊物当成自己的宣传媒体充分利用吧。

亚纪感到这的确像赤坂惯用的手段，却也没什么不快之感。长年待在公司，她非常明白干部们这种程度的公器私用早已成为常态。因此，亚纪一如往常只感到有点幻灭。

比那种事远远更加严重的是，这既然是常务精心策划的企划案当然得由亚纪亲自负责采访。虽说是为了公事，但必须见到佐藤康还是令亚纪极为紧张。

因为亚纪想来想去，总觉得自己之所以会唐突坐上公关课次长的宝座，真正的理由或许就隐藏在这次的任务之中。

2

“我再强调一次，本来天后集团身为3G（第三代手机）业者在英国及荷兰早已开始3G的商用服务，去年我们也已提供了基础架构。不过当然不是像这次这样百分之百。所以，这次接到订单多少可以算是顺理成章。不过，香港全境预定自今年八月开始的3G将来可能成为中国内地全体的标准配备，基于这个意义，我们认为在商业上的价值相当大。天后过去保有的2G（第二代手机）核心网络供应3G的无线接取网络部分，如果顺利的话，以我们公司的行动互联网技术作为今后的平台，普及中国全域的可能性也不是没有。因为光是这次的订单，无线基地台的设置数就超过一千台了。连这弹丸之地的香港都能有如此数量，也就是说，如果中国内地所有的基地台都包给我们（当然那种事在现实当中是不可能发生的），将会是超乎想象的大买卖。简言之，可见中国的3G市场有多么巨大。端末的下订台数光是天后就已突破二百五十万台了。这同样也表示，中国内地那边可以期待百倍以上的潜在需要。

“我希望你好好报道这部分。总之，站在我们公司的立场与天后强化关系最主要还是为了进军中国市场先成立桥头堡。如果这个关系发展顺利，天后能够打入中国内地市场，我想我们公司作为手机端末软体的供应商应可一举压倒其他公司。同时也能与在2G领域大幅领先的诺基亚和摩托罗拉这些欧美势力分庭抗礼。为此，出资加入天后之举非得成功不可。如果一直局限于产品经销业者，就算哪天被其他厂商取代也没得抱怨。出资比率和金额当然不便对外公开，但我个人打算对天后集团的手机事业部门二社各投入百分之五的资本。至于金额将是总计八千万美元的巨额出资。同时也正在呼吁DoCoMo一同出资。我打算请DoCoMo对采用i-mode服务的其中一社出资百分之二十五。这边的金额固然也不小，但以DoCoMo现在的实力我想应该不成问题。不过，DoCoMo是否会衡量风险决定对天后集团单体出那么多资金是目前的课题。但是话说回来，总之，这笔买卖应该可以说胜算很大。目前交涉已到最后阶段，抢占香港市场将是我们最后在中国市场竞争中获胜的重要里程碑，所以我相信现在事务所员工上下一心参与的这笔买卖真的很有意义。”

佐藤康一口气说到这里，呼地喘口气，说：

“可以的话，请你先停下带子好吗？”

按照约定在下午四点回到办公室的他，看到亚纪并未露出异样神色仅只是点头致意说声“好久不见”，立刻就开始接受采访。虽然亚纪也没抱着什么期待，但他那种过度冷淡的态度还是令亚纪感到怅然若失。

康不时看向亚纪事前提出的问题表，一边口若悬河地谈论自己目前的业务。他以率直的说话态度把访谈深入到在亚纪看来相当机密的部分，另一方面却又不忘指示她不得对外发布消息。从他那种说话态度可以窥知，他已充分习惯这一类的采访。

亚纪停下带子。

“大致上这样应该行了吧。”康说着，看看手表。

亚纪也看向放在康背后桌上的数位时钟。下午五点。距离约定的时间正好过了一个小时。

“谢谢您在百忙当中抽空接受我们的访问。”

亚纪也用客套生分的态度说。她把带子倒带后插上耳机塞到耳中，播放最初的三十秒。确认录音状态良好。

等她把录音机收进皮包后，深深窝进对面沙发的康发话了：

“不过，这年头还用录音机倒是有点少见。”

他露出笑容。一笑就挤出几条皱纹。康今年应该也四十一岁了，但今天的他看起来像是年过四十五岁。虽然脸色并不差，但眼角透出疲色。最后一次看到康，是病后的他调到NTT营业总部的三年前，但和他当时年轻的模样比起来，现在给人的感觉似乎在三年之中苍老不少，身体好像也又瘦了一圈。

“因为我的上一任说，采访时还是用这个最安心。”亚纪用平淡的语气回答。

“不见得吧。这几年连新闻记者都已几乎全数改用数码录音了，相机也是数码相机，甚至还有记者在采访时利用手机的录音功能呢。”

听到相机，亚纪赫然一惊。她慌忙从皮包取出数码相机。

“对不起，请再给我五分钟。我还得拍几张照片。”亚纪说。

“几小时也没关系，反正待会儿我没别的安排。你今晚也会在香港过夜吧。我本来还想找你一起吃个饭。”

亚纪不由得凝视康的脸。他面露窘色。亚纪这才发现，自己似乎误会康的态度了。他应该只是想赶快结束公事，然后再慢慢与她闲聊吧。看来自己和这人还是一样没默契，亚纪在内心苦笑。

窗外的阳光终于开始减弱。空调令室内冷得要命。

“你不觉得这个房间有点冷？”

亚纪一边看着康摄入数码相机屏幕的脸孔一边说。

康立刻按下桌上的内线：“好像有点冷，帮我把空调的风速减弱。另外，再拿点热饮进来。”他如此吩咐秘书。

亚纪拍摄了十张左右。当她一直拍康坐在沙发上的姿态时反而是康主动提议：“为了保险起见也拍几张我坐在办公桌前的照片吧。”有道理，亚纪当下起身在大办公桌前架好相机，康也自沙发起立，匆匆坐到办公椅上摆姿势。

“你的手势好像有点生疏。”

康面露不安。

“不能怪我。我上个月才刚调到公关课，到现在连我自己也不是很清楚自己在做什么。”

“可是，你弟弟不是新闻记者吗？他起码应该会指点你一下记者这行的诀窍吧。”

“你记性真好。”

“什么？”

“居然还记得我弟弟是记者。”

“那当然。只要是你讲过的话我自认应该都没忘。”

“噢？”

拍完照，康叫她让他看看。接下相机后他一张一张检查。

“拍得比我想象中还好嘛。”他咕哝。

秘书泡了茶来，于是二人都回到沙发上。被甘甜的香气吸引，亚纪朝茶杯中一瞧，里面浮着黄花。

“是花茶啊。好美哦。”

亚纪用双手握着茶杯，对着款款摇曳的黄色花瓣出神望了半晌。

“这是金莲花。我很喜欢这种茶。”

康也像要品味花香似的小口小口啜饮茶水。

“刚才一直谈景气的话题，但现实相当严苛。”

把茶杯放回茶托，他忽然面色一沉冷不防说道。

“不过，出资的事应该还是有办法实现吧。”

“是啊。其实今天的交涉已经正式定案了。下个月初应该就会公开宣布。”

“那不是很好吗？”

康沉吟不语。

“天后集团在欧洲的手机事业赤字累累。就连今年八月是否真的可以开始服务到现在都还不确定。不过，也没必要因此就中止出资，况且我们公司的端末早已进货一百万台。不过，按照目前的计划使用费和端末软体的价格都太高了。我认为那会是个问题。尤其端末软体以港币计算将近四千。换算成日币的话超过五万。这好像有点太贵了。还有无线基地台也是，竞争厂商不断推出小型平价的机种，我们仰赖的DoCoMo也在去年因为i-mode效应使得税前净利增加了将近百分之四十，但今后我想应该不会那么容易。月租费的削价竞争也日渐白热化，看日本国内的手机市场去年的贩卖数头一次不敌前年也知道，显然已渐渐抵达饱和状态了。”

“听起来你也很辛苦呢。”

亚纪看着倚靠沙发的康不禁半带叹息地说。康点头。

“最近的手机商业已不太能令我感到魅力。应该说，我对自己做的事是否真对社会有益产生疑问。”他说。

“为什么？”

“不信你想想看。看着这年头的年轻人在电车或咖啡店各个闷不吭声玩手机，你认为这是正常现象吗？他们每天寄出好几十封无聊的简讯，每天有好几个小时都在玩无聊的游戏。大家虽然毫不怀疑地深信科技会令世人幸福，但是另一方面，飞机全自动驾驶技术的进步却也令拉登组织的恐怖分子得以轻易攻击美国世贸中心。”

去年九月美国在同时间发生多起恐怖袭击事件后，布什政权公开对恐怖分子宣战，一个月后凭着以精密诱导型武器为首的压倒性军事力量开始在阿富汗展开轰炸。十一月控制了首都喀布尔，藏匿恐怖行动主谋本·拉登的塔利班政权在一瞬间瓦解。

距离那次同时多发恐怖行动已过了八个月，但香港国际机场的戒备至今依然极度森严。现在，据说美国正准备对一月的国情咨文演说中被布什指名为“邪恶轴心”的“朝鲜、伊朗、伊拉克”其中之一的伊拉克发动战争。的确如康所言，技术进步不代表人类进步的现实正横亘在我们眼前。

“我来到这个城市后深深感到，时间被细分得越琐碎，似乎就越容易像沙子一样自我们的掌心滑落。我认为唯有缓缓流逝的时间才是真正的时间。”

听着康的说法，亚纪想起刚才秘书提到的卓别林《摩登时代》的故事。并且感到，这个人和他十几年前与自己交往时在本质上一点也没变。

比方说，对我们公司制造的电脑和半导体而言，水算是大敌吧。汽车和家电制品也是，凡是使用金属及化学物质的东西全部都是，电力及磁力类亦然。这些讨厌水的东西基本上就是我们人类的敌人。相较之下，植物及动物、泥土与空气，还有海水对人类而言在本质上是好的。所以，像我们这种专门生产厌水制品的人，如果不小心工作，即便抱着为人类好的心态，实际上，还是有可能反而危害人类。

昔日他说的话鲜明地在亚纪脑海重现。

好一阵子，二人都沉默不语。也许是因为调低了空调的风速，房间变得温暖许多。

“你现在住在哪里？”亚纪先开口。

“我住在太古地区的公寓大楼。附近有日本超市，也可以在第一时间看到日本的电视节目。其实挺舒适的。”

“日常生活谁帮你打理？”

“我自己就可以应付了。全家搬来的员工会雇用包吃包住的女佣，但我一个人，所以没那个必要。”

“吃饭呢？”

“三餐几乎都是外食。平日每晚都忙着与客户聚餐，假日就到处走走吃吃。”

康一边回答她连珠炮似的问题，一边说“你这简直像在审犯人嘛”。他露出哭笑不得的表情。

“倒是你自己呢？一直没听说你结婚。”

这次轮到康发问。

“我也孤陋寡闻至今没听说那样的消息呢。”

亚纪说得一本正经，所以康笑了。

“你为什么不结婚？”

他进一步追问。

亚纪故作沉思半晌。然后，反过来问：

“那你为什么跟亚理沙离婚？”

本来姿势慵懒的他直起身体离开沙发的靠背。

“说来一言难尽。”他说。

“一言难尽是指你的病吗？”

“算是吧。那也许终究是最大的因素。”

“我真不懂。”

亚纪嘟囔，康面露诧异。

“不懂什么？”

“我是说，为什么你生病就非得离婚不可。不是吗？通常既然是夫妻应该要一起与病魔搏斗才对，更何况你的病都已经好了，应该不足以构成离婚的理由吧？”

这时康一口喝光早已冷掉的茶，望向窗口。不知不觉中暮色降临，室内已一片昏暗。

“就算病情康复但那毕竟是肺癌，尤其我得的肺癌是小细胞癌，约有半数病人做化疗后会暂时康复。但几乎所有的病人都会在三年内复发。一旦复发就再也无药可医。”

他语带从容地说。

“果然是小细胞癌。之前我听说你没开刀，就猜想八成是这样。不过你的情况已经过了三年，并没有复发吧。罹患肺部小细胞癌后得以存活三年的人根治率应该相当高。”亚纪说。

“但愿如此。不过你倒是对这种病蛮了解的嘛。”

康定睛直视亚纪的脸。本就深邃的五官由于背光更加凹凸分明。

“那当然。自从知道你得了肺癌，我就把手边能找到的医学书籍全都翻遍了。”

“你干吗做那种事？”

康发出意外之声。

“因为你会得肺癌我也得负起部分责任呀。”

亚纪知道自己的声音尖锐嘶哑。

“怎么会？我的病和你毫无关系。”

康强烈否定。亚纪倾身向前，回视他那张疲惫的脸孔，心头深处的那团热气蓦然涌至喉头。

“谁说的。你开始抽烟都是因为跟我分手吧。最后一次在丹尼餐厅见面时你自己不也这么明白说过。”

亚纪的这句话令康难掩惊愕，看起来似乎有话想说却又一时说不出来。他那复杂的表情令亚纪心跳倏然加快，过去一直压抑的感情终于找到出口泉涌而出。

“所以，四年前听说你罹患肺癌自美国回来时，我当时非常震惊。简直不知所措。坦白说，我那时恨不得立刻冲去找你道歉，好好补偿你。只要是我做得到的我什么都愿意替你做。想到十年前如果答应你的求婚跟你结婚或许你也不会得肺癌，我就一直很后悔。我觉得自己做了非常过分的事。

“当你在停职八个月后重回岗位时，看到你健康的样子我总算稍微放下心来，但是随后又听说你与亚理沙离婚让我再次深感不安。我猜你的肺癌一定是小细胞癌，所以我认为化疗后的健康管理比什么都重要。你一个人过着什么样的生活，有没有吃点对身体有益的食物，调到忙碌的部门是否累得精疲力竭，有没有好好睡觉，会不会让身体受寒……我老是担心那些，没有一天不想你。这四年来，我真的真的好担心你。”

一边说着，一边泪水源源不绝地涌出。为什么自己会哭成这样呢，康一定感到很困惑——亚纪在脑中一隅冷静地思考。但是，她无法遏止泪水夺眶而出。

亚纪一边拿手帕擦眼泪一边偷窥隔着大桌而坐的康。环抱双臂的他不知几时已垂下头动也不动。

“对不起。我一时有点太激动了。”

亚纪用低得几乎听不见的声音嗫嚅，但康依旧沉默不语。

“真的很对不起。事到如今，还猛说这么任性的话。如果惹你不开心，我愿意道歉。其实我自己也明白，像我这种人已经没资格关心你。”

这次亚纪用对方能够清楚听见的声音说。

过了很久之后，康才垂着头微微摇首。

亚纪不懂他那个动作的意思，定定凝视他。

最后，康缓缓松开交抱的双臂，吸了一下鼻子后才用右手静静抹下眼角。

3

你好。

昨天种种谢谢你。我已照原订计划搭早上第一班飞机回到东京。回程比去程快了近一个半小时，所以非常轻松。下机后直接到公司，下午一直听着你录下的声音，记录你叙述的内容。稿子会在这星期之内整理出来。完稿之后我会做成电子文档寄给你，请你尽管修改。麻烦你了。

现在已过了晚间十一点。刚才吃完饭回到住处，冲个澡，喝着喜欢的葡萄酒（这几年，我迷上了葡萄酒）一边写这封信。

不过重新听录音带，意外发现你说话速度好快。我试着回想以前的你是怎么说话的，却已不复记忆。说话速度这么快，或许表示你其实是个多话的人。以前几乎都是我在讲话，也认定你就是个沉默寡言的人，其实或许并不尽然吧。若真是这样，那我觉得很对不起你。

这才想起昨晚吃饭时也是我一个人喋喋不休呢。今天我一再反省。真的很对不起。

今后，我还想听你说更多更多的话。因为即便是我这样自私任性的人，活到这把年纪想必还是培养出这个年纪该有的谦让美德（？）……

听到你说你母亲后来过得很好，我总算安心了。虽然只有那次与你一同造访新潟时见过一面，但与你母亲单独沿着飘雪的山路前往长冈郊外小温泉旅馆的当日情景，至今仍历历在目。她对我非常亲切。

你父亲的事我很遗憾。要诚心致上哀悼之意。

虽然你说“都是因为自己生病又离婚让他老人家太操心”，但是，你已让他看到你完全恢复健康的模样，所以我认为你不需太内疚。你父亲应该也是安心地与世长辞。人的生命肯定是一种命运。昨晚也跟你提过一些，三年前我弟的妻子过世时我就已深深如此感到。

你也生了重病，关于生命，想必你思考过的胜过我数倍乃至数十倍。对你这样的人说这些话或许是班门弄斧，但谁也无法预测自己能够活多久。现在的我认为人无论置身在何种境遇，都只能努力过完每一天。

昨天我说“癌症这种病，治得好的人就是会治好，治不好的人就是治不好”。你笑着说，“那不是废话吗”。但我是真心这么想。而且我相信你是绝对治得好的人。

请你也不要太担心自己的生命。将近四年来你一直担心想必也累了吧？今后有我代替你担心。我想要勇敢面对你的病。

最近，对于种种事物我努力不去想得太复杂。所以我希望你也不要想得太复杂。哪怕是你卖的手机和电玩游戏让现在的年轻人变得多么愚蠢，那都是那些孩子自己的责任。纵使许多国家发生纷争与战争，人们去杀人或被杀，我认为那也是那些人自己的责任。

这个世间无论出现多么聪明、品格多么优秀的人物，我想恐怕还是无法成为多了不起的世界。基本上，连释迦牟尼佛祖和耶稣基督都做不到的事，我们这种肉身凡人自然更不可能做到。所以自从我过了三十五岁后，每当发生什么或没发生什么时，我总是尽量去想：“啊，这是上天的旨意。”

这个世界发生的事，从每天在某个国家发生的重大事件及重大事故开始，乃至我身边发生的鸡毛蒜皮的小事，我认为全部都是上天的旨意。如果不这么想，比方说不就无法解释我与你在十年前分手，然后你我都经历了种种事情，又在十年后的现在，如此重逢的现象了吗？

对我来说，如果能再见到你，有两件事非做不可。

一个是向你道歉。还有一个是要请求你。

康，请你原谅那时我拒绝你的求婚。都是我害你那么痛苦我觉得很歉疚。不管当时我的心情是怎样，就结果来说终究是折磨了你，深深伤害了你的生命，这点我现在打从心底感到抱歉。当时的我实在太年轻，也太愚昧。真的对不起。

康，自那一别后已过了多年，虽然我没把握事到如今你是否还愿意接受我这样的请求，但如果你不嫌弃的话请你跟我结婚。

过去是我拒绝了你。这次请让我主动向你求婚。

你说八月会回来做定期检查的，对吧？那时再答复我也没关系。在那之前，我会一边祈祷你能接纳我的请求，一边默默等待。

最后我要再说一次。

康，你不用再一个人孤单奋斗了。因为今后我会全力守护你。

那么，先说声再见了。期待八月能够再相逢。

二〇〇二年五月十四日

佐藤康　先生收

冬木亚纪敬上

4

你好。

你在五月十四日写的信我今天（十九日）终于收到了。

十五日收到你通过电脑寄来的采访稿时，你在邮件中提到写了一封信给我，所以这周的后半周我一直在等信几乎无心工作。虽说是香港，但论及邮件或许该说还是一个非常遥远的异国吧。如此看来，也难怪网际网络能够在瞬间普及了。

十三日那天，很高兴能够见到你。在那一周前收到要求采访的电子邮件，当我在邮件末尾发现你的名字时，想到重逢的机会终于来临不禁感慨良久。对我，以及对你来说，这十年的岁月未免都过于漫长了。

那天，看到你的瞬间，我紧张得无法正常说话。你当时也表情僵硬、态度十分生疏。得知你和我一样，我决定先做完采访再说。如果你觉得我说话很急，那一定是因为我当时太紧张。采访期间，我甚至不敢正眼看你。所以，我一直毫无必要地望着事前拿到的问题表。我想你应该也发现了这点。

心情稍微放松，是在我谈完工作的话题之后。当时你立刻将耳机插上录音机检查录音状态。你皱起眉头专注地竖耳聆听，表情十分严肃。看到你那种表情，缅怀之情登时弥漫我的胸怀。因为我所认识的那个年轻的你的确就在眼前。

虽然你老是笑我太认真，但在我看来我常觉得再也找不到像你这样事事认真、拼命努力、诚实率直的人。你连一个小谎也不会撒，是个诚实得几乎有点傻气的人。那样的你向来展现的，就是当时那种，仿佛在钻牛角尖的表情。

然后我们在办公室聊了一会儿，又去尖沙咀的海鲜酒家吃饭，直到在饭店前道别，那几个小时对我来说宛如将遥远的记忆用现在这张印画纸再次清晰印出，是非常充实的时光。我们历经十年岁月的洗练，彼此虽然都已改变不少，但我觉得一成不变的东西也不少。

比方说，当时的你似乎认定我是个沉默寡言的人，其实现在还是一样。你并没有想错。和你比起来我还是很沉默，而你也依然还是很多话。你那种毫不客气地涉入别人搁置内心深处未加整理之本质性问题的坦率个性，以及反过来说对于别人的问题往往比当事人自己付出更多的关心与同情稍嫌鸡婆的贴心，还是一如往昔。

对于生病的我，你是打从心底在担心吧。你说，恨不得立刻冲到我身边，不知如何是好。我这辈子从未听过那么开心的话。事实上，我的肺部发现病变，自美归来的班机上我一直心心念念着一件事。我只盼这次能回到你身边。

化疗比想象中更严苛。过度的食欲不振和掉发、白血球数目的骤减让我一步也无法外出，被逼到不得不放弃治疗本身的边缘。那时我真的已有心理准备觉得自己不行了。

但说来不可思议。三年后的现在，我居然只能像在旁观他人般回顾当初那么痛苦的自己。

你在信上说，最近努力不把事物想得太复杂云云。我也在生病之后尽量这么做。虽说无法预测自己的未来是理所当然，但就连自己的过去都已记忆模糊。我觉得人是一种只能看到现在非常寂寞的生物。简言之，希望与绝望对于人生来说或许本来都是无用之物。我们只能在这没有希望亦无绝望的茫漠世界过完每一个今天——我想那应该才是毫不虚假的真相吧。

对我来说，与你分手、自己在这个年龄就罹患癌症、缺乏爱情的婚姻破裂，要相信这一切都是上天的旨意并不容易。但是能够与你如此重逢，甚至如果还能够与你共度今后的人生，那我打算努力试着接受它。

三年前，先提出离婚的其实是我。

我们的婚姻经过四年的美国生活已经完全破裂。一切都是我的错。

这十年来我一直心怀不满。每天总觉得心中若有所失。你懂吗？就像是幼年丧母；或是身体有极大的残障或伤痕，为此耿耿于怀；或者自己辛苦成立的公司因为替人作保而被银行查封，发现自己终其一生再也不可能建立比原来更大的事业；或者自己国内因发生内战只好越过国境成为难民，再也无法回故乡等。简言之，这是一种自己束手无策，却也因此不断拘束自己的日常，仿佛分分秒秒刺痛心口，具有明确原因的焦躁感，就是这样的感觉日日折磨着我。

当然发展不如预期的工作及美国这种杀伐的生活环境也令我的心情变得异常易怒。不过，最大的原因并不是那个。和你分手之后，我怎么想还是不明白，为何你非得拒绝我的求婚不可。我觉得自己太提不起放不下，连自己也知道这样太幼稚。但我还是无法接受这个结果。

分手后大约有一年时间我都处于那种精神状态下，再加上我母亲因蜘蛛膜下出血病倒，令我终于改变想法。就算老是对你念念不忘也没用。我觉得该是与新对象展开新出发的时候了。结果，现在回想起来，这样将自己的重要抉择交给他人实在是一大失策。对于无辜卷入的妻子，我打从心底强烈后悔觉得很对不起她。结婚的同时我在工作上也被逼到绝境，带着哀叹不想离开娘家父母及友人的妻子，在不知几时才能重回日本的情况下被迫前往美国赴任。

滞美期间，我并没有忘记你。相反，对你的思念与日俱增。思念，或许不是适当的字眼。我想用憎恨来形容一定更贴切。

当然在美国我也没戒烟，所以天生支气管虚弱的妻子每天抱怨。在那边工作时不能抽烟，所以几乎都是在家里抽。如果戒了烟，我俩之间就再也没有任何联系了。况且最后一次与你见面时，你说过的话也深印在我脑海。当时你看到我抽烟，“既然味道不好何不戒掉算了。那可是最容易引发癌症的东西”。你丝毫不给面子地轻易反驳。

当下那一瞬间，我在想，让我抽那种最易引发癌症的东西的罪魁祸首不就是你吗？走出餐厅搭电车回公司的路上我又想，如果你唯一留给我的香烟这玩意儿会让我得到癌症，届时，你应该会因自己过去做出的残忍决定而战栗吧。

当然我并不是真心这么想。那只不过是感情用事下的短暂妄想，这点我自认比任何人都清楚。但是，实际被医生宣告罹癌的那一瞬间，不可否认的是，我的确感到该来的终于来了。我当下觉得这是我的报应。因为我把自己的没出息片面怪罪到你头上，对你怀恨在心，又在没有整理好心情的情况下草率结婚，对妻子缺乏充分爱情，我认为这是我过去的不诚实行为遭到了理所当然的报应。

我的发病带给妻子很大的打击。

本来打从赴美第一年起她在精神上就已不堪负荷。这也难怪，本以为前途看好才下嫁的丈夫居然一结婚就被贬职，而且到任之后每个月有一半时间都在外出差不回家。对于语言不通的她而言，既没有交朋友的渠道也没有参加聚会的机会。我们讨论之后，自第二年起决定分居。她搬回东京的娘家，几乎整年住在那边。

她本来该在日本学习英文会话，等精神一复原就回美国来。但是，她回国半年之后，再次返美时提出的竟是叫我换工作。她的父亲好像四处奔走，替我找到几家企业愿意雇用我。就换工作本身而言都是条件不坏的公司，但是没有征求我的意见就做出那种事的妻子被我劈头痛骂了一顿。撇开是否要换工作不谈，仔细想想，我到现在还很后悔为何当时没有稍微认真一点听她解释。

所以，滞美四年后，当我在医院检查被宣告罹患肺癌时，她并不在我身边。我花了半个月时间先把工作告一段落，在返国前一天打电话告诉妻子我的病。“所以说，那时如果你肯回日本不就没事了。”说着，她在电话彼端哑然。

结果治疗奏效，我得以勉强脱离病魔的深渊。治疗期间她也拼命照顾我，但最终检查确认我的癌症已自片子上完全消失时，我们都感到彼此之间已经没有任何互相牵绊的东西了。

幸好我们没小孩，妻子也还年轻。我想我们的离婚并非错误。她应该也是如此确信吧。

离婚之后转眼过了三年多，我与你再次重逢。我早就知道迟早会有这一天。届时，我到底要采取什么态度呢？你会对我说什么呢？偶尔我会浮想联翩在脑海描绘出种种可能。这次你向我求婚之举我打从心底感激。你这么认真关心我也令我喜出望外。但是，现在的我不知是否该接受你的求婚。

当我突然被迫面对本以为还离自己很遥远的死亡时，我深深渴望能够与你共度我最后一段人生。这是事实。但是另一方面，当我暂且死里逃生时，不知为何，我也终于放下了与你的那段情。这同样也是事实。

你在信上叫我不要对自己的生命太过忧心。你说我一直担心想必已经累了。你还说今后你要代替我来担心。

但是，我想，即便坚强如你恐怕也做不到那个。

人，纵然可与心爱的人共度人生，也无法介入那个人的生命。那并非自我意识或自我本位主义这类肤浅的观念问题，我认为是本质如此。我生病后唯一明白的就是这件事。预感到生命的结束，我的确为之恐慌、哀恸。但绝非仅止于此。在我发现自己的死对自己而言是何等重大事件的同时，我也痛感自己的生对自己而言又是何其重大。

每个人都被赋予无可取代的生命。如何善加培育这个上天赋予的生命想必正是人的使命。那和幸或不幸、早死或长寿，也许几乎毫不相干。有的人生命短促却丰富，也有的人生命长久却连一朵小花也没开出。

我想人与人的关系亦复如此。只有某人不断给予的关系不正常。只有某人不断被给予的关系也同样不正常。互相付出与接受，让彼此固有的生命开花结果，我认为那才是真实的人际关系。

这么一想，现在的我真有东西能够给予你吗？你该不会只是片面地想补偿，所以才想跟我结婚吧？我无法抹去心中的这个疑问。

为了做化疗而住院时，我有过仅此一次却终生难忘的经历。说是经历其实也没那么夸张。只是对于当时的我而言，那件事具有某种决定性的意义。

那是四年前的十月十一日星期天。仿佛前一晚的雷雨交加只是一场梦，是个晴朗清爽的秋日。我为了接受第二阶段的化疗在前一周的星期一再次住院。到周末为止服用了五次抗癌剂，深受剧烈腹痛及呕吐所苦。一周才过了一半就已陷入无法进食的状态，只能喝水忍受痛苦。我住的是四人房，所以早、中、晚还是会把其他三人的饭菜送来。渐渐地，光是闻到食物的味道我都会猛烈作呕，所以我只好在用餐时间之前离开病房，去病栋最角落设置的狭小咖啡室耐心等待其他病人吃完饭。

这个星期天的中午，我也一样茫然呆坐在咖啡室角落的椅子上漫不经心地望着窗外明亮的景色，默默打发时间。

过了十五分钟，我头一次发现眼前大窗的窗台上放着小小的盆栽。之前我就算全身沐浴在秋日阳光下，也几乎完全没注意到近在手边的盆栽。

我不知道那种植物到底叫作什么，总之，开着很像波斯菊的美丽黄花。我仔细打量那黄花看了半晌。我很震惊，想不透起初怎会没看到这么美丽的花。难道自己的心情竟已紧绷到这种地步了吗？我不禁愕然。但是继续看着花，那种想法也渐渐流逝，我开始感到唯有小黄花的模样清晰映现在心扉上，带着湿气的少许土壤和天空射下的阳光，使得这朵花在此绽放。现在想想其实不过如此，但对当时的我而言那仿佛是个真正的奇迹。

我当下如遭雷击地顿悟，这朵花并非光靠土壤、水、阳光而存在此地。这朵花虽然吸收了各种能量，但是因为这朵花自己想要这么绽放，所以现在才会如此绽放。我可以清楚感到花朵本身的明确意志。

生命虽然是被赐予、日后也将被夺走，但活着的期间接受的那方绝不放弃生命，拥有想要创造自我色彩与形体的强烈意志，所以在这个世界才能以固有的形象联结。我感到，我们所感到的生命力或许正是那个意志本身。

我的肉体现在正要被癌细胞摧毁。但是，我想，对我来说，最大的威胁或许是这种肉体危机将会使我连固有的生命意志都渐渐失去。若用这朵小花来譬喻，现在的我或许等于被断绝水源、遮断光线、连根挖去脚下的泥土。但若是这朵花，我想它绝不会丧失自己想要如此绽放的意志。

我非常非常强烈地下定决心，我也要像这朵花一样。

我就是在这时决心认真面对自己的病。

你在信上写着你打算代替我面对病魔。但是，你完全没必要那样做。无人能够代替我与病魔搏斗，况且那样做也只会削减我自己的生命力。

我从来没有因为你而受苦。与你的那段往事，也不是你折磨我而是我自己折磨自己。所以，你不需要对我做任何补偿。

我希望，你能好好理解这一点。也希望你重新考虑与我的事。这样的话，我想，你应该就会明白，你想与我结婚的念头只不过是一时的怜悯与同情的产物。

你只要考虑你自己的幸福就好。请你再次试着认真思索，与我共度人生是否真的能够带给你自己幸福。

这样的话，我想你应该会发现不同的答案。

这封信一写就写了这么多。不知不觉已是新的一天。再过不久就要天亮了。

那天，能够见到你真的很开心。

衷心祝你今后幸福。

再会。

二〇〇二年五月二十日

冬木亚纪　小姐收

佐藤康笔

5

银杏（公孙树）。

银杏，是现存最古老的前世界植物之一。在地质学上，是古生代末期（一亿五千万年前，巨大的恐龙栖息地球的时代）在地球上广泛分布、生育的树种。因此，此种化石的发现从极地到南北两半球、中国、日本皆有。随着冰河期的来临，在许多地方银杏树都已灭绝，但在保持温暖气候的中国得以幸存，继续生育繁衍至今。

日本的银杏，就是从中国传来的树种，现在被当作行道树、防火树、庭园观赏树木广泛种植，也成为东京都的“都树”。目前除了东南亚以外几乎不见生长。

行道树总数共一百四十六棵（雄树四十四棵，雌树一百零二棵）

“哇，银杏只生长在东南亚。我以前都不知道。你呢？”

亚纪光看那块板子上的文章开头，就对身旁的康说。康默默无语专心看着接下来的长篇说明内容。

过了一会儿，他终于把脸转向亚纪。

“不，我也不知道。”

他的语气带着深为叹服的味道。亚纪一直很喜欢康无论对任何事都很认真的态度。婚后一起生活，她才发现年轻时只觉得他这种专心一意、深谋远虑显得顽固笨拙，现在却觉得这是一种无价之宝。

“在美国的确没见过银杏树。行道树都是枫树、法国梧桐、白杨居多。再不然就是马栗树。这种树在日本叫作欐树，法国称之为marronnier。”

康一边迈步走向林荫大道一边说。

由于是假日，所以今天的神宫外苑人很多。通往正面绘画馆的这条著名的银杏大道挤满了人。虽然明日香事先就说过，“二十三日星期六是勤劳感谢节，正好碰上‘银杏祭’，所以也许会很拥挤”，但没想到会挤成这样。他们与明日香二人约好下午两点在林荫大道尽头的喷水池前碰面，但现在看来要找到他们恐怕得颇费一番工夫。

“住在纽约时，樱树格外多令我吃了一惊。不过赏樱还是得在日本才行。若在纽约的街道，即便在赏花季节也毫不显眼，果然每块土地还是有其适合的树木吧。”

亚纪二人走的是人较少的右侧林荫道。左侧被穿戴养乐多燕子队的啦啦队外套及棒球帽的散场人群挤得大排长龙。

这种杂沓，一方面也是因为今天正好碰上养乐多棒球队的“球迷感谢日”。亚纪二人是看到林荫入口和“平成十四年第六届神宫外苑银杏祭”这块看板一同竖立的指示牌才赫然发觉，明日香肯定也不知道今天是“球迷感谢日”。

这期的职棒冠军赛就任第一年的原辰德教练率领巨人队压倒西武队夺得职棒总冠军。去年的霸主养乐多队虽紧跟在巨人队之后屈居第二名，但中间相差十一胜的大幅差距，使得今年的比赛不够精彩。不过有这么多球迷在比赛结束后还来参加活动，可见最近越来越多实力派选手赴美挑战大联盟导致人气有衰微之虞的日本棒球，或许尚大有可为。

“不过话说回来，植物还真了不起。”

康一边仰望高度超过二十米的银杏巨木，一边喃喃低语。

亚纪也驻足观望早已满树黄叶的银杏。宛如尖帽的群树上方令人遗憾地覆盖着厚厚云层。走出最近的青山一丁目车站出口时发现路面有点湿，可见搭乘地下铁的期间一定下过小雨吧。微风也比上午寒冷许多。亚纪觉得出门时强迫不情愿的康穿上冬季大衣果然是对的。她的皮包里也没忘记带着折叠伞。

“我经常觉得，其实生物中最进化的或许不是人类而是植物。单就银杏这个树种来看便已厉害地存活了一亿五千万年，而且至今依然繁荣。这条林荫大道也是明治四十一年（一九〇八年）就有的。若是人类已是高龄九十四岁的老爷爷老奶奶了。刚才看入口看板的说明，上面写着今后还会变得更粗壮更雄伟，就算再活几百年都没问题。论及不老长寿这一点，人类简直是望尘莫及呢。”

今天的康特别饶舌，气色也颇佳，这星期照理说他应该很忙，但他却毫无疲色。

“纽约的行道树动不动就枯萎，这几年已经成了一大问题。我记得将近两万棵的行道树中每年都有三四千棵枯死。志工团体还把枯树拔起来拿去焚烧呢。”

亚纪听说过派驻美国的康头一年多住在加州的圣荷西，亚理沙返国后他有将近三年的时间都在纽约度过。

“果然还是汽车废气和酸雨造成的影响？”

亚纪一边配合步伐缓慢的康迈步一边问道。

“不，不是这样。行道树几乎都是从中国和韩国进口的，树上本来就有害虫。害虫在新天地连天敌也没有，所以大肆繁殖。人类的作为简直是处处矛盾。拥有如此辽阔自然环境的国家居然不用自己栽培的树木，反而拿外国的树木当作美国首要都市的行道树。理由想必仅仅只是因为便宜吧。而且，因此使得中国和韩国的害虫肆虐，结果反而还得付出高额代价。”

“嗯，你不冷吗？”

亚纪拉起康的手，如此说道。风有点变强了。

“一点也不。”

康回握她的手说。康的手心反倒比她更热。

“亚纪你呢？”

“我不要紧。”

“对不起哦。讲这种无聊的话题。”

康展颜一笑。

“才不会。不过，黄叶这么美，还是好好享受散步吧。”

层层堆积在步道上的银杏叶，令脚底传来舒适的触感。

以前明日香在信中添附的就是这条林荫大道的黄叶。那是亚纪与稻垣纯平分手，整日郁郁寡欢的一九九七年十一月。转眼五年的岁月已流逝。这才想起，那时读信，曾经想过就算一个人也好，真想来这条林荫大道安静地走走。但结果她一次也没来过。而现在，明日香当日护着受伤的腿与达哉一同走过的路，自己与康正结伴同行。

正如康所言，银杏在这个地方俯瞰过五年前的明日香，也正俯瞰现在的亚纪。它们在今后的数百年间，想必也会继续默默守望不断死死生生的无数人们吧。

这么一想，不经意间竟有种难以形容的空虚，亚纪用力握紧康的手。

康伸出左臂将她轻拥入怀。

那只手臂仿佛要替她拦下毫不留情汤汤逝去的时光。

这一瞬间，亚纪再次不禁想到：

如此与爱人并肩同行的这一瞬间，或许才是我们不同于生命悠久的树木，身为人类的命运美好之处……

“人一下子少多了。”

康看向左侧步道说。

这半个月来康也变得很神经质。八月做半年一次的定期检查时他的癌指数出现些许上升，又被迫重回三个月一次的检查日程。昨天正是相隔三个月后的复检日。亚纪与康一大早就去了医院。九点做磁核共振，十一点做断层扫描，连同上周做的验血结果一并听取诊断报告是在下午一点过后。

单就照的片子看来毫无癌症疑似复发的迹象，癌指数也一切恢复正常数值。

从含笑的主治医师口中听到结果的刹那，康的表情变化至今仍烙印在亚纪的眼中。

婚后头一次检查发现数值上升时，亚纪想到康的心境不由得感到难受。虽然她确信绝对没问题，但直到昨天做完检查为止老实说心情非常忐忑。亚纪感到，这次的结果令他们夫妻得以渡过一大关卡。身旁的康想必也有同感吧。

收到康在二十日写的长信是五月二十四日星期五。

亚纪利用周末做了一番长考，二十七日星期一上班便向公司提出辞呈。突如其来的辞职吓坏了包括公关课长山际在内的所有人，但亚纪只说是个人因素没有多说任何一个字。常务赤坂也在当天就把她叫去，但亚纪只是一再低头致歉坚持辞职。最后弄得赤坂也目瞪口呆。

“我是不知道你有什么原因啦，但你想回来时随时欢迎。”

赤坂终究还是苦笑着放她自由。

她利用月底前的那一周做完工作交接，正式离职日是七月一日，但她充分利用剩下没休完的年假于翌周六月三日周一起便不再上班。亚纪当天便搭上午的班机飞往香港。

傍晚，当她突然现身中环的事务所，康就像鸽子挨枪子儿般一脸错愕地迎接她，亚纪一开口就宣称：“在你不娶我之前我打算赖着不走了。”

“你还是一样这么说一不二啊。”

他虽语带抱怨却满面笑容。

亚纪当天就住进康的公寓开始同居。每天早上送他出门上班后，她就开始花费整日工夫准备晚餐。第二天起甚至还替他准备午餐的便当。至于食材，附近的日本超市可以买到一切和日本相同的货色，所以她以日本料理为主安排菜单，举凡癌症病人禁食的肉类及鸡蛋、牛奶、起司等动物性蛋白质一概不用。

每天花心思设计菜单，令亚纪想起遗忘已久的烹饪的美妙滋味。

“烹饪这码事可是保护自己及自己心爱之人的重要手段哟。”

如今她对孝子的这句口头禅感同身受。

正式宣布对天后集团出资的六月十二日这天，结束发表会深夜返家的康，突然告诉她：“我已决定这个月底回东京了。”事前毫不知情的亚纪，听康解释原委后大吃一惊。他居然向前一天抵港参加签约仪式及记者会的负责主管赤坂宪彦当面请愿，强迫赤坂让他回国。“当然亚纪的事我没告诉他。”康说。但事前毫无说明的康令亚纪的反弹非常强烈。

“这么要紧的事你居然也不跟我商量一下就擅自决定。今后绝对不许你再这样做。”

亚纪的发飙，令康也面露不悦地怒斥：“我还以为你会很高兴才坚持回国。”但即便如此亚纪还是不肯退让。二人发生激烈的口角，最后康发誓“今后绝对不再擅自决定重大事项”才平息这场纷争。但是，康连续两三天都很不高兴。

“真是霸道的野蛮老婆。”

脾气温厚的康原来也有这样的一面啊，亚纪在内心暗自觉得有趣。当然她对他的用心了解得不能再了解。她也很清楚康全是为了她才不顾公司今后的损失，硬是决定回日本。但是，她还是无法认同他这种独断独行。因为亚纪最怕的就是至今仍在与癌症复发的不安搏斗的康养成对她报喜不报忧的习惯。

六月三十日星期天，亚纪二人返国了。翌日七月一日是亚纪的离职日，也是康走马上任成为网络系统事业部情报通信一课长的赴任日。

傍晚，二人前往亚纪户籍所在地的江户川区公所办理结婚登记。康起先一直坚持应该先去亚纪位于两国的娘家打招呼，但此举也被亚纪强硬驳回。她觉得父母那边事后再报告一声就够了。因为不管他们反对还是赞成都已不构成任何问题。

共同生活了快一个月，亚纪早已认定非君莫属。

死去的沙织曾说过，初次见到雅人时，她当下知道自己该爱的就是这个人。然而，亚纪自己处于同样立场后，才发现沙织这句话的另一层含义。

所谓的命运，即便在瞬间察觉，光是接受还不够，唯有亲手去掌握降临的命运，拼命守护那个命运，才算是属于自己的——沙织在最后那封信上想说的肯定就是这个。

6

下午两点整抵达喷水池前，明日香他们早已在那儿等候。

他们本来说好在举办“银杏祭”的这个会场共进迟来的午餐，但喷水池四周的桌子早已客满，卖关东煮和拉面、乌龙面、甜酒的临时小摊前大排长龙。实在不是可以好好长谈的气氛。

“对不起哦，冬姐。我没想到会这么拥挤。”

明日香致歉。一旁的达哉也跟着低头行礼。

“没那回事。托你的福，让我们享受到愉快的散步呢。”

亚纪一边在胸前摇手，一边目眩神迷地望着暌违两个月的明日香。她出落得更美丽了。

之前在东京重逢时，明日香的个子还没现在这么高，犹是干瘦依旧，唯有眼睛特别大，像小鸟一样。转眼三年过去，她已脱离专心准备升学考试时期，迅速出落得妩媚动人。每次见面都有达哉作陪，但起初本来是身旁的达哉看起来比明日香更抢眼，最近明日香的美丽却已完全盖过了达哉的帅气。她的身高也已超过亚纪，光滑柔嫩的肌肤令人忍不住想碰触。而且，她现在仍像脱壳般一日比一日变得更美。

当初刚认识时年仅十四岁，还在念国二的明日香，今年已经二十岁了。接下来的数年，她将会活在女人独享的嘉年华时光中。亚纪并不羡慕，只是衷心祈求她不会白白浪费那段宝贵时光。

四人决定先脱离人潮再说，于是走到青山大道上。

往涩谷的方向联袂走去时，路上开始滴滴答答地下起雨。本来打算散步走到表参道，但寒意似也渐增，于是他们决定走进路旁的小荞麦店坐坐。

也许是因为过了用餐时段，店内没有任何客人。他们在中央的六人座大桌前坐下。康吃滑菇荞麦面，亚纪吃豆皮荞麦面，明日香与达哉二人都点了天妇罗荞麦面。

日本荞麦面是代表性的抗癌食品之一，所以亚纪与康单独外食时经常去荞麦面店。即便回到日本，她还是尽量注意康的饮食。不过如果逼得太紧反而有可能造成压力，所以她没像在香港时那样叫他带便当，或要求他推掉晚上的聚餐应酬；但早餐和晚餐以及周末的三餐她还是费了很大的心思。康也乖乖听从亚纪的方针，午餐似乎都是吃荞麦面解决。

总之，目标是五年——亚纪早已如此想好。康的肺部肿瘤经过化疗后消失是一九九九年三月中旬的事。到目前为止，已过了三年八个月。只要再维持一年四个月没有复发，就可以达成一般而言算是根治的五年生存期。不管怎样先撑过二〇〇四年三月为止这段期间，就是亚纪当前的目标。

另外，康也叫了热酒和鱼板蘸芥末。少量的酒可以促进血液循环。在这种日子可以暖和受寒的身体所以对康来说刚刚好。两瓶酒送上后，大家举杯一同干杯。

“怎样，毕业论文可以顺利完成吗？”康问达哉。

“是。差不多都已经写完了。”

“那真是太好了。”

今天是婚后第三次与明日香二人会面。九月他们来位于平井的公寓做客时亚纪亲手做了一桌好菜招待。当时，康对于达哉的毕业论文题目曾热心给予建议。

达哉高中毕业后，考进东京大学的经济学部。现在大四，明春就要就业，但已经确定会去东京电力上班。康与达哉，大学虽不同校但同样是学经济的，所以初次见面似乎就意气投合。平常很少和别人拉近距离的达哉也敞开心扉接纳了康。

达哉选择东电的理由单纯明快。如果按照不会被压榨劳力、不会被派到海外或穷乡僻壤、公司绝对不会破产这样的求职条件去找工作，东电是最理想的选择。

“反正我压根不想升官发财，也完全不打算为了工作鞠躬尽瘁。我想继续待在住惯的东京，也想尽量珍惜与明日香共处的私人时间。我听去年进东电的学长说，就算在总公司上班，只要不是在机要部门工作好像并不会太忙，他还说只要对工作娴熟到某种程度后就可以去留学了。那个学长好像也打算明年就利用社内留学制度去美国。我也在实际面试后，觉得那是个气氛悠闲自在的好公司，所以当下就立刻决定了。”

头一次与康见面的七月，达哉就这么说。一问之下，达哉的大学成绩相当优秀，所以公司二话不说就录取他想必也是理所当然。

“如果是抱着这种想法，东电或许的确是不错的选择。最近东电虽然也涉足各种事业，但电力公司本来就是半官方半民营，应该不会像其他公司那么忙碌吧。干了多年上班族的我现在或许不该讲这种话，但公司那种地方用不着勉强卖命。像你说的那样尽量珍惜自己与家人的时间，只要不给其他人造成太大麻烦就行了。我也是一开始就决定走中庸路线才入社，但被上司器重之后，又被打入冷宫，忍不住就铆起劲儿来，赫然回神才发现已经生病了。现在我反省之后觉得走中庸路线还不够。我想应该一开始就抱着吊车尾的心态才会刚刚好。”

康爽快同意达哉的说法：

“不过，如果你不努力，相对的，也就表示想升官的人机会将会更多，所以我想那也算是功德一桩吧。况且工作这种东西，太贪心往往反而会处处碰壁。”

然后他也不忘如此补充。

酒大半都是亚纪与明日香喝掉的。达哉本来就不胜酒力，才喝两杯已满脸通红。康也不会多喝。明日香上大学后，亚纪有几次机会与她一起共饮发现她好像还挺能喝的。

各人吃完面，正在喝面汤时，达哉稍微肃然坐正后开口。也许是酒意终于醒了，他看起来一脸清爽。

“今天这么冷的天气邀二位出来实在很抱歉。早知如此应该去府上拜访才对，但那条银杏大道是我们从中学就经常约会充满回忆的地点，所以我们觉得要拜托这种事时还是选在那个地方最好。”

“可惜，竟然那么拥挤，真不好意思。”

身旁的明日香也语带肃穆地说。

“怎么了？你俩怎么突然都正经起来。”

亚纪失笑。

“事实上……”

达哉双手撑膝。

“我们打算明年五月结婚。我一直打算找到工作就立刻举行婚礼。所以，如果可以的话我想请二位当媒人。不知你们是否愿意？”

达哉说完和明日香一起低头行礼。

亚纪与康面面相觑。

“当然，如果不嫌弃我们这种新手夫妻我们当然乐于从命。”

康当下回答。

“谢谢。”

抬起头后，这次二人齐声说。

明日香一上高中就开始在外租屋独居，达哉也在翌年考取大学后搬出老家。从此，这四年半二人一直以半同居的方式维持交往。趁着达哉这次就业正式成为夫妻，对他俩而言堪称水到渠成的自然发展吧。

“不过，明日香的大学课业怎么办？”亚纪问。

“大学我打算继续念。之前学费也是靠我自己打工赚来的，我爸爸给的房租和生活费等我结婚应该就不需要了。所以我打算至少要完成学业。”

明日香的父亲纪夫也在前年再婚，母亲裕美子与再婚的丈夫也生了女儿。离婚的父母与明日香的关系现在似乎还算稳定。

“我们想要办场盛大的婚礼。”达哉说。

“倒也不是要租借气派的场地办什么豪华的世纪婚礼。只是，我们想把能请的人都请来当着大家的面报告我们的婚事。当然也希望明日香的父母都能来，二人的新妻子和新丈夫，以及明日香的弟弟妹妹最好也都能来。世人常说结婚是人生的起点，但这场婚礼对我们而言是人生的终点。讲这种话，亚纪姐和康哥或许会笑，也或许会目瞪口呆，但真的是这样。今后的人生中，我只要有明日香陪伴就别无所求，明日香也只要有我就心满意足。所以，我们想在这场既是自己人生的起点，同时也是终点的婚礼盛大地庆祝一番。”

得到康的承诺后他的声音也激昂起来。

“不过，抱歉恕我突然谈个现实的话题，你们打算花多少钱办婚礼？你说想请很多人是预定请多少人？”

亚纪对于达哉最近的言行举止本就感到有点不对劲，所以忍不住这么问。

“我们想把亲戚都尽量请来，朋友也是包括中学、高中、大学每个阶段的好友都会邀请。再加上学校老师和补习班老师、打工地点的同事，以及和达哉同梯次进公司的人，所以我们两边加起来我想应该有两百人左右。”

明日香喜滋滋地回答。

“两百人的话婚礼规模会相当大哦。就算选便宜的会场恐怕也要花不少钱吧。那笔费用你们打算怎么张罗？达哉也才刚进公司应该不可能有积蓄吧。”

“那个完全不用担心。婚礼的费用我想我爸妈会借给我。就算借的金额很大，将来只要从我每个月的薪水按月扣还就行了。等我上班后住的是公司宿舍，所以房租等于免费，我们粗茶淡饭也能过日子，所以即使薪水不高，我想要偿还那点钱绝对不成问题。”

达哉的这番说辞令亚纪再次陷入沉思。身旁的康用他那天生的柔和表情只是默默倾听二人对话。

“我总觉得，你们的说法好像有点出入。”

亚纪沉默半晌之后忍不住说。

“有出入？”

达哉面露讶异。

“我和明日香说的话应该都一样才对。”

“我所谓的有出入不是那个意思。我是说，你们的想法令我有点无法接受。”

明日香也满脸不可思议。

“所谓的无法接受，举例而言是指什么？”

达哉问。

“这个嘛……”

亚纪思考着该怎么说。

“比方说，上上次见面时，达哉你不是讲过就算就业也不想升官发财更不打算为工作鞠躬尽瘁。你还说如果可以的话也不想调离东京，只要能珍惜与明日香共处的时间就够了。但是，我认为如果你是抱着那种心态进公司，打从一开始就不需要就职。康当时听了你的说法，虽然表示像他这样卖命工作弄得生病也没意思；但反过来说，那正表示他努力工作到生病的地步，而且唯有这样卖命工作过，然后才能发现为了公司粉身碎骨究竟是好是坏，不是吗？康并不是像达哉那样从一开始就不想卖命工作才进公司的，他是在生病后无法再继续卖命，这才亲身体验到，就算他不这么卖命，相对的，也等于是给其他人机会。相较之下，听达哉你的说法，我觉得你好像只是抱着找到一个非常划算的打工机会的心态进入东京电力。可是，就职和选择打工机会应该是完全不同的两码事吧。一旦进入公司就不可能像打工那样说辞职就辞职，反过来说也不可能被随便开除。更别说是达哉这种东大毕业的新鲜人，公司那边肯定对你抱着极大的期待，想必也是视为一大投资来欢迎你加入。正因如此，公司才会设立留学制度，每个月付给你打工绝对赚不到的高额薪水。就算达哉你不想为工作鞠躬尽瘁，也没把升官发财放在眼里，但是只要进了公司，公司一定会根据给你的薪水向你要求相应的工作表现。纵使你再怎么想要以私生活为优先，我想恐怕也会发生许多身不由己的状况。我觉得，如果你抱着现在这种想法去工作，无论是对你自己或对公司都绝对不会快乐。

“还有，你说想要举办盛大的婚礼也是，我长年看着你们长大非常能够理解你这种心情，但是，那笔费用全部向父母借然后再像贷款一样按月偿还也无所谓的这种想法，我认为是不对的。

“如果婚礼对你俩的人生而言比什么都重要，那就应该靠你们自己的力量去完成，比方说如果你爸妈没有那种财力帮你出那么多钱，一定会怀疑你们到底是在搞什么鬼。哪怕是暂时的，必须靠父母出钱才能完成的人生大事，你们不觉得根本就不算是大事？我总觉得现在的你们对社会和父母好像都有点依赖过度。”

亚纪一边说，一边想起过去稻垣纯平针对达哉曾经不屑的批评：“简言之，那小子没有形体。”

“是那样吗……”

片刻沉默后康咕哝，亚纪朝他看去。坐在正对面的达哉与明日香一脸尴尬地缄口不语。

“亚纪说的道理我当然也明白，但我认为达哉的想法也绝非错误。”

他斩钉截铁地说。

“至少对于一个工作得过且过把家庭看得更重要的人，叫他不如一开始就不要就职，这话显然说得过分了。现实或许的确难以如达哉所愿，但正因如此，我反而会反躬自戒像他这样从一开始就抱着明确的人生目标是很重要的。而且他的目标是要让妻子明日香幸福，不是吗？那比什么都了不起，和这样的大目标相比，在公司的升级或工作根本微不足道。能够让明日香幸福的只有达哉，但工作却随时都有人可以取代。既然如此，哪怕是再小的事，还是选择完成只有自己能做的事，到头来，人才能够满足。关于婚礼也是，达哉的父母如果经济上不宽裕的确无法借钱，但实际上他们有这个能力，所以我认为尽管去借没关系。他的家境富裕并不是他的错，用这点来责怪他未免太奇怪了。这年头有很多人都是面不改色地向父母要钱来举行豪华婚礼。和那些人比起来，他俩打算按月偿还这笔钱我认为已经很了不起了。我最近常常在想，人生就像台风过后坐着小橡皮艇在水位暴涨的河面上随波漂流，完全无法照自己的意思走。但是，即便如此，至少还是别让小艇的船头歪斜比较好，为此先决定自己的船头要往哪个方向就非常重要了。就这个意义而言，达哉和明日香都已将方向锁定在二人的生活上，所以只要好好掌舵别迷失那个方向，我确信二人今后一定可以得到幸福。”

亚纪边听康说话边感到他深深的温柔。

康从以前就是这样，除非真的很过分，否则从来不会批判别人、给别人扣上罪名。他那种与生俱来的温和个性曾令年轻时的亚纪感到齿痒、不满足，现在反而觉得他很伟大。刚才走在银杏大道时，他也说树木比人类更进化。之前他曾在信上提过，在痛苦的化疗期间，他在医院的窗口发现小花，决心要像那朵花一样活下去。康这种宽大为怀的精神，是自己这般器量狭小的人望尘莫及的。

“对不起。”

一直保持沉默的达哉冷不防说。

“也许我们因为终于可以结婚，所以有点得意忘形了。亚纪姐的意思我很明白。关于婚礼我俩会好好再商量看看。”

明日香也抬起低垂的小脸。

“我也是只要能与达哉结婚就心满意足了，包括钱的事情在内我们会在自己能力范围内重新思考。”她说。

“那样也好。”

康以平静的语气说。

“不过，我们还是乐于担任媒人，所以无论是要采取哪种形式的婚礼最好还是好好办一下。其实我们也该效法你们邀请亲朋好友办个像样的婚宴，可惜我这个好强的老婆坚称这把年纪还办婚礼太丢人，死都不肯同意，再加上我的病，她父母尤其是父亲到现在还不同意我们结婚，所以迟迟难以实现。”

他相当诚实地说出自家的麻烦。在这种地方也令亚纪感到康对别人的细心体贴。

“既然有康拍胸脯保证，那就照明日香你们的意思去做吧。我收回前言。什么也不说了。因为我早已决定康说好的我就好。”

亚纪这么补充。

“冬姐居然会说出这么小女人的话，真叫人不敢相信。”

明日香当下戏谑地插嘴，逗得康与达哉都放声大笑。

出了荞麦面店一看，幸好雨已停了。在店前与二人道别后，亚纪夫妻从外苑前车站搭地下铁。坐到平井的公寓约为四十分钟。

自香港返国后，亚纪就让康搬进自己的公寓。七月辞职时房贷还剩下五百万左右，但这笔款子也用亚纪的退职金还清了。康本来说他要付但亚纪拒绝。房子虽小但就小两口过日子的话倒也别无不便。

“枉费明日香他们本来那么开心，都是我多嘴多舌真对不起他们。”

亚纪在电车上这么一说，康露出笑容。

“不会啦。我是看亚纪一说他俩就绷紧脸孔所以才刻意反驳，其实我认为你的意见很正确。我看着他俩也有点担心。”

他说。

“担心什么？”

亚纪反问。

“他们那样互相依赖，万一其中一方早早就死了到时该怎么得了。亚纪难道都不觉得不安吗？”

康一本正经地说。

亚纪一语不发。

“有可能突然发生意外，也可能年纪轻轻就像我一样得了癌症。达哉和明日香，如果不试着训练彼此拉开一点距离，失去另一半时真的会一蹶不振。就算再怎么深爱的人，一旦死了，活着的那个终究不可能只靠那段回忆过日子。”

“是吗？”

亚纪呢喃。死去的沙织蓦然闪过脑海。

“不过，如果有了孩子或许又不太一样吧。”

“你也觉得，假使我死了，你会无法只靠回忆活下去？”

亚纪一边这么问康，一边自问，在康死后，自己是否能够只靠与他的回忆活下去。至少再过几年吧，如果老天爷愿意再多给一点时间让他们共度她感到一定可以。但是，以自己夫妻的情况，这几年正是矗立眼前的一大难关。纵使康死去，亚纪强烈渴望自己能够天天想念着他活下去。为此，她必须以超乎寻常夫妻数倍的密度共度与他的宝贵时光。

“我想你应该不可能比我先死。但是，万一真的发生了那种事，我八成也会立刻死去。我觉得一定会这样。”

康坦然说道。

“你别说傻话了。”

“谁叫你自己先要问起这种不吉利的问题。”

“还不都是因为你说什么如果其中一方死掉，又什么年纪轻轻就像你一样得癌症，净说这些不中听的话。”

“对不起，我错了。不过，看着他俩真的会这样觉得。”

就在康道歉之际电车已抵达丸之内线的御茶水车站。

要回平井必须搭乘总武线，所以他们从地下铁换乘JR。行经挤满换车乘客的狭小通道后，亚纪二人走上JR御茶水车站的月台。

时间才刚过下午四点，但天空已被灰色云层尽数掩埋，因此月台暗如薄暮。气温好像也渐渐下降。亚纪自皮包取出小型保温瓶，在瓶盖注入枇杷叶茶递给康。这已是常例，所以康也理所当然地接过来热茶啜饮。这种枇杷叶是长冈的佐智子按月寄来的，早晚煮成茶水，康与亚纪都经常饮用。枇杷叶煮过之后会变成美丽的琥珀色的茶水。味道也没有苦涩怪味，非常好喝。

办妥结婚登记后亚纪与康立刻一同回家报告，四郎与孝子似乎都相当震惊。尤其是四郎，一听说康得过肺癌当下愕然。

“在我有生之年，再也不想二度尝到痛失子女的悲哀。也不想再看到我的孩子失去伴侣为之悲叹的模样。”

四郎说着，当着康的面公然宣言绝对不同意二人的婚事。

从此，亚纪与两国娘家的往来在这五个月当中完全断绝。

父亲看似反应过度的反弹，令亚纪事到如今才赫然发觉父亲失去沙织有多么痛苦。

雅人与春子都很祝福亚纪的结婚。雅人夫妻至今还没小孩，但是似乎很恩爱。夫妻俩也努力在她与父母之间打圆场，虽然孝子态度软化了，四郎却连长子夫妻的劝说也坚持不肯让步。

七月六日星期六，他们回长冈向佐智子报告婚事。

佐智子已经七十一岁了，但依旧年轻活泼。那次的蜘蛛膜下出血完全没留下后遗症，乍看之下实在不像是生过那种病的人。三年前失去丈夫后，现在她与长子阿学及儿媳佳代子一同打理佐藤酒厂，佐智子好像也对店里的大小工作颇为卖力。阿学夫妻生了奈津子这个女儿，今年已经七岁了。

亚纪二人搭乘的“朱鹭三一三号”在中午十二点前抵达长冈车站。

佐智子与阿学、佳代子、奈津子全都来到新干线的月台上迎接他们。

亚纪一下车，就看到佐智子一个人远远伫立在月台的长椅旁。

看到那个身影的瞬间，亚纪的眼中自然溢出泪水。

亚纪几乎是被康推着走近佐智子。佐智子目不转睛地凝视亚纪的脸，只是静静站在原地不动。

亚纪穿着为了这天特地买的白色套装。

走到身边时，佐智子伸出双手。亚纪用两掌包住那细瘦的手紧紧握住。笔直地看着佐智子。

“对不起，这么晚才来。”

亚纪道歉。

佐智子终于展颜一笑。

“就是啊。整整晚了十年呢。”

她说。佐智子也泪湿双眸。

亚纪已说不出话，只能紧紧拥抱佐智子。

“来得好。我一直一直都在等你呢。”

佐智子哽咽地在亚纪的耳边嗫嚅，久久抱着亚纪不放。

7

验孕棒的小圆框清晰浮现紫红色的直线。

这下子肯定不会错……

但亚纪还是无法把这个事实视为事实。康去上班后，她立刻做了初次检验。那次也是不到一分钟就在小框出现阳性反应的线条。线是深紫红色，说明书上写着就算颜色很浅只要有线条出现就表示是阳性。为求谨慎她也查阅了验孕棒制造厂商的网页，显然亚纪的情况可以判定为阳性反应。网页上讴歌这种验孕棒的正确度高达百分之九十九点九。

吃完午餐后她再次试用验孕棒。

结果还是一样。

一九九八年一月自福冈归来后，亚纪就一直生理不顺。当时早已逼近三十五岁，所以她想也许是年龄的关系早已放弃了，但不可思议的是前年与康结婚后生理周期竟逐渐稳定下来。现在几乎已恢复二十八天的理想周期，经期的不适也比以前轻微多了。

结果这个月突然又乱了，所以亚纪猜测会不会是那种可能。从上个月算起到今天为止，月经已经迟了整整两周。

买回验孕棒是在三天前。亚纪在这三天当中，一直拿不定主意是否该用验孕棒。

因为明天三月十八日星期四是康定期检查的日子。更何况这次并非普通的检查日。康的肺部肿瘤确定自片子上消失是一九九九年三月十七日的事。

转眼已满五年，如果明天的检查确定没有异状，康就等于成功熬过了五年生存期。半年前做检查时，主治医生也说过："下次检查如果没问题，今后只要每半年验一次血，一年照一次片子应该就够了。"

亚纪近两年来心心念念的"总之先撑过五年"终于将要结束。

亚纪当然也想过等到明天做完检查再确认是否怀孕。但另一方面考虑到康最近的身体状况，她又觉得在检查前先验孕一下好像会比较容易整理心情。就这样苦恼了三天之后，到了今早她终于决心使用验孕棒。

然而，这样实际面对现实之后，亚纪更加不明白今后该如何是好了。

首先，她到现在还无法相信自己已经怀孕的事实。

婚后这一年九个月，亚纪从来没想过要有小孩。今年十月她就要满四十岁了，要怀孕本就很困难。但是，比之更胜数倍的是，比起期待新生命她更忙着守护眼前爱人的生命。

亚纪将两支细棒状的验孕棒收回盒子里，把盒子藏进卧室梳妆台抽屉的深处。然后在床上平躺。种种念头在脑海盘旋怎么也理不出个思绪。她试着轻轻摩挲下腹部。这个肚子里有康的孩子——这么一想全身好像忽然热了起来。康与我的宝宝即将诞生，我可以当妈妈——想到这里连意识都好像染上热度。

怎么办……

今晚康回来时自己该用什么表情去迎接他？

早知如此，还是该等明天检查结果出来再验孕。但是，怀孕的事实不可能因此改变。不管怎样都得把这个事实告诉升格当爸爸的康。

今晚暂时先别告诉康吧。明天的检查结果如果理想就立刻告诉他，如果结果不佳，那就另找适当的时机再告诉他。

现在的亚纪能想到的顶多是这些。

卧室的窗口注入柔和的阳光。亚纪保持仰卧的姿势只把脸对着光源。

转头的时候含在眼中的泪水顺势沿着太阳穴滑落。她一再用力眨眼让模糊的视野恢复清晰。这一星期来东京也急速温暖。外面的阳光明白宣告着春天的到来。

幸好今天就知道了，这一定是个好预兆，亚纪拼命试着这么相信。但下一秒，“康的病如果复发，自己有孕在身就什么也不能帮他做了”的不安也自心灵的缝隙之间探出头。

如果癌症复发，康会以什么样的心情面对亚纪的怀孕呢？

会因为孩子即将诞生激发出他与病魔搏斗的勇气吗？肺部小细胞癌的复发没有决定性的治疗法。一般而言，不到半年就死亡的例子也不少。更何况康这样年轻，一旦癌细胞再次增殖，分裂速度想必会更快吧。在病情走到严苛的发展之际，康会以什么眼光凝视肚子渐大的亚纪？当他醒悟自己连即将出生的孩子都见不到时，他又会抱着什么样的想法接受那个现实呢？

窗外的景色再次模糊。亚纪用左掌抹去眼泪。

康这一个月以来的身体状况，即便在亚纪看来也非比寻常。

虽然康装作毫不在意，亚纪也在言行举止之间极力避免流露忧心，但是他半夜猛咳无法入眠，一直低烧不退，出现了这些以前没有的症状，所以他自己心里肯定也相当担忧复发的可能。

婚后，康立刻将病历详细向她交代过。据说，当初在美国他感到身体不对劲接受检查，同样是因为低烧、全身无力，以及咳个不停。想起那段往事，现在他的状况说是与当时一模一样也绝不为过。

追本溯源二月初的感冒是导火线。当时他突然烧到三十九度去看医生后被诊断为流感，开了克流感给他服用。这种药的药效令康立刻退烧，只休息两天就重新上班，但之后康的身体一直没有完全复原。一到傍晚就开始发低烧，深夜必然会咳个不停。盗汗的情况也很严重，有时一晚就能令内衣湿透。虽然每天症状时轻时重，但这样的状态已经持续了一个多月。

康经常抱怨，可能是因为今年开始的繁忙公务影响到身体。

二○○四年一月他成为战略企划部长，过完年突然接到派令不容分说就被调职，这是他想推也推不掉的人事异动。前一任的企划部长于正月二日在家中突发心肌梗死，就这么撒手人寰。去年一年，康都在和这位部长一同推动与NTT结盟的超大型企划案。也因此，公司高层才会决定把康平移过来接手战略企划部长这个企划案实质负责人的位子。

这次的人事异动堪称社内异例。过世的前任部长早已列名执行高阶主管，因此接下他的位子，也就表示今年六月的股东大会过后康很有可能会成为执行高阶主管。届时，他将以四十三岁的年纪加入董事会，在同期当中算是升官速度第二快。

然而，康自己对这个因前任死亡而接下的位子兴趣缺缺。工作量随之大增，责任也一下子变得更重。本来他很想推辞，但是顾及与企划案的关联他实在推不掉。

亚纪也在得知这次异动后萌生不祥的预感。什么时候不好挑偏偏在即将届满第五年的前夕接下这种出乎预料的人事调动，她总觉得会对三月的检查结果蒙上阴影。一方面当然也是担心康平时本就忙碌的工作这下子会变得更累。

果然，接任企划部长后，康本来还能勉强休息的周六周日这下子也忙得不得安生了。本来每周有三天回家吃晚餐，也因为新官上任要拜会客户以及与部下聚餐而取消，有时甚至整周都抽不出空儿回家吃饭。他这样硬撑久了，终于在二月初感冒，就此令身体状况大坏。

亚纪躺了大概有十五分钟吧，泪干之后缓缓起身。放在床头柜上的闹钟指针正指着下午一点半。

纵使为了明天的事愁眉苦脸也没用。现在又还没确定一定会复发——她试着如此转换心情。

今天，为了明早的检查，康会提早返家。亚纪想弄点好吃的东西给他吃。做个好久没做的西班牙海鲜饭吧。改成日式风味，试着在汤头加点芝麻酱吧。去银座的百货公司找点新鲜的食材吧。如果接触到明媚的户外空气，也许这种忧郁的心情也会开朗一点。

亚纪下了床，一鼓作气站起来。

她挺直腰杆，再次将双手隔着裙子抚摸腹部。

手掌在肚脐下方停驻，她静静闭上眼。

我的宝宝，请你一定要守护你的父亲。

亚纪在心中轻轻默念。

8

蓦然醒来，本该睡在身旁的康不见踪影。

亚纪反射性地起身，打开床头灯。她朝闹钟投以一瞥以确认时间。清晨五点二十分。天还没完全亮。窗帘的缝隙之间也依旧是无垠夜色。凌晨三点过后康咳得很厉害，亚纪给他吃了一包止咳药。替他拍抚背部一会儿后，他再次发出鼾声，于是亚纪也就这么再次睡着了。亚纪生来对声音特别敏感，所以她知道后来康并未再次咳嗽。也许是去上厕所了吧。

她等了一会儿但康并未回来。

亚纪离床，打开卧室的房门走到狭窄的走廊上。隔着玻璃门可以看到客厅透出灯光。

她看到康坐在电视机前沙发上的背影。

轻轻敲门后她打开通往客厅的那扇门。亚纪绕到康坐的双人沙发旁边的单人沙发坐下。

“早安。”

康含笑迎接她。

“你怎么起来了？睡不着？”

亚纪也露出笑容，问道。

房间开着暖气。虽说春天已经来临，但清晨气温还是相当低。

“没有，吃了药以后就睡得很熟。”

“我去替你弄杯什么热饮吧。”

“不用了。倒是你自己其实可以再多睡一会儿。”

“不要紧。我也睡得很饱了。”

康在睡衣外面套着他爱用的喀什米尔羊毛开襟外套，也穿了袜子。总之，绝对不能让身体受寒——这是亚纪在这一年九个月当中一再提醒说到嘴都发酸的叮咛。就东方医学的观点看来，所有的病都是因血气滞碍而生。癌症也不例外。而阻碍血液流通的最大因素说来说去当然还是“受寒”。

哪怕是即将接受第五年检查的今早这一刻，丈夫也如此忠实遵守自己叮咛的模样，令亚纪不禁热泪盈眶。这个人虽然一直与复发的恐惧搏斗还是如此努力到了今天，想到这里她的心口发烫。

“我还是弄点东西喝吧。红茶可以吗？”

康点头，亚纪去厨房。

烧开水的期间亚纪抹去眼中的泪水，把红茶放在托盘上回到沙发边。

“其实我做了一个有点可怕的梦。所以就醒了。”

康喝了一口热红茶后忽然说道。

亚纪把自己的杯子放回沙发前面的玻璃茶几。

“什么样的梦？”

她不动声色地问。

康露出追寻几许回忆的表情，然后开始叙述梦境内容。

“不知道是哪里，总之，我待在一栋很大的建筑中，睡在坚硬的床上。好像是个非常非常大的房间，但四下一片漆黑，到底有多大实在看不出来。只是那个房间只有我一人没有别人在。我开始担心亚纪上哪儿去了，想从床上坐起，但不知怎么搞的身体却不听使唤。我倒也没有不高兴，只是觉得这样有点麻烦，然后就默默躺着。结果过了一会儿，突然间，远处传来宛如打雷的巨响，紧接着又响起激烈的地鸣，整栋建筑开始左右摇晃。这下子我也紧张了，急着想从床上跳起，可是身体依然无法动弹。摇晃越来越厉害，最后墙壁和天花板开始破裂，我睡的床铺周围乒乒乓乓地掉下水泥块。我心想这样说不定会完蛋，于是叫了起来，那一瞬间，仿佛巨大梁柱的黝黑物体朝我身上倒下。但是真正可怕的还在后面，不知不觉中，我正从高处眺望那栋建筑瓦解的样子，我这才发现原来那是一间很大的医院。我拼命挣扎试图回到地面上，试图自瓦砾堆中找出自己的身体。但被大量的瓦砾掩埋根本不可能找到。就在我正想放弃，重回高处时，我蓦然发觉。对了亚纪到哪儿去了。我心想，亚纪该不会跟我一样被压在垮掉的建筑物下死掉了吧。这么一想，我就觉得心痛欲碎，赫然回神已经醒了。”

康一说完就开始咳嗽，慌忙啜饮手边的红茶。

“好奇妙的梦。”

亚纪等他咳完后才说。

“会吗？被你这么一说也许是吧。醒来时，想到今天是检查的日子，做这种连我自己都觉得丢脸的梦令我有点沮丧。不过，坐在这里发呆的期间，我也开始觉得那真是个不可思议的梦。我想，我怕的不是自己会死而是与亚纪分离。我记得即便在梦中我也不怎么害怕自己的死。只是，一想到亚纪可能死掉了我就害怕得要命。仔细想想还真奇怪。反正我也死了，照理说有亚纪在地下陪着我应该很好。”

亚纪把手放在肚子上聆听康叙述。自从得知怀孕后，在自己毫无意识的情况下忍不住就是会把手放在肚子上。明明才半天时间，却已对体内孕育的生命爱不释手。

我的宝宝，妈妈也会加油，所以你也要保护爸爸哦。

她在心中呢喃自昨天起已重复几十遍的话。

“人死了不知会变成怎样。亚纪你觉得呢？”

康仰起低垂的脸，朝亚纪笔直看来。

亚纪强忍泫然欲泣的冲动正在专心一意地对肚子里的宝宝说话，所以一时之间竟答不上话。

“我不太清楚。”

她好不容易才这么说。

“死了就会陷入永无止境的长眠吗？没有梦的睡眠。那跟一无所有没两样呢。”

康再次小声咳嗽。

“我去煮点姜汤吧。”

亚纪正欲起身，康以眼神制止。

“难得有这机会我想和你聊一下。”他用平静的声调说。

亚纪重新坐下将双手自腹部移开。

“五年前我住院时，经常在想如果自己死了会去何处。但不管再怎么想了又想还是想不出所以然。不是因为很不想死所以才无法想象死后的事，是真的什么都想象不出来。只是在药效的副作用最强烈几乎令我完全吃不下东西，甚至感到自己恐怕会这样衰弱而死的时候，我发现了一件事。我当时是这么想的：死了会去何处这个答案在活着的时候八成绝对不会明白吧。唯有这件事真的要等死了之后才知道。但是说来不可思议。当我察觉到这点，当下觉得，虽然完全不知道那会是何处，但自己死了以后肯定会去某个地方吧。现在，虽然已无法明确回想起当时的感觉，但我记得我当时的确是这样确信的。”

康镇定的言谈，使亚纪原本波涛汹涌的心渐渐平静。现在不是伤心的时候，应该好好与康谈谈才对吧。

“我认为，人死了一定会回到出生之前的世界。”亚纪说。

打从年轻时她就隐约这么觉得。我们打开通往这个世界的门扉来到此地，并且也将经由同一扇门离开此地。

“出生之前的世界是什么世界？”康一本正经地问。

"我想，应该是和这里非常相似的世界。"

"会吗？"

他面现讶异。

"对。我莫名地这么觉得。与这个世界接续的世界，就像隔壁邻居一样。这个世界如果是这样，另一个世界如果不一样岂不是很奇怪。否则，这个世界呈现这种形貌不就失去意义和理由了吗？我虽然不认为这个世界是多好的世界，但是，我认为它打造得很精巧。所以，我想出生之前的世界一定也是类似这样。"

"那，你的意思是说的确有阴间世界？"

"这个嘛，我想应该有吧。而且，出生之前的人和死掉的人也许全都住在那里。说不定跟这个世界一样。"

"哦？"

康渐渐露出兴味盎然的表情。

"所以死亡一定没那么糟，等我们回到那个世界，在这个世界做过的事也会一一得到回报。原本越不幸的人也许到了那里就会变得越幸福。"

亚纪说着，明白自己的眼中又渗出泪水。她打从心底希望死后的世界真的会是那样。

"那倒是个方便的世界。"

康笑了。

对亚纪来说那张笑脸令人心碎万分。

"别笑了。我可是真的这么相信。"

她忍不住语带怒气。

"抱歉，抱歉。"

康立刻老实道歉。

"那，我许你一个承诺吧。"康主动说。

亚纪不解其意，露出一脸问号。

“如果我先死，的确如你刚才所言有另一个世界，我一定会回来通知你。”

对于他这番出乎意料的发言，亚纪不知该说什么才好。

“我想想哦。该用什么方法比较好呢。”

康看起来是非常认真地在思考。

“那种话题，别说了。这不是今天这种日子该谈的话题。”

但是，康的表情越来越严肃。

“我想想看哦，届时我已经没有肉体了，所以变成其他的生物回来找你好不好？还是选个罕见的生物比较好吧。如果变成附近常见的狗呀猫的，你就无法确定哪个才是我了。”

“拜托你别再说那种话了。我不想听。”

亚纪做出掩耳的动作，回视着康。

即便如此，康还是毫不在意，换个姿势深深窝进沙发闭上双眼。他皱起眉头，做出仿佛要竖耳聆听细微声音的肃穆神情。

亚纪对于康那种姿态感到某种难以亲近的距离。她觉得眼前是她过去从未见过的康。

“喂，你怎么了？”

这么喊他的瞬间，他倏然睁眼。

“就变成雪白的马吧。”

康用宛如要牢牢钉穿的目光凝视亚纪用力说道。

“如果真有那个世界，我会变成白马去找你。我死后，如果过了一阵子有匹白马在你面前出现，那就是我，那表示的确有另一个世界。”

“喂，你究竟是怎么了？为什么要说出那种话？今早的你好像怪怪的。”

亚纪忍不住语带恳求地说。她开始感到全身发冷。她觉得康好像会就这样去很远很远的地方。

这时，康终于露出平日的表情。

“对不起。不过，现实还是得面对。”

他恢复以往的冷静口吻。

“今天的检查想必会确定我已复发。因为这一个月来我的身体状态很不寻常。我想你应该也已察觉，这和当年我初次发现罹患癌症时的症状一样。虽然遗憾，但还是视为十之八九已经复发比较妥当。”

那种事又还不确定，怎么可以现在就讲得这么武断，讲那种丧气话万一真的变成那样该怎么办——许多话在亚纪的脑海闪过，但现在当着康的面她就是无法出声。

“我总觉得和你厮守的日子恐怕不多了。”

康停顿了一会儿，冷不防嗫嚅。亚纪默默凝视他像要强忍什么似的咬紧嘴唇。

“但是，我不希望你为此太过哀伤。我已经了无遗憾了。与你结婚，也已实现了我多年来的梦想。虽然时间或许短暂，但能够与你一同生活我真的很幸福。当然，在外人看来也许只会同情我的一生何其短促，但对我来说，我认为这一生很有意义。就连我的病也是，只要想成多亏这场病才能让我与你重逢，就不会有太大的不甘心了。只是，我唯一不放心的就是要留下你一个人自己先走。我得到了十二万分的幸福，却只带给你哀伤，让我真不知该说什么话来道歉才好。所以，至少我希望能让你明白就算我死了也绝对没必要难过。在我活着的时候我愿意为你做任何事。不过，我想时间恐怕已经不多了。既然如此，如果有什么死后也能替你做的我希望做到。刚才脱口说出奇怪的话，但听着听着，我开始真心觉得如果真的如你所言有死后的世界，那我一定要回来通知你。这样的话你或许就可以摆脱死亡的恐惧了。或许就能像我一样毫不畏惧地克服死亡了。”

亚纪把康的话字字刻入耳中，不禁为之战栗，仿佛二人已被某种不可解且不知名的事物纠缠不放。本该变得相当温暖的室内却显得异常寒冷。

康刚才说的话，与三年前的六月，亚纪参加完雅人与春子婚礼之后看到的沙织遗书内容极为相似。希望你不要为我的死伤心，或许别人会说我的一生太短暂但对我自己来说却是满足的人生，就算我死了，如果有我能做的，无论任何事我都想为你做——字字句句，都与沙织生前写下的话如出一辙。只是，如果单只是这样，就二人境遇的雷同性看来，多少也不得不承认人在这种状况下的确会有同样的心理。

但是，问题在于实际上不仅如此。还有别的事令亚纪之前就已一直耿耿于怀。

前年五月康收到亚纪的信后写来的回信上，有段不可思议的记述。就是因严酷的化疗导致身体极度虚弱的康，重新发现生存希望的那段小插曲。康对于那天的事，清楚记载着是“四年前的十月十一日星期天”。并且接着写到，就在那天，他在医院的窗边发现“类似波斯菊的美丽黄花”，于是“下定决心要认真面对自己的病”。

亚纪看到信中这一段的瞬间，不由得倒抽一口气。

她强烈感到自己与康之间的确存在着无形的联结，尝到全身为之战栗的感动。

然而，反刍康刚刚说出的一字一句，某个念头急速在亚纪的脑海中扩大。康那封信中的“十月十一日星期天”正是亚纪与沙织一同前往砧公园，一同观赏怒放的黄色波斯菊的一九九八年十月十一日。前一晚，沙织耗到半夜，写成日后亚纪看到的那封留给雅人的遗书。

无形的联结真的是绑在自己与康之间吗？

想到这里，她又想起一件事。

当时亚纪在黄色波斯菊的花坛前看到一名轮椅青年，不禁遥想起康的病。之后青年离开，在她与沙织的对话中，沙织曾喃喃低语：“我想，我已活不久了。”那时候，亚纪听着沙织说的话，回想起数年前头一次从孝子口中听说沙织这个人的往事。对于当时将康的结婚与雅人的结婚重叠萌生不祥预感的自己，她再次陷入一种费解的心境。沙织说的“活不久”这句话，带给亚纪的印象是仿佛肉眼看不见的命运长河正要将她冲走。继而在那滔滔奔流中，康与雅人、亚纪自己似乎也坐在同一艘船上令她萌生不寒而栗的感触。正因如此，当时她才会忍不住用严厉的口吻劝诫沙织“别想太多比较好”。

真正联结在一起的，不是自己与康，其实是沙织与康吧。

亚纪感到这突然降临的诡异念头，堵得她心口喘不过气。自己怎会有那么荒唐的想法呢。为何偏偏在这么重要的日子……

亚纪想挥除自己的妄想，于是看着眼前的康。他似乎对亚纪漫长的沉默不知所措，正茫然看着窗帘紧闭的窗子。

“就算癌症复发，我也绝对不会让你死。”

亚纪把手放在肚子上，用坚定的语气这么强调。

因为有这孩子在，亚纪想。这孩子一定是联结自己与康的命运结晶，她想。

康转过头来软弱地微微点头。

“我也会全力与病魔搏斗。我不会丢下你一个人的。”

然而，他这么说完后，又开始猛烈咳嗽。

9

沉浸在热水中，亚纪一再舒服地叹气。

在热水中放松多余的力气轻触自己的胸部。的确，两边的乳房好像都有涨大之感。

昨天，她与康立刻前往位于锦系町的都立墨田医院的综合周产期母子医疗中心接受诊察。做完内诊与尿液检查后确定怀孕。“怀孕两个月了。预产期大概是十一月十日左右。恭喜。”医师如此宣布。当场，也问起有无胃部不适等害喜症状、乳头的黑斑和乳房胀大等问题。

一出诊疗室，亚纪就朝站在门外迫不及待的康比出小小的胜利手势。那一瞬间，他曲肘夸张地握拳拉弓，扑过来抱紧亚纪。

得知亚纪怀孕后，康的喜悦简直超乎想象。

验孕剂出现阳性反应的事，前天听完康的检查结果之后亚纪就说了。当时二人已回到离医院最近的车站，暂且先在附近的星巴克坐下。亚纪本来犹豫着在这种状况下是否该说，却还是心一横说出来了。康听了之后愣了半晌。露出听不懂亚纪在说什么的表情，就像等待答案的小孩般用不可思议的眼神回视亚纪。

“对不起，这种时候又说出这种吓人的话。”

康一直沉默不语，所以亚纪半带腼腆地这么说。

“所谓的阳性，简言之，就是我们有孩子了？”

过了很久之后康才问。

“我想应该是。市售的验孕棒，只要出现反应据说应该就是百分之百不会错了。”

“原来如此……”

刚才的诊断结果就已令康相当混乱了，所以一时之间他似乎无法顺利转换思绪。

“不过，如果不去医院请医生做检查还不能确定。现在还不是很肯定，我想等看过医生之后再考虑今后的事就好。不管怎么说，今天对你是非常重要的日子，结果我却节外生枝，真对不起。”

亚纪再次道歉。

康似乎还在沉思又沉默半晌。但，他倏然朝手表一瞥。

“才下午两点半。现在立刻就去医院吧。”

说着就猛然起身。

亚纪吓了一跳。

“你先等一下。如果要去医院，至少要选个设备完善、风评比较好的综合医院，也要买几本怀孕的书，在看诊之前我想先充实一下预备知识。”

她催促风风火火的康先坐下。

但是，他没坐下。披上搭在椅背的外套后把桌上的杯子连同亚纪的一起拿起。

“那我们现在就去大一点的书店。”

然后就匆匆往门口走。

好好的咖啡连碰都没碰上两口就离开。无奈之下，亚纪只好朝车站迈步。但康的手立刻从后面伸过来，这次被拽住的是她的手臂。

“你怎么还这么悠哉。”

他好像很气愤似的把亚纪一路拉到出租车乘车处，让亚纪先上车。

“麻烦你到八重洲图书中心。”

他如此吩咐司机。然后，他用强烈的语气补上这一句：

"司机先生，我太太怀孕了，麻烦你开车注意安全。"

在书店费了不少时间筛选数量繁多的书籍，而且中途亚纪还被带到二楼的咖啡座，书是康一个人挑的。回程当然也是坐出租车，康在车上立刻开始浏览刚买的书。

对于自己的检查结果他似乎早已抛到脑后了。

回到公寓，康花费两个小时左右把书看完。然后，上网仔细查阅书中介绍的都立墨田医院。"明天就去这里吧。"他说。其间亚纪没事可做，只能替一回家就埋头作业的他泡泡茶、洗洗堆积的脏衣服来打发时间。

"这样子简直分不清怀孕的到底是谁。"

亚纪目瞪口呆地对着打电话到墨田医院妇产科预约翌晨九点半看诊的康说。康似乎这才终于喘口气。

"反正你什么都不用操心就对了。"

他文不对题地说，

"放心。明天，我会陪你一起去医院。"

说着他挺起胸膛。

把肩膀以下完全浸在水中，亚纪反刍康前所未见的亢奋。仔细回想他这三天来的态度亚纪就忍不住想笑。

"总言之，到怀孕十一周为止流产的可能性最高。至少还有一个半月必须尽量静养。也严禁酒精与药物，单独外出时也要充分小心，这段期间家事我也会尽量代替你做。"

这才想起，刚才康也一再重复这套台词。

就拿前天来说，当时亚纪正要开始准备晚餐。

"总之，明天去医院之前算我求你请你绝对的好好待着别乱动。晚饭顺便先庆祝，叫外送寿司就好。"

康甚至如此一本正经地恳求。

超过三十五岁才生第一胎的女人，按照国家规定据说被称为“高龄初产妇”。至于亚纪由于预产期十一月十日那天已经满四十岁了，所以在那当中尤其属于高年龄层。高龄生产者，流产及早产、难产的频率也增高，此外胎儿先天异常的概率也特别高。最令人担心的据说是妊娠中毒。

康从书中得来这些知识，似乎异常担心。

但是，亚纪即使听他朗读再多这类记述，也丝毫未有不安之感。她切实感到，区区一个肚子里的宝宝，一定可以好好生出来给康看的自信，在这几天内源源不绝地自体内涌现。基本上，如果和康的病比较起来，要克服这种程度的课题根本不算什么。

替她诊察的医师也说：“就年龄来考量或许也会有种种不安，但生产时个人差异的因素远远来得更大，所以也不需要太在意。有很多人虽是高龄初产也照样能够正常分娩。”

事实想必正是如此吧，亚纪想。

况且，墨田医院的周产期中心是连母体胎儿集中治疗室都有的高度产科医疗机构，对亚纪这种高龄初产妇来说是最适合的医院。现在的妇产科医疗、新生儿医疗和过去比起来已有长足的进步。四十岁过后的生产，在晚婚化的当今社会，也不是什么稀奇事。

可是，那个人为什么那么担心呢？

向来以冷静见长的康居然完全慌了手脚，所以她才会觉得特别有趣。

洗完头发与身体，正重回浴缸浸泡时，不意间浴室的门一开，康进来了。

“我也可以一起泡吗？”

他嘴上这么问，但早已脱得精光。亚纪缩起原本伸长的双腿在浴缸内腾出空间。康缓缓把身体沉入热水。水溢出冒起冉冉白烟。

“真舒服。”

眼前的康似乎心情很好。满脸笑眯眯的。

“说到这里，你昨天和前天好像都完全没咳嗽耶。”

应该有一个月没有一起泡过澡了吧，亚纪边想边说道。

“就是啊。神奇地完全不咳了。低烧和浑身无力的现象也云消雾散。”

前天的检查结果，无论是血液数值和照片都毫无异常。

“今后不需要再担心了。已经过了五年了，所以我想应该可以说是完全康复了。不过，今后为了保险起见最好还是继续做检查。”

主治医生这么宣布时，康那看似意外的表情令人难忘。最近关于这阵子身体状况不佳及不停咳嗽的情形当然也问过医生，但医生毫不在意地说：“是有点感冒吧。咳嗽和低烧持续，说不定是轻微的过敏症状。因为也差不多是花粉的季节了。”然后只开了止咳和抗过敏的药给康。

“都是你讲那种怪梦，老是说不吉利的话，害我当时真的在想该怎么办。让人担心也该有个限度嘛。”

亚纪开玩笑地说。

但是，这么一说出口，好像多少可以理解这几天康过度紧张的理由。这五年来，他该不会一直心痒难耐地很想担心别人吧。婚后也总是只有他给亚纪增添负担，其实令他既不甘心也感到齿痒。所以，他也许是想扳回一局，对于这次的事才超乎必要地为亚纪担心……

“我也觉得是自己不好。但是，人的心情就是这么麻烦。我再次深有所感。得知检查结果时连我都如坠五里雾中。前天早上也是，我本来压根不打算那样危言耸听。我以为自己的病一定是复发了。结果，得知并非如此的当下，本来那么严重的咳嗽也立刻停止了，连我自己都有点难以置信呢。”

康露出羞赧的表情。

“我这个男人真是胆小鬼。”

亚纪伸手把康的手臂拉过来。

“没那回事。你已经非常努力了。倒是我，在值得纪念的大好日子说出怀孕的事，我才觉得对不起呢。现在我很后悔为何没有多等一天再说。那天，我俩应该好好庆祝你的病康复才对。对我来说，比起有孩子，你的病康复更令我开心。”

“你讲这种话，肚子里的宝宝会生气哦。有孩子对我来说就是最棒的礼物了。我到现在还不敢相信呢。这次检查结果良好，也全部都要归功于亚纪和宝宝。”

康的话让亚纪的心口涨得满满的。

这孩子一点也不生气。因为他跟我一样打从心底高兴他的爸爸能够克服癌症——亚纪在内心说。

康轻轻把手放在亚纪的肚子上。

“虽然还不知道是男孩还是女孩，但这孩子一定会是个非常孝顺的孩子。就算是为了这孩子我也得尽量长命百岁才行。”

康凝视亚纪浸在热水中的腹部像要告诉自己似的说。亚纪忍不住不假思索地扑向他怀里抱住他。康张开双臂，牢牢接住她的身体。

“我一定会好好生下这孩子，所以你别担心。这可是报答你康复的谢礼，这点小事我一定会好好做给你看的。绝对没问题，我保证。”

亚纪说着，感到一种想起来甚至会害怕的幸福。原来自己这种微不足道的人生也能有这么大的欢喜啊，她仿佛头一次发现。她想虔诚地感谢某种巨大的存在。

“我一点也不担心。因为你是我最信赖的人。”

康把手放在亚纪的肩上缓缓拉开身体。

“亚纪……”

他笔直地注视她。

“其实，我有件大事要跟你商量。”

康绷紧嘴角，以平静的声调说。

10

喝着在医院贩卖部买来的豆浆，亚纪坐在门诊大厅的长椅等待叫到她的名字去结账。马上就要中午十二点了，大厅里挤满了病患及家属。在这会计窗口的一角，成排长椅也挤满等待付款的人，挤不下的人只好无所事事地杵在柱子旁边和椅子旁。

今天亚纪是第二次来看诊，医生透过内诊和超声波确认胎儿的状态后说：

“一切顺利。没有任何问题。”

反倒是亚纪，甚至还追问：

“我看书上的说明写着，现在这个时期膨胀的子宫重量会压迫到膀胱和直肠，很容易频尿或是便秘，但我完全没有这种感觉所以有点担心。”

名叫大鹤、态度谦和的中年医师，含笑解释：

“宝宝发育正常，妈妈也非常健康。上次我也说过了，你没必要太在意年龄。便秘和频尿的现象主要还是因人而异，况且平常的饮食也会造成影响。佐藤太太看起来很年轻，我预测一定可以顺产。只是，现在的确是最重要的时期。所以就算很健康也不可以太不当回事哦。”

敲定下次产检是在正好一个月之后的五月二十一日，亚纪结束十五分钟的诊察，从二楼的周产期中心走下一楼大厅。

她立刻以手机向康报告产检结果。本来今天康也该陪她来，但临时有急事所以不能来。他已决定做到这个月底就离职，所以最近他忙着交接工作并且将剩下的工作收尾。

康提出辞呈是在三月二十二日星期一。二十日周六那天，两人一起泡澡之际，康突如其来地宣布“后天，我打算提出辞呈”时，这意外的消息令亚纪当场哑然。

然而，康的决心很坚定。

“自从接下现在的位子后我有多忙，这你也很清楚，我自己感觉，如果再这样下去癌症复发是早晚的问题。这次虽然侥幸逃过一劫，但还是不能掉以轻心。反正我原本就打算迟早会辞去工作回乡下，实际上五年前也曾动过这个念头。只是，那时我迟迟下不了决心。一方面也是死要面子不愿意以这么落魄的姿态垂头丧气地返乡，况且脑中一隅也还惦记着你。可是现在不同了。我已如愿和你在一起，十一月也将有孩子诞生。我以前就希望自己的孩子能够在长冈长大。况且，我老爸死后，佐藤酒厂全靠我哥一人打理好像也很辛苦。我也差不多该回去帮忙了。把这些事逐一思考之后，我认为现在正是急流勇退的好时机。嗯，亚纪，辞职之后我们一家三口回长冈去吧。好不好？”

被康这么一说，亚纪没理由反对。早在结婚当时亚纪便已在心中发誓，只要是康想做的她全部都会让他做。她早已决定，无论何事都要尊重他的选择，与他并肩同行。

“现在辞职真的没关系？你不后悔？”

所以，亚纪只问了这么两句。

“我一点也不后悔，我认为已经为公司充分卖命过了。”

听了这句话，亚纪想，应该的确如他所言吧。

康的突然求去当然令众人大惊。经营干部也强烈挽留，但他去意已决。据说，一时之间社内还流传着康要跳槽到其他同业公司、他的癌症复发等种种臆测。

半个月后这种骚动也告一段落，终于正式决定五月一日离职是在进入四月的第二个礼拜后。接到这个正式决定，亚纪分别通知长冈的佐智子及两国的父母，以及雅人夫妻和明日香等人。

佐智子对于亚纪的怀孕，以及康的离职，似乎都不怎么惊讶。当亚纪告诉她，已决定搬回新潟定居时她说：

“用不着那样急着搬回来。家里的事有学他们夫妻打理得很好，所以你们不用担心，况且现在正是重要时期，一定要照亚纪你自己想做的去做哦。有了孩子以后夫妻就没有独处的时间了，康既然也要辞职，这样正是好机会，不妨暂时先好好享受一下夫妻俩的生活吧。”

佐智子如此劝告。

“总之，你们完全没必要顾虑这边的事。光是你肯嫁进来我就已经心满意足了，所以你就照你自己的意思去做吧。”

佐智子最后如此强调。

婚后令亚纪最意外的，就是佐智子几乎完全不曾干涉过他们夫妻俩的生活。根据以前那封信的内容，亚纪曾经想象过一旦与康结婚，她和佐藤家的关系想必会变得特别紧密，但实际上佐智子难得来东京，这两年也仅见过几次面而已。就连康都满脸不可思议地说：“跟你结婚后，我老妈好像一下子完全放松了。”

得知亚纪怀孕后，态度顿时截然不同的毋宁是四郎与孝子。

自从与康结婚以来，亚纪虽然偶尔会与孝子一起在外逛逛街或是互相打电话，但她与父亲四郎再也没说过话。就连近在眼前的娘家亚纪也至今不曾踏入一步。

没想到，亚纪打电话告诉孝子怀孕一事的当晚，突如其来地，四郎夫妻竟联袂来到亚纪的公寓。当时已过了晚上九点，康也才刚下班连衣服都还没换下，亚纪只好先请爸妈进屋，四人面对面地在餐桌前坐下。

四郎对着紧张的康：

“阿康，过去我的种种无礼实在很抱歉。我要郑重请你原谅。”

说着深深一鞠躬。然后，他对着亚纪，满脸喜色地说：

“亚纪，真是太好了。干得好。”

小两口将康决心辞职回家帮忙家业的事，他们打算等孩子一出生就立刻离开东京，搬回新潟的事恳切说明，但四郎一脸早已知道的表情，倒也别无异议。

“反正去长冈，如果坐新干线的话不用两小时就到了嘛。今后的日子，要养育小孩当然是选个自然丰沛的地方最好。阿康你能为了全家人做出了不起的选择，我打从心底感谢你。”

四郎似乎极为高兴。他的态度转变之大，甚至令亚纪备感失落地怀疑，这两年来的僵持到底算什么。

“还得尽快与长冈的亲家母正式见面才行。阿康我知道你一定也很忙，但你能不能先跟你母亲商量一下？毕竟亚纪现在有孕在身，如果这次能劳驾她过来一趟那就太好了。”

孝子也在四郎身旁发出亢奋尖锐的声音。

然而，让亚纪最吃惊的是康听到岳父母提出这种要求时的回答。

“不，其实是我有件事非得和岳父岳母商量不可。本来打算一离职就立刻与亚纪一同去拜见两位，现在正好有这机会，所以我想现在就拜托你们。”

他这么唐突地说完，朝身旁的亚纪一瞥。

“这事儿我还没跟亚纪说，我个人是希望下个月能够举行婚礼。”他说。

“那样正好。届时亚纪的肚子应该还不显眼，我们也能和长冈的亲家母他们见个面。哎呀，真是太好了，我举双手赞成。”

四郎开心得脸都红了，当下表态热烈赞成。

“我也打算年内就回新潟，到时亚纪也将离开长年住惯的东京，所以我想用这种方式向这些年来照顾过她的人致意应该最妥当。”

对这意外的行程安排亚纪只能目瞪口呆地听着二人对话。

“但是，时间那么仓促会不会来不及准备。”

孝子也好不到哪儿去，居然已经开始担心婚礼筹备的问题了。

“等一下。我事前什么都没听说，况且事到如今我也不想举行什么婚礼。大抵上爸你们也是的，为什么现在可以这样态度说变就变。亏你之前还一直不肯同意我们的婚事。我简直不敢相信。”

亚纪忍无可忍地说道。

“所以，我这不是当面来向阿康负荆请罪了吗？总之，状况已经不一样了。都有孩子了还不办个婚礼，你不觉得这样生出来的孩子太可怜了。”

四郎仿佛极为意外似的劝诫亚纪。

“虽说要办婚礼，其实我也不打算弄得太夸张。上个月我找去年五月请我们当媒人的那对小夫妻商量过，他们说如果找他们当初举行婚礼的青山会场应该没问题。那里是那对小夫妻中先生那边的同事父亲经营的，所以比较好商量。虽然会场的地方不大，但是感觉相当不错，我已经拜托他先帮我把五月底的周六或周日订下来。”

康继续冒出的意外发言，令亚纪愕然。傍晚她才打过电话给明日香，但明日香压根没提起这回事。只是对亚纪怀孕的消息大喜过望，对于康的离职还有模有样地说什么“冬姐也格外地辛苦呢”。

明日香与达哉按照当初的预定计划在去年五月举行的婚礼，如康所言，是在与达哉同梯次入社的同事家经营的南青山婚宴会场举行的，的确是个服务周到气氛良好的会场。

“你干吗瞒着我自作主张？”

亚纪用质问的语气说，康说：

“因为，我知道如果跟你商量一定会遭到反对，那样不就失去商量的意义了吗？”

他的脸色坦然。

“阿康，小女不才实在很抱歉。婚礼的事我们夫妻都很赞成，所以就照你决定的去做没关系。”

最后，四郎连这种话都说出来了，亚纪觉得自己就算再说什么恐怕也没用。

“亚纪看起来比实际年龄小很多，身材又好，所以穿起婚纱我想一定会非常好看哟。”

孝子说出这种一听就知道是在哄小孩的话。

见亚纪缄口不语，康也再次强调：

“既然岳父岳母都赞成，这个节骨眼你也别太任性了。我也老早就想看你穿结婚礼服的模样。”

之后亚纪还是不吭气，使得四人之间产生尴尬的沉默，亚纪在三对一的情况下完全遭到孤立。她本来打算姑且先含糊带过，事后再私下向康表达坚决反对，但看这气氛恐怕也不可能了。为何事情会演变至此，亚纪越想就越恼火。

都快四十岁了怎么可能现在还举行什么婚礼嘛，她想。更别说是穿婚纱了，想想她就恨不得找个地洞钻进去。如果像明日香那样还年轻也就算了，活到这把年纪谁会去做那种丢人现眼的事啊——亚纪一边这么想，一边回想起明日香穿婚纱的模样。当天她美得令人目眩神迷，全场来宾都将视线集中在她身上。渐渐地，亚纪过去出席的无数婚礼情景也自记忆底层逐一浮现，亚纪发现，无论是哪一场婚礼，唯一留下印象的都是新娘子身穿婚纱礼服的模样。

这么回想起来，以前每次参加朋友或同事的婚礼时，亚纪总是暗自期盼哪天自己也能穿上这袭婚纱礼服。究竟是从几时开始不再这么想了？至少直到她还在认真考虑与稻垣纯平结婚的三十三岁为止，她都还想当然地打算与纯平步上红毯。三年前，雅人与春子再婚时又如何呢？前年，与康一同受邀参加圆谷圆在大阪举行的婚礼时又如何？这么一回想，亚纪觉得好像果然是在与稻垣纯平分手、隔年再隔年的一月沙织过世后，她就再也不期盼结婚，更别说是举行婚礼了。不，更早之前，打从亚纪在三十四岁前夕得知康的发病后，或许就已把自己的幸福抛到远远的某处去了。

“亚纪，今后将要开始我们的新人生。我觉得就算是当作画下一个分界点，举行婚礼应该也不坏。”

也许是顾虑到还在焦急等候亚纪答复的四郎与孝子，康有点困窘地催促她。

亚纪虽然还没有理妥心情，但还是说：

“那么，就这么办吧。只要是你决定的事我无从反对。”

她终于点头了。

亚纪换个想法暗忖，康都已说到这个份上了，到头来也不能不听他的。

花了十五分钟左右付清诊疗费，亚纪从医院的正面玄关走出。

今天的东京也是万里晴空。今年春天异常温暖。才四月二十一日，医院前的樱树已是满树绿叶。上周六最高气温超过二十七摄氏度，关东地区早早就已写下“夏日”的记录。现在是中午十二点多，仰望蔚蓝的天空，不似春天的强烈阳光当头照下。下午想必会更热吧。

穿过诊疗大楼的门诊出入口，迈步走向粗柱与建筑物外墙之间的第四条狭小走道时，正好走近眼前的护士小姐，突然出声喊她：

“你不是冬木小姐吗？”

亚纪吓了一跳仔细凝视对方的脸。的确很眼熟，但一时之间想不起来是谁。

“你不记得我了？”

对方露出笑容，好像觉得很有趣地窥视亚纪的表情。这是个身材修长窈窕、仔细一看长得相当美的女子。白制服胸前的名牌写着“田中”。

“你是乡美小姐？”

亚纪说出口后，这才想起，对了，那时她好像的确说过本来是护士。

“居然会在这种地方遇到真是太意外了。你今天怎么会来？是来探病吗？”

夏树乡美一脸怀念地看着亚纪。

“乡美小姐你呢，你现在在这里工作吗？”

乡美应该与亚纪同年。最后一次见面是康与亚理沙成婚当日，所以算来已超过十年了。然而，她的眼角皱纹虽然略增但是青春依旧，实在看不出今年已有四十岁。

“对呀。我在这边上班已是第四年了吧。对了对了，上次和你偶然在赤坂的饭店遇上时我不是有把我的手机号码给你嘛。后来那一阵子我都在等你打电话来呢。我总觉得应该可以和你成为朋友。结果你却毫无消息害我好遗憾。”

乡美用听来不像夸大其词的语气说。的确，当时乡美在饭店的餐厅一边笑着说“这是情妇的必备工具”，一边在餐巾纸写下自己的手机号码交给亚纪。但是，亚纪与她道别后立刻阅读佐智子的来信受到太大的打击，以致她将收下的餐巾纸就这么放在桌上忘了带走。

“对不起。后来我立刻调职不再负责沼尻电设的业务，所以也就没机会再见到社长。”

亚纪一边找借口，一边暗忖：沼尻和乡美在这十年当中都被自己完全抛到脑后了。然而，现在这么重逢之后，乡美当日说过的话顿时清晰浮现。

“对不起哦。打扰你宝贵独处的时光。因为我看你好像非常苦恼的样子。”

她说，“无论何事都没必要太烦恼哦。有那个闲工夫烦恼还不如好好蒙头大睡。”当时她这么安慰亚纪。

“我头一次怀孕，今天也是来这家医院做产检。乡美你也结婚了吧？”

亚纪看着她的名牌说。

“亚纪你也有孩子了啊，那该恭喜你了。”乡美说着，“哦，你接下来如果有空我们一起吃个午餐吧。我也正好是午休时间，为了庆祝，这餐我请客。”

乡美开口邀约。

“就这么办吧。”

亚纪也想再跟她多聊几句，所以当下赞成。

“去医院里的咖啡座可以吗？因为我没有太多时间。”

“当然可以。”

亚纪跟在乡美后头再次回到医院里。

病栋二楼的咖啡座，亚纪点了炸比目鱼定食、乡美拿了汤面套餐后在员工专用区的一角坐下。付账时是乡美刷员工专用卡，所以亚纪决定接受她的好意让她请客。

“对了，你现在怀孕几个月了？”

乡美立刻问起。

“三个月吧。虽然医生说一切正常，但毕竟已是这把年纪，一担心起来好像就没完没了。”

亚纪用比较随意亲近的口吻回答。

“那个你完全不用担心啦。因为我也是前年才刚生。”

“啊？真的吗？”

亚纪有点惊讶地叫出来。

“对。我就是在这间医院生的。你的主治医师是谁？”

“是一位大鹤医生。”

“那你可以安心了。那位医生的技术在这间医院可是首屈一指。我女儿也是大鹤医师接生的。”

“太好了。我也觉得那位医生给人的感觉非常好。”

“看吧。我生的时候甚至顺利得令人错愕。如果可能会难产到时再赶紧剖腹就好了。反正交给大鹤医师绝对不会有问题啦。”

在亚纪看来，能够听到这间医院的护士这么保证毕竟还是安心多了。凝视乡美快活谈论的脸孔，她再次感到，这个人应该是个心地非常善良的人吧。

“你生的是女儿啊。一定很可爱吧？”

亚纪说。

“那当然可爱喽。长得很像我，是个大美女。”

乡美笑了。

“不过，以这种方式重逢还真是不可思议耶。”

亚纪的语气不免感慨万千。

“就是说啊。”

乡美也满口附和。

“老实说，那天我是受邀去参加现在这个丈夫的婚礼。以前，我跟他交往过但是分手了，后来比我晚进公司的女同事要跟他结婚，所以那个女同事缠着我叫我一定要出席她的婚礼，我虽然迟疑不决还是去了饭店。但是，结果我终究无法出席。之后过了八年我与离婚的他重逢，总算得以结婚。马上就要满结婚两周年了。”

亚纪自己也不是很明白为何要吐露这种事。但在乡美的面前好像不需顾忌，很自然地就忍不住脱口而出。

“难怪那时候你看起来脸色凝重。不过如果是这样，那一定是场轰轰烈烈的戏剧化恋爱吧。真令人羡慕。”

乡美在说话的空当也不忘津津有味地吸食汤面，附带的炒饭也被她快快解决了。看到亚纪只顾着说话，她提醒道：

“你也得好好吃饭才行。”

于是亚纪也暂时专心用餐。

“至于我嘛在那之后立刻就与沼尻分手了。因为他虽有魅力，但我跟他在一起毕竟是没有未来的。之后又经历了很多事，三十二岁时我重回护士岗位。来这家医院是在四年前。我现在在外科病房部，但之前是在内科的门诊部，我就是在那里认识我老公的。我老公在这家医院当病理检查技师。虽然比我小四岁，但他是个很好的人。”

先吃完的乡美，连亚纪的咖啡一起买来回到位子上，也不等亚纪询问就自动说出这些年的经历。

“简言之，我们彼此都历尽沧桑。”

亚纪放下筷子这么一说。

“到了这个年纪，这点经历也许是理所当然的吧。”

啜饮咖啡的乡美含笑点头同意。

“我啊，等到孩子出生就要搬回我先生的老家了。他家在新潟，在那里经营酿酒厂，他也要辞去工作在那间酒厂工作。这我倒是没意见，但仔细想想，偶尔会觉得很不可思议，我们女人的人生到底算什么。”

亚纪也喝起咖啡。虽然康要求她尽量别碰咖啡，但亚纪觉得没必要那么神经质。

“这个问题，我想任何女人应该都会这么想吧。就像我现在是田中乡美了。冠上这个夫姓时真的觉得自己好像变成另一个人了。人生也和这个随处可见的姓氏一样变得平平凡凡。我有时会想，如果回想起年轻时的自己，总觉得好像没有充分达成那时自己的期待，会觉得有点内疚，不过我想这也是无可奈何的吧。如果这样活着就是我的命运，那我也只能老实接受快快乐乐地活下去。”

乡美把稀薄的咖啡一口饮尽，露出总算松口气的风情。

“乡美，你那时也说如果有小孩就不会再寂寞了，对吧。”

亚纪望着和以前判若两人的她说。

“对对对。不过小孩真的很厉害哦。我也是生了以后才知道，不然我都没想到人生观居然会有这么大的改变。像我这种以自我为中心的人，现在居然打从心底想着自己怎样都不要紧，只要我女儿能够健康长大就好了。我最近在想，到头来，人哪，最大的愿望不是实现自己的梦想或希望，把那个梦想或希望寄托在某人身上或许反而会更满足。如果是只属于自己的梦想和希望，一旦达成了，那就不再是梦想或希望了嘛。所以，就这个角度而言，男人或许更可怜。因为男人最后往往不会发现世上还有比自己人生更重要的东西。男人哪，到最后说穿了，只看得见现在这一刻。他们深信累积当下这一刻就等于活着。相较之下，我们女人好像是在漫长的时间长河中自然得以生存。实际上生不生小孩是另一回事，单是能够生小孩的这种感觉就让自己知道自己这个人打从一开始就不孤单，可以切实理解自己的生命与遥远的未来紧紧相系的感觉，不是吗？我认为这是男人绝对体会不到的感觉。”

乡美最后用充满自信的表情如此说道。

11

怀孕期间的生活，亚纪刻意留心的有以下三点。

一是早睡早起，二是摄取有益身体的饮食，三是适度运动。

早起是打从上班时代就养成的习惯，饮食则是平时就以注重季节更替的日本料理为主，所以也没问题。至于运动，她本来就喜欢健走，所以这个对孕妇而言也恰到好处。简言之，硬要说还有什么要留意的，顶多也只是停止熬夜，以及比平时摄取更多动物性蛋白质这两样。不过，光是牢牢遵守这点程度的生活习惯就已令亚纪的身体状况直到临盆为止堪称非常理想。

不过，对她身体健康帮助最大的，应该还是丈夫康辞去工作整天陪在她身旁吧。

“像这样连工作也不做，夫妻俩得以一直在一起，换作普通情况本来恐怕要等到我退休才有可能。”

康经常这么说，但对亚纪而言，光是每日三餐能够与他共享，便已充分安抚了她本来易因荷尔蒙失调而失控的孕期精神状态。

至于康，五月三十日的婚礼顺利结束后已近五个月，正过着非常悠哉的生活。现在他每个月会回长冈一次，向大哥阿学学习酿酒及佐藤酒厂的经营。不过顾及亚纪的身体状况他每次顶多只待三天，所以大半时间，他都是与亚纪一同逛街购物、出门散步或者在家看DVD或电视，日子过得逍遥又自在。

正好掀起一大热潮的韩剧《冬季恋歌》，二人也一次不落地准时收看。

八月十三日开幕的雅典奥运会，比赛期间，康也连日熬夜守在电视机前。

“自从学生时代以来这还是头一次能够这样尽情观看奥运赛事。”

他对现在的生活似乎很满足。

八月底至九月初，亚纪也去了长冈顺便避暑。那十天她睡在佐智子他们的家中，宽敞的日本房子通风良好，令她难得可以好好安稳地睡个饱觉。

康的老家佐藤酒厂是在距今一百五十年前的安政年间创业的酿酒厂，据说即便在酿酒业者密集的新潟县内也是历史悠久的老酒商。人们常说酿造日本酒的要素“一是水、二是米、三是技”，长冈一带拥有素来以信浓川丰沛的水流和米乡闻名的新潟平野，自古以来就是最适合酿酒的地区。佐藤酒厂也在自长冈车站沿着JR上越线开车三十分钟左右的一角，与邻市小千谷相接的广大土地上拥有大小数间酒窖多方位经营酿酒业。旁边就有信浓川的支流太田川流过，这条河的伏流和美味的稻米，再加上卓越的酿酒技术，三者完美结合每年都酿造出出色的清酒。

这个佐藤酒厂的地标，是大正时代建造的红砖大酒窖。这是一座内部以牢固木造建筑为主的土窖，但外墙没涂石灰而完全以红砖堆砌而成，这栋建筑先后历经昭和二十年的长冈空袭及三十九年的新潟地震、二十世纪五十年代的大雪，堪称不畏风雪，在经过历次补强工程后至今仍被当成酒窖用来酿酒、储藏。

佐藤家的自宅建在以这个大酒窖为中心建造的成排酒窖的南侧，同时也兼作店面。木造的古老家屋非常大，一楼是店面和办公室，二楼是学夫妇及佐智子生活的主屋，另外，还有别馆及偏屋各一栋。

亚纪二人每次回来都睡在别馆。返乡后，那里应该会成为康与亚纪的新居。

今年夏天是破纪录的酷暑，所以待在平均气温比东京低了三摄氏度的长冈，而且是在宽敞的屋子度过十天，对于正好处于肚子急速膨胀期的亚纪是求之不得的。不过，据大嫂佳代子表示："相对的，冬天可是真的很冷哦。"佐智子也一再劝亚纪他们等到明春，至少雪融之后再搬进来比较好。但康说："就算宝宝才刚出生，反正他今后都要在这个地方长大，所以头一个冬天如果不在这里生活就失去意义了。"似乎不打算更改明年正月返乡的预定计划。亚纪也认为无所谓。带着出生三个月的婴儿搬到积雪深厚的城市的确有不安的一面，但是想到在那里照样有孩子出生长大，康也是这么走过来的，依他所言，从一开始就按照佐藤家的方式养育孩子，对于即将投入新生活的亚纪，想必也会更能打起精神来吧。

二〇〇四年十月二十三日星期六。

为了隔天的演讲，康昨晚好像一直到深夜还在修改讲稿，今早迟迟没有从卧房出来。

亚纪一如往常在早上七点半起床，吃完糙米粥早餐后勤快地活动身体忙着洗衣打扫。怀孕过了三十五周后她的身体状况反而越来越好。到九个月为止，膨胀的子宫压迫胃部曾令她无法一次吃太多，也压迫心脏和肺部令她心跳加快喘不过气，但到了即将临盆时由于胎儿为了准备分娩出世会开始往下降，所以孕妇的身体反而会比较轻松——医学书上这么写着，果然不假。

康在今天下午要搭一点二十六分的新干线去长冈。

明天星期天新潟县酿酒工会要在汤泽温泉的饭店举办联欢会，康预定在联欢会之前先做演讲。讲题是"网络贩卖——因应将来的活用法"，是身为工会理事之一的学在上个月受理事会之托向他提议的。联欢会上县内主要酿酒业者都会齐聚一堂，所以对于明春将会接替佐智子担任佐藤酒厂专务的康来说，这次委托来的正是时候。因为只要做完一个半小时的演讲后再参加傍晚开始的宴会，就可以一举认识所有今后可能会在工作上照顾他的同业们。

据说演讲在公司时就已做过多次，康似乎并不感到负担。但是，这一周来他还是为了写讲稿天天在电脑前熬到半夜。

康起床时已过了上午十一点。

正在晾衣服的亚纪从阳台向他道早安，他也只把呆滞的脸孔转过来。看起来好像还没睡饱。

亚纪晾好衣服，走进屋子后，他终于开口。

“早安。”

他说。

“怎么搞的，瞧你还在发呆。你昨晚熬到那么晚吗？”

亚纪问，坐在沙发上摊开报纸的康回答：

“大概凌晨三点才睡吧。”

“那你不就已经睡足八小时了吗？是不是哪里不舒服？”

康的气色看起来似乎不太好，所以亚纪有点担心。

“不，那倒不是。”

康折起报纸，看着亚纪的背后。敞开的窗子外头是一片蔚蓝晴空。虽已十月但东京还是很暖和。进入下旬就正式入秋了，但白天气温还是经常超过二十摄氏度。

注意到康的视线胶着不动，

“怎么了？你在看什么？”

亚纪转身看了一下后满心讶异地问。

“天空。”康冷不防呢喃。

“原来东京的天空这么美啊。”

然后，他仿佛忽然回神似的凝视亚纪的脸。

“这个季节在长冈难得看到这么晴朗的天空。”他说。

午餐有香菇银杏炊饭、盐烤竹荚鱼配白萝卜泥、胡萝卜丝炒牛蒡、山茼蒿蛋花汤。

康最近很在意自己体态有点发福，所以吃得不多。亚纪一早就四处走动所以已经饿了。她吃了两碗饭，菜也吃得干干净净。

“看你胃口这么好，应该不用担心了。”

放下筷子，康喝着煎茶总算露出笑颜。吃饱饭他似乎总算比较有精神了。

吃饭时，亚纪问他为什么看起来闷闷不乐，他说很怕明天的酒席。更重要的是，哪怕只是短短两天，他似乎还是担心必须把即将临盆的亚纪留下来独自看家。

“我没问题的，你就好好去演讲吧。”亚纪说。

“我走了以后，你要马上去两国喔。已经三十六周了，就算随时生产也不足为奇。”

康再次叮咛。

打从上个月起，康不在家时亚纪就会回两国的娘家过夜。

“把你送到上野后，回程我就直接过去。”亚纪说。

“你不用送我到上野了啦。今天是礼拜六，这个时间电车想必很挤，车站人也很多。”

康再次面露忧心。

亚纪猛催拖拖拉拉做准备的康，和他一起走出家门。时间已过了中午十二点四十分。要去上野如果先搭总武线到秋叶原，再从那里换乘山手线或京滨东北线的话不用二十分钟。康的电车是下午一点二十六分发车的Max朱鹭三一九号所以时间绰绰有余。但是，若是平时个性谨慎的康，早在一个小时之前就出发了。亚纪觉得他在出门前这么磨蹭的情形婚后好像还是头一次。

走进平井车站的检票口。

“啊！”

康惊叫驻足。跟在后头的亚纪也吓了一跳停下脚。

他卸下肩上的公事包拉开拉链：

“我忘记带讲稿了。今早，睡觉前随手放在桌上就忘了。”

他一再翻找包内：

“怎么办？真的没带。”

康露出极伤脑筋的表情。

“回去拿不就好了。”

亚纪说。

“可是，这样会赶不上新干线。”

康忘记带东西倒是很稀奇。

“现在才中午十二点五十分。就算回去拿我想应该也赶得上。”

“不，等一下。”

康思索半晌：

“不好意思，亚纪你自己回去好吗？我的电脑里面有资料，你帮我传到我哥的电脑就好了。不用去送我，没关系。”

他说。

亚纪蓦然想到，康该不会是故意忘记带讲稿吧。“我会在两国车站下车。”虽然亚纪之前这么保证后才一起出门，可是过去她一定会一路送到上野车站，所以康也许并不相信亚纪的保证。其实亚纪心里本来也打算跟他到上野。

康匆忙看手表：

“就这么办吧。亚纪你先回家替我传资料，然后再坐出租车回娘家就好。现在电车一定很挤，车站的楼梯也很危险。算我拜托你，你就听我的吧。等我到了上野会跟你联络。到时你再告诉我有没有把资料传过去。这样的话那时你正在去娘家的路上，我也可以确定你有没有平安坐上出租车，会比较安心。”

康这番话令亚纪觉得越听越不对劲。说不定讲稿好端端地就藏在公事包里。

然而，她总不可能叫康把公事包给她检查，也没那么多时间。

“好吧。那就听你的吧。”

亚纪只好无奈同意。

“那，我走喽。你一定要坐出租车哦。”

康如释重负地说，催促亚纪往检票口走。

“你也要路上小心。一定要打电话告诉我有没有搭上新干线哦。”

“我知道。到了新干线的月台我一定会打电话。”

没时间再拖下去了，亚纪走出检票口。

转身一看，康正在挥手。向来总是等康上车后她再隔着车窗目送列车走远，所以今天亚纪总觉得不大习惯有点怪怪的。

挥手的康露出一如往常的沉稳笑容。

正好就在这时，检票口内穿梭交错的人潮忽然消失，康的周遭空无一人，好像突兀地开了一个洞。

“对不起！不能送你到上野！”

亚纪两手放在嘴边大喊。

康用力点了个头。然后，含笑的脸上露出有点遗憾的表情。

看到他那个表情，亚纪知道他并非故意忘记讲稿。

还是该陪他一起去上野才对的，亚纪现在后悔了。

要传送讲稿，就算等她从上野回到公寓再传也来得及。她应该对康的担心一笑置之不予理会的。

康看看手表，背对她冲上通往月台的阶梯。他的身影旋即消失，亚纪在不意间感到自己仿佛被孤零零地抛下，十分惆怅。

看着大肚子，她有点懊恼自己这副身形。

如此心情，还是怀孕以来头一次。

12

回到家一看，果然，书桌上放着已经列印出来的讲稿。亚纪打开电脑屏幕，找出“演讲资料”这个档案，把资料传送到大伯的电子邮箱。她拿起讲稿随手翻阅了一下，有几个地方添上注记，所以为了预防万一她把这份讲稿也用传真机传送到佐藤酿酒厂。

站在原地，把讲稿一张一张地送进传真机的插入口，途中肚子一再感到胀胀的，不得不屡屡停下休息。全部传送完毕后，一看墙上的时钟已是下午一点十五分了。

亚纪有点疲惫地瘫坐在沙发上。平常只要这样静止不动，腹胀的现象自然会缓和，偏偏今天却毫无缓解的迹象。她望着时钟的指针，一边想着康差不多该打电话来了，拿着手机在沙发躺平。

才刚躺下手机就响了。亚纪慌忙起身。那一瞬间，下腹部窜过一阵前所未有的剧痛。但当她按下通话键把电话贴在耳边时那种痛楚已倏然消失。

“你已经在出租车上了？”

月台的喧嚷声盖过康的声音传来。

“我还在家里。刚刚才把资料传送完毕。我把讲稿也传真过去了。”

“谢谢。我刚才抵达车站也顺利买好伴手礼了。再过五六分钟就要发车了。”

“能够赶上真是太好了。我待会儿也要叫车去两国了。”

“对不起，都是我耽误了你的时间。”

“没那回事。我才觉得没能替你送行不好意思呢。”

“后天下午我会去接你，在那之前你可别乱来。如果有什么不放心的就立刻打电话。”

“我知道。”

“冬川神社的护身符也不能忘哦。”

“你放心。我放在皮包里随身携带。”

亚纪一边回答，一边自沙发站起。刚才的疼痛令她有点在意，所以她试着在屋内缓缓步行。好像别无异状。她拿起皮包再次回到沙发。打开皮包取出冬川神社的护身符，是上面绣有“安产祈愿”这行字的白色小护身符袋子。

冬川神社是位于长冈婆家旁的土地神，康说他的御七夜[1]、御宫参[2]、七五三[3]、祈求考试及格全都是在这里拜拜。八月底返乡时二人一起去拜拜求神保佑平安生产，请了这个护身符回来。

“我现在从皮包取出拿在手上了。你不用太担心我。反正后天又能见面了。”

“是没错，但不在你身边我就是会觉得不安。”

“你就是爱操心，受不了。”

“大概是因为这半年来我们天天寸步不离吧。越跟你在一起好像就越喜欢你。连我自己都有点担心自己是不是有点疯狂呢。”

康毫不羞涩地说。

“你是怎么了，突然讲这种奇怪的话。”

---

1 御七夜：小孩出生的第七天。多半在这天给婴儿命名。

2 御宫参：小孩出生后初次参拜土地公。多半在出生三十天内。

3 七五三：男孩三岁及五岁、女孩三岁及七岁那年的十一月十五日，庆祝孩子成长的节日。当天家长会替孩子盛装打扮，带去神社参拜。

“这才不奇怪。我是真的这么觉得。”

康的语气带着莫名的认真，令亚纪有点困惑。

之后康又说了什么，但被嘈杂的声音盖过听不清楚。

“你说什么？”

亚纪反问。

“亚纪你不会这样吗？”

这句话传来。

“我啊，才不会那样呢。”

她笑答。

“是吗？”

康的语气好像有点失望。

“那当然。因为打从一开始跟你生活，我就已经喜欢你到了无法再更多的地步了。”

一阵沉默。看看时钟已是下午一点二十五分。再不赶紧上车就来不及了。

“亚纪。”

康喊她的名字。

“什么事？”

“真的谢谢你。为了你和宝宝我什么事都敢做。”

“我拭目以待。加油哦，爸爸。”

亚纪玩笑带过。

“那我挂电话了。发车铃声响了。”

“嗯。你去吧。替我向妈和大伯他们问好。”

亚纪的耳边也微微响起发车铃声。

“知道了。再见。”

电话挂断了。

之后，亚纪再次在沙发上躺平。腹胀的现象虽然消失了，但下半身好像隐约有点发冷。

她静静躺着，回想刚才在电话中康最后说的话。“为了你和宝宝，我什么事都敢做。”他说。这样细细反刍之后，总觉得他的说法有点奇妙。简直像要为了亚纪和即将出生的孩子做什么出乎意料的事，给人一种夸张的印象。这实在不像向来冷静的康会说的话。

说到这里，亚纪想到。

今天的康打从起床时，好像就和平日不太一样。

当时他茫然望着窗外，低语“东京的天空原来这么美啊”，要出门时又拖拖拉拉弄得出发时间晚了，还忘记带东西，隔着检票口二人相望时露出有点遗憾的表情，还突然说他对亚纪“越来越喜欢”……只不过离家短短两天罢了，康究竟是怎么了？该不会是有什么亚纪不知道的心事吧？

看他那样，就像是正要独自去很远很远的地方似的——亚纪蓦然有这种感觉，感到寒意弥漫全身。她握紧手里的护身符，试图挥除那不祥的念头。只要想到康不在了，她就几乎要窒息了。

这时，腹中胎儿猛然一动。

是剧烈的胎动。

进入临盆的月份后胎儿为了准备出产降到骨盘入口不再有太大动作。所以，好久没感到这么明显的胎动了。

肚子里的孩子，仿佛在斥责胡思乱想的自己。

不知不觉中恶寒也消失无踪。亚纪看看墙上的钟。指针即将指向下午两点。

也该叫出租车出门了吧。康搭乘的列车会在下午三点过后抵达长冈。届时如果她还没到两国报到，万一康打电话来，又会令他操心。

亚纪小心翼翼地从沙发站起。

她在下午两点半抵达两国的娘家。英语教室正要上课，所以亚纪只跟孝子交谈了三言两语，就自己上去二楼房间。五年前开设的英语教室，学生人数虽未大幅增加倒也一直稳定持续。现在似乎已成为孝子的生活重心。父亲四郎在大学有事，据说傍晚才会回来。这几年四郎也一直在埼玉县的女子大学执教，两年前正式成为教授。今年四郎六十八岁，孝子也六十六岁了，但二人都非常有活力。四郎的胃溃疡后来也没有再复发过。

在安静的自己房间的床上躺下，亚纪深深感到康的不在。

会守护自己的果然还是只有康，她如此感到。

坐出租车过来的路上，她再次感到腹胀，这次下腹部也有间歇性的钝痛。刚才她在厕所检查过有无出血，结果并没有。但是，亚纪也知道自己的身体正处于前所未有的状态。生产前兆的三大代表性征兆——阵痛、出血、破水目前都没有，但静躺一会儿之后，这种钝痛如果还是没消失的话，为求保险，她打算去墨田医院看看。

康不在，所以只能靠自己坚强面对，亚纪这么告诉自己。他偏在今天依依不舍地出门，说不定是因为这孩子马上就要出生了——亚纪也有这种感觉。

下午四点半孝子上楼来。亚纪的疼痛已大致平息，正在二楼客厅坐在沙发上看书。本来想准备晚餐，但还是小心为妙所以作罢。这个客厅是孝子把一楼改建成教室时，把祖父母的四坪和室与储存室，以及原本放置祖父那些病历表的小仓库打通重新做的，也附有厨房，所以和以前的一楼客厅比起来狭小许多，但阳光充足，是个很舒适的地方。

“对不起哦。撂下你一个人。”

孝子端来红茶在沙发对面坐下。

“连周六也要上课真辛苦。”

亚纪把书合起往桌上一放，端起红茶的杯子。

“我已经这个岁数了，其实很想把周六的课停掉，但是很多孩子都要求开课。”

孝子略显得意地也啜饮红茶。

“那就继续嘛。如果学生喜欢这样的话。”

“是啊。”

如此咕哝后，孝子说：

“对了，亚纪你怎么样？还没有要生的感觉？”

“不知道耶。距离预产期还有半个多月。不过，身体状况倒是一直很好。”

“只剩半个月的话，随时出生都不足为奇。”

孝子也说出和康一样的话。

“之前我也说过了，以前我生的时候，亚纪你和雅人都比预产期提早很多哦。”

“找到《母子手册》了吗？”

“还是找不到。整理储藏室时明明记得应该是重新收在哪儿了。如果找到那个就能知道正确日期了。”

“你说过生雅人的时候整整早了一个月对吧。”

“对对对。结果那孩子的重量居然超过3000克，吓死人了。”

母女俩喝完红茶，亚纪起身准备收茶杯。

那一瞬间，双腿之间漫过温热的触感。

“妈。”

亚纪停了一拍呼吸后喊孝子。

“干吗？”

“我说不定破水了。”

孝子当下大惊失色。亚纪把手从裙摆伸进去。大腿附近湿淋淋的。是细细淌过犹如热水的液体。

“总之，你先坐下。”

孝子自己一边站起一边说。亚纪怕弄脏沙发有点迟疑。

“别管那么多了快点坐下。我马上叫出租车。你的行李全都放在那个包包里了吧。你别乱动，就这么待着别动。”

母亲果然一派镇定。亚纪感到心跳倏然加快。

重新坐下把手放在肚子上。这孩子终于要出世了——光是这么想，泪水就不由得自动渗出。

“亚纪，你要振作点。”

孝子严厉地说，然后就去打电话了。

在出租车上，孝子问：“应该通知阿康比较好吧？”但亚纪摇头：“现在又还不确定，等看过医生再说。”

在墨田医院的急诊入口下出租车是在下午五点十分过后。

孝子陪着她上楼到周产期中心的病房，因为事前已联络过，所以大鹤医师正在等候。亚纪一看到医生的脸，紧张似乎就立刻解除了。

诊察结果，大鹤医生说：

“子宫口已经开了，但阵痛微弱，又已大量破水。我看为求安全还是剖腹比较好。”

关于剖腹，亚纪之前已和康充分听过说明。

“那就拜托医生了。”

她当下回答。

亚纪直接被放上推床送往手术室。

在外等候的孝子也被招进诊疗室，由大鹤医师详细说明不得不剖腹的理由。孝子也低头说：“那就万事拜托您了。”

换上米色的病袍，终于在推床上躺平时，亚纪把一直握在手里的护身符交给孝子，恳求：“要帮我通知康哦。”孝子点点头，先离开诊察室。

参与诊察的护士小姐说：“佐藤太太，那我们现在要去手术室喽。”扳开推床的止动阀，亚纪以仰卧的姿势凝视天花板的耀眼灯光。全身赤裸只套了一件单薄的袍子所以有点冷，但坐出租车赶往医院的途中，那种难以言喻的恶心已经消失。

好，终于要开始了。

她定下心来，亢奋得浑身一抖。已故的沙织说过的话蓦然在脑海浮现。

感觉上不管是箭啊炮的尽管放马过来都不怕了。

亚纪在内心说。自己要连当日沙织的份一起努力，她想。今天的我要替她实现毕生未能实现的梦想，她想。

推床推到走廊上时，孝子凑过来。

“我和阿康联络过了。他说现在最快只能搭晚上六点三十六分的新干线，所以八点过后会抵达上野。他叫我转告你加油。另外，他还说希望你带着冬川神社的护身符，我已经跟他说，我会在手术室旁紧紧握着护身符。我也通知你爸爸和春子了。他俩都说会立刻赶过来。亚纪，你要生个健康的宝宝哦。大家都在替你祈祷。”

亚纪牢牢点头。

“妈，现在几点？”

她问。孝子拿出手机看时间。

“五点三十五分。”

她说。

“知道了。那我要进去喽。”

耳边传来门吱呀开启的巨响。

“佐藤太太，我们要进手术室了！”

护士小姐说。

“亚纪，你要加油哦。”

在这声之后孝子的身影便从视野消失了。

13

从推床被移到冰冷的手术台后，穿着浅蓝色手术袍的医师与护士们环绕在亚纪身边。两名医师之中有一人是大鹤医生。在耀眼的灯光下医生的表情逆光看不清楚。

“佐藤太太，现在要开始剖腹的手术。首先要在你的脊椎打麻醉。麻醉生效后，会在佐藤太太的腹部纵向切开十厘米。从那里取出婴儿，但是并不会痛，婴儿也不会难受。手术本身很快就会结束。婴儿出生后要做产后处理，这方面或许会稍微花点时间。如果觉得有点不舒服或感觉怪怪的，请随时告诉我们。不过，我想那种情形应该不会发生。”

大鹤医师将亚纪之前产检时便已听过的内容再次恳切说明。

其间护士的人数增加，医师二人加护士四人总计有六人。

“好，佐藤太太，我要把你身上的衣物取下哦。”

护士们的手动，一眨眼就令亚纪全裸。

“请你侧卧把背拱起。”

她全身赤裸被摆成朝右侧卧的姿势。

“好，现在开始麻醉。会有点刺痛请忍耐一下。”

与大鹤医生声音不同的男性这么说时，背部倏然掠过一丝刺痛。

“好，结束了。不会痛吧。”

她被再次摆成仰卧的姿势，胸部与下肢挂上类似床单之物后，大鹤医生的脸再次出现。好像有某种刺刺的东西抵在腿上。

“会感到痛吗？”

被医生询问之际，那种刺刺的感觉完全消失了。

“没感觉。”

亚纪回答。

“好，开始喽。”

医生说。

医生们想必正在做什么但亚纪完全感觉不到。

“不会痛吧？”“不会恶心吗？”医生频频问她。下半身感觉凉凉的，但不痛也不会难受。渐渐地她听见很大的水声。是那种近在身旁有水大量喷出的声音。

因为不知道自己现在究竟被怎样了，心里有点不安。心跳变得好快，也开始感到全身寒毛倒竖般的恶寒。有点想吐。就在她心想应该告诉医生之际，全身激烈晃动之感突然袭向亚纪。

“医生！”她不禁大叫。同时也听见金属类喀恰喀恰相撞的声音夹杂在激烈的水声中传来。她看到大型手术灯正在缓缓摇晃。

“还蛮大的。”

大鹤医生镇定的声音响起。

“佐藤太太，这是地震你不用担心。已经平息了。”

一名护士凑近亚纪的脸，如此对她说。

亚纪的脑中一团混乱只能默默点头。

“好，婴儿出来喽！”

另一名护士的声音紧跟着响起。

然后，婴儿响亮的产声响彻手术室。

究竟发生了什么，现在变成怎样，亚纪无法掌握正确状况。

产声也只听到一下，随即室内突然安静下来。

是怎么回事呢？亚纪萌生与刚才有天壤之别的不安。时间似乎静止了。应该说，她觉得时间好像被锁定到一个点上。那个点的更深处好像可以看见什么。那是什么呢？亚纪讶异地凝目细看。黑点的边缘在不知不觉中像花苞绽放一样开始掀起。就算努力试图去看也看不分明。但是，绽放的黑色花蕊有某种东西。是什么呢……

这是声音，亚纪突然醒悟。现在自己正看着声音。是白色的声音。对了，是白色的声音。亚纪兴奋地想。

——亚纪——

终于看见了。闪过这个念头的瞬间，心中的不安消失了。眼前是用灰布包裹的婴儿。婴儿被护士抱着。

看到那个宛如泡水土偶的生物，亚纪哭了出来。她发现本来凝固于一点的时间正在急速散开。时间找回了清新鲜活，一边逐一产生鲜艳色彩一边扩大。随着它的扩大，看似土偶的生物也渐渐现出真面目。怎么会这么可爱，她想。怎会这么惹人怜爱，她想。这么想的自身情感也交织着无数色彩。“我的宝宝”这个念头是鲜艳得惊人的粉红色。“惹人怜爱”这种心情是闪耀着美丽光辉的黄色。无限的色彩仿佛自内心深处源源不断地涌现。可以感到在那丰沛的色彩泉源中心栖息着粉红色生物。

亚纪坚定地睁开眼。

睁开的眼眸表面有泪水不断喷出。

她这才知道包裹婴儿看似灰色的布其实是绿色的。

亚纪一边哭。

“宝宝四肢俱全吗？没有任何问题吗？”

她这么问护士。

“是个健康的男宝宝哦。”

护士含笑说，另外三名护士也异口同声。

“恭喜！”

她们大声说。

宝宝被抱走后，亚纪有点昏昏欲睡。她觉得好像很长一段时间在打盹儿。

她再次被移上推床，推出手术室。

“亚纪，恭喜。”

孝子的声音令亚纪睁开眼。

“亚纪，干得好。”

“姐，恭喜。是个漂亮的男孩子哟。”

父亲和春子的脸也在。

“亚纪，刚才地震你没事吧？”

被孝子这么一问，亚纪虽想回答但喉咙和嘴唇都很干。她默默点头。

“现在几点？”

她好不容易挤出声音问。

“六点半。阿康这时候一定已经在新干线上了。”

“告诉康。我已经平安生完了。”

父亲像要挤开母亲般倾身向前。

“我知道，我知道。等到一联络上我立刻告诉他。你先睡一下。”

亚纪“嗯”了一声再次闭眼。

佐藤太太、佐藤太太——温柔的呼唤令亚纪醒来。

“对不起哦，把你吵醒。我现在要抱宝宝来，你要给他喂奶哦。”

年轻的护士弯腰对亚纪说。

“好。”

她回答。

“现在大概几点？”

她问。护士看看挂在制服口袋上的手表。

“现在九点半。”

她说。

熟睡一觉之后令亚纪的意识很清醒。她很惊讶自己居然一睡就睡了三个小时，康应该在八点过后会抵达上野，所以想必已经到医院了。她放眼环视室内确定这是单人病房。

“我的家人在哪里？”

“大家都在外面等着。等你喂完奶我就请他们进来。”

护士含笑说着，走出病房。

抱来的宝宝和亚纪的记忆大不相同。抱在怀里后那身体之小令她吃惊。在手术室时明明感觉更大的，亚纪觉得很不可思议。这么小，这孩子真的能平安长大吗？但是，惹人怜爱的程度倒是倍增。皱巴巴的脸蛋好可爱好可爱，被护士抱走时亚纪差点儿掉眼泪。我的宝宝——这么一想就连片刻都不想与宝宝分开。那是她过去从未体验过的新感觉。

顺利喂完初乳后，孝子等人进来了。

孝子，四郎，春子，还有雅人也来了。却没看见最重要的康。

“康呢？他还没到吗？”

亚纪一边按下电动床的开关让背部抬起一边问道。这时雅人有点为难地开口：

“说到这个，康哥今天不能来了。”

亚纪一时之间无法理解他说的话。康不来，那是不可能的事。

“事实上，今天傍晚正好姐你在手术室时新潟发生了大地震。结果新干线上下行全面停驶，康哥好像也无法搭电车。高速公路好像也全线封锁不能开车。我们也是刚刚才与长冈联络上，之前不管是有线电话或手机都停摆电话完全不通。康哥虽然很遗憾，不过他家的人好像都平安无事，据说这次地震新潟县内死了将近十个人，所以算是不幸中的大幸吧。明天新干线应该就会恢复通车了，康哥说到时他一定会立刻赶回来。”

这意外的消息令亚纪半晌都发不出声音。

“六点左右，这里不是也摇晃得很厉害吗？听说就是那场地震的影响。”

孝子用颤抖的声音补充。亚纪正忙着看病床四周所以没仔细听。

“我的手机呢？”

她这么一说，不知为何雅人是从口袋取出递给她。

“电话线路塞爆了，所以我想应该打不通。刚才和那边联络也是打了几十次才总算打通，现在为了灾害复原，警察和自卫队已开始进入当地所以恐怕会更难打通吧。”

雅人说的话几乎完全没传入亚纪的耳中。她接过手机找出登记为“○○○”的号码快速按下通话键。她拨了又拨还是只听见“这个电话目前没开机，或者在收讯范围之外无法接听”的录音声。这次她改拨“○○一”。同样也只听到“现在忙线中请稍后再拨”这个录音声。

但亚纪还是毫不死心地一再重拨。

不安几乎快压碎心口。没听到康的声音之前她无法抹去这种几欲窒息的不安。

到底过了多久呢？

“亚纪，你不要再闹了！”

这个声音终于令亚纪回神。她抬起头瞥向满面忧心的众人。

“总之，你今天也累了好好休息就对了。阿康那边我们会跟他联络。电话一通我就会叫他打你的手机，现在那边一定也正在拼命打电话。我会跟他说不管几点都没关系一定要打给你，所以你给我冷静一点安心等他联络。”

四郎用简直像在生气的表情与口吻说。

“亚纪的心情我了解，但宝宝已经平安出生，今天还是听你爸爸的，好好休养身体最重要。我想阿康一定也是这么想，所以你还是再睡一下吧。”

孝子说着，眼中已渗出泪水。

站在雅人身旁的春子始终无语。

“好吧。我会的。”

亚纪回答后把病床的高度调回原状躺平。

“如果要睡觉那就帮你关灯吧？”

雅人用平静的声音说。

“嗯。”

“姐，真是太好了。恭喜你。”

“谢谢。”

“那我让老爸他们自己回去，我和春子再在病房外面待一会儿，如果有什么事你就喊我。”

“那我们走了，亚纪再见。”

孝子挥挥手，四郎一语不发地关灯，四人悄无声息地走出病房。

亚纪在黑暗中像数小时前一样凝神细看眼前的空间与时间。

现在什么颜色的声音都看不见。只有被窗口光线染成的灰色薄暗在那里。

亚纪闭上眼，专心将思绪集中在一点拼命试图感知康的存在。然而，在亚纪的心坎哪怕是幽微声响也已没有任何动静。

康不在此时此地的这个事实就是一切，亚纪想。不愿承认这点的究竟是自己内心的什么呢？她想。

但是，想了一会儿后，她发现不愿承认那个是自己的全部。

与康一同活着这件事本身就是我，根本不存在其他的我。而且若真是如此，只要我现在在此，康就绝对不可能会死。

可是，亚纪的身与心似乎都已冻结了。

亲爱的，我已经好好生下你的孩子了，是个很健康很可爱的男孩子哦。

朝着今天在车站检票口最后见到的、带着沉稳笑容的康，亚纪如此呼唤。

顿时，止不住的泪水自双眼涌出。仿佛全身真的变成冰块，然后那冰块做成的身体在一瞬间融解了。

亚纪忍着不出声，哭得几乎窒息。

从雅人口中得知康的死讯，是在翌日早上之后。

14

二十三日傍晚接到孝子的电话后，据说康立刻先去找正在主屋一楼办公室工作的兄长学。

“哥，宝宝要出生了。”

他满脸兴奋地告诉学，保证明天一定会准时赶回来演讲，然后当场打电话到长冈车站。他订的班次，正如孝子听到的是晚上六点三十六分发车的Max朱鹭三四号。

学立刻把事情经过告诉正在二楼准备晚餐的佐智子与佳代子，二人也慌忙下楼冲进办公室。

佐智子一再表示自己也要与康同行，学夫妻也如此强烈建议。但不知何故，据说康却不愿意：

“已经这个时间了，还是不要勉强比较好。反正是剖腹产，所以不用担心会难产，就算是为了即将出生的宝宝，妈今后也得长命百岁才行。”

“现在回想起来，他当时为何那样反对真的很不可思议，如果那时候我坚持与康一起去，或许事情就不会变成这样了。亚纪，真的很对不起。”

丧礼那天，佐智子在亚纪面前低下头，失声痛哭。

“要是我没有邀他演讲，康也不会在那天回来了。本来他说月底才要回来，都是我勉强他硬要他演讲。”

一看到亚纪的脸，学就神情恍惚地这么呢喃。

据说本来学要开车送康去长冈车站。

学把车子开到店门口在驾驶座上等候，匆匆收好行李的康走出玄关。

但是，康没有上车。

“哥，不好意思，我要先跑去冬川神社拜一下，你能不能在这里等我十分钟？”

据说康当时这么说。

学看看手表。时间是下午五点四十五分。

“那我把车开到后门去。走那边比较快。”

学说。

“不好意思哦。”

康说着，就立刻赶往冬川神社。

神社位于主屋的后方，因此，比起参拜后再绕回店门口，直接穿过砖砌的大窖旁边走后门出来会离长冈车站比较近。

“为什么我会说在后门等他呢？为什么会做出那种事呢？亚纪，真的很对不起。”

吐露这个事实时，学放声大哭。

地震发生是在下午五点五十六分。

坐在停放后门的车中等弟弟的学，被自下往上顶的剧震震得一头狠狠撞上车顶，连滚带爬地冲出车子。但是，晃动太剧烈，别说是走路，连站立都有困难。据说他当场趴下，只能呆然望着环绕成排酒窖的砖墙，随着轰隆巨响逐一崩塌。

最初的地震平息后，还是好一阵子无法动弹。

终于爬起后，学冲回主屋。

主屋惨不忍睹。由于是将近四十年前建造的木屋，入口的屋檐掉落，镶嵌的拉门脱轨，碎裂的玻璃散落玄关。

装饰店内的一斗装酒坛和一升装酒瓶也全都自架上掉落散落地上。

即便如此，建筑物本身还是勉强逃过倒塌的厄运得以维持原貌，这点实在不可思议。

地震发生时在二楼的佐智子与佳代子、奈津子都平安无事。四人离开不知几时会被余震震垮的主屋，暂时先到店面的前院避难。这时远处开始响起许多警笛，宽敞的前院也有邻人开始三五成群地聚集。

正逢假日，所以没有员工来上班算是不幸中的大幸。

去神社的康迟迟未归令学等人开始不安，是在过了二十分钟之后。

学回到停车的后门，在四周寻找康的踪影。天色渐渐暗了。他跨越倒塌的砖墙走进墙内。其间也一再发生强烈的余震，学沿着酒窖与酒窖之间的狭小走道，一边大声呼喊康的名字，一边战战兢兢地前进。

酒窖不是石灰剥落，就是排水管掉落，但和主屋比起来受损情况似乎格外轻微。

砖砌的大酒窖在正前方出现了，但是学屏息呆立。

从屋顶下方到一楼的窗框，外墙的红砖一片不留地尽数剥落。

他一步一步地，走近大窖。

在墙边堆成小山的红砖瓦砾堆中，有某种东西凸起。虽然一眼就看出那是什么，但学说什么也无法接受那个事实。

学一边哀号一边冲向瓦砾堆，是在他已走到仅剩数米距离之后。

康被发现后，立刻被学等人送去长冈市内的医院。然而，送到医师手里时已是心肺停止的状态，早已回天乏术。验尸之后，发现死因是头盖骨的凹陷骨折，研判他正好经过大窖下方时碰上地震，头部遭到崩塌掉落的砖瓦直击。如雨纷坠的大量砖瓦似乎令康的上半身严重受损。

遗体在第三天火化，等到医生同意亚纪暂时出院后，在第四天晚上守灵，第五天举行丧礼。刚出生的婴儿，终究没能一同带到丧礼上。

守灵那晚由雅人开车，与亚纪、孝子、四郎、春子五人一起赶往长冈。

关越自动车道被自卫队及警方的车辆、载运救援物资的车辆挤得大排长龙，费了七个多小时才抵达长冈。

他们在小千谷交流道下去走国道十七号北上，听着四郎等人为沿途惨状惊呼的声音，极度衰弱的亚纪躺在后座连脸都无法抬起来。

在医院，每天有固定的几次哺乳时间，但那四天当中，亚纪的乳房连一滴乳汁都没渗出。

抵达佐藤酒厂一看，超乎想象的受灾惨状，令众人一同哑然。主屋虽勉强屹立却已呈现半毁状态，佐智子等人暂时栖身在奇迹式几近完好无缺的别馆。守灵与丧礼都在那栋别馆进行。

由于正值非常状况，出席丧礼的人并不多，但透过新闻得知康的死讯的大学老友、过去的同事，以及明日香和达哉、丸男与咲、圆谷圆夫妇、阿梓等人还是在交通状况极度恶劣的情况下赶来。

别馆一楼，每次她与康一同过夜的五坪和室现在搭起了大祭坛，中央的遗照前放着小小的骨灰盒。

遗照似乎是临时急就章而成，黑色相框中长发的康，正露出年轻的笑容。

亚纪坐在祭坛前，与那张照片面对面的瞬间，她感到自己那颗粉碎欲融的心，似乎被猛然戳进一根粗大的主轴。心情奇妙的平静，并不哀伤。眼泪一滴也没掉出来。

也想不出特别的告诉康的话。

唯有留在医院的宝宝模样及哭声在脑海浮现，她只向康道歉没能把孩子带来。然后：

“照你事前决定的，已替他命名为康一郎。”

她头一次说出亲生儿子的名字，向康报告。

15

今早看新闻，据说东京的樱花已经开了，但在这边，种在店面前院的梅花花苞前天才刚刚开始绽放。

今年异于往年，雪量特别稀少，新闻报道说对于新潟中地震的受灾户而言算是唯一可堪告慰之事，但随着二〇〇五年的新年来临也出现号称十九年来首见的大雪，长冈也名符其实地迎来被大雪掩埋的北国冬天。

虽已进入三月，雪还是天天下。在新潟，这个时期称为“回寒”，通常会变得特别冷，对于第一次在此过冬的亚纪来说，那种寒冷简直是冷彻骨髓。

康总是抱怨东京的冬天很别扭“很没劲儿”，还半是自夸地说新潟的冬天才是真正“像样的冬天”，但亚纪实际体验之下，只能用“严酷”来形容这个季节。

即便如此，春还是伴随细微的足音渐渐来临了。

二月下旬前院的积雪开始融化，定睛一看，原本沉睡在雪中的杂草也探出嫩芽。春分将至的现在，在晴朗的日子抱着康一郎在酒窖林立的后院散步时，杂木林几乎要被落叶掩埋，只见片栗花到处绽放紫红色的小花，河边的堤防斜坡上，雪割草白色、粉红色及紫色的美丽花朵在阳光下灿烂怒放。

严酷的冬天，相对的，或许也在深厚的积雪下孕育出东京没有的丰饶春天。

亚纪按照康当初的决定，在正月十日成人节的这天迁居长冈。不只是冬木家的双亲，就连佐智子与学也顾虑亚纪与康一郎的身体，劝她不要急着搬到目前生活环境尚未完全修复的佐藤家，但亚纪的决心不动如山。

“这是我与康许下的重要约定。”

她从头到尾一直坚持这点。对亚纪来说，要在康长眠的长冈之外的地方生活简直无法想象。虽说只是两个半月，但没能待在他身旁对她而言才是精神上更大的折磨。

主屋和大窖的整建工程早已开始，但暂时恐怕还是得与佐智子及学一家继续住在狭小的别馆一同生活。即便如此，光是能够回到佐藤家就已令亚纪的心情格外稳定。决心搬到长冈之前，亚纪在出院后暂时住在两国的娘家却找不到自己与康一郎的安身之处，每天只是一再思念死去的康以泪洗面。她遥想雅人当初失去沙织时的心情，暗自不安，自己恐怕无法像弟弟那样重新振作。

相隔十一年之后再次重读佐智子寄来的长信，是在启程离开东京的前夜。

亚纪小姐。世上没有未能选择的未来、没有选择的未来。未来没有任何一样是确定的。但是，正因如此，对我们女人来说每一次选择都是命运。我一直深信你与我的命运休戚与共。第一眼看到你的瞬间，对我来说，已经清楚看见了我传承给你的命运。我当下直觉，你一定会来到我们佐藤家，生下继承这个家的孩子。

看完那封信时亚纪深深感到，现在自己终于可以明确地看见佐智子将要传承给自己的命运了。

并且，她也确信，总有一天自己同样也会透过康一郎，邂逅将会传递这命运火把的女孩。

今天是周六，所以主屋没施工，家中很安静。

康一郎自两天前开始发低烧，虽是难得的晴天也只好打消外出的念头。学在周一便前往东京出差了。这几天，包括侄女奈津子在内，四个女人过着悠闲的生活。

午餐用乌龙面简单打发后，亚纪在卧室哄康一郎睡觉不知不觉自己也打起了盹儿。

会醒来是因为听到陌生的动静。

亚纪觉得一不小心就睡了很久连忙自被窝起身。看看墙上的钟正好是中午一点。得知顶多只睡了三十分钟午觉，她莫名地松了一口气。

蓦然瞥向挂在时钟右下角的日历。今天是三月十九日，明天礼拜天是春分——迷糊的脑袋想到这理所当然的事，不意间，“三月十九日”这个日期似乎令心情逐渐高扬。

为什么呢？她想了一会儿，终于想到了。对了。与康一同前往墨田医院，被大鹤医生宣告怀孕就是在去年的三月十九日。走出诊疗室的亚纪比出小小的胜利手势，等在门前的康用力握拳拉弓上前紧抱住她。那时的康疯疯癫癫的笑容历历如在眼前。

亚纪望着正在身旁发出安详鼾声的康一郎。当时，这孩子还是个不满三十厘米的小生命。结果现在，短短一年之间已成长为体重八点五公斤、身长六十厘米的健康宝宝。另一方面，当日为孩子的诞生欢喜若狂的康却已不在这个世界的任何角落。

发生那种事还有天理吗……

至今，康的突然死亡还是令亚纪怎么想都无法相信是真的。

康现在在哪儿做什么呢？

对于正在长冈抚养孩子的亚纪，他是以什么目光凝视呢？

每次亚纪总在不意间蓦然闪过这个念头。而每次也都会陷入错觉以为康就在她身边。

康一郎的额头有点冒汗。亚纪一边拿纱布替他擦汗，一边这才发觉室内已经变得相当温暖。镶在衣柜上方的空调是关着的。她记得之前没开暖气就睡着了。可是却如此温暖。

亚纪的卧室是二楼南边的三坪房间。佐智子也住在二楼东边的和室，现在这栋别馆的一楼由学一家人使用。

亚纪将目光自熟睡的康一郎身上移开，把脸对着背后的纸窗。透过纸窗的薄纸，意想不到的明亮阳光照进来。这么透明耀眼的阳光，还是今年冬天头一次看到。那是无论在东京或福冈，过去从未见过的平滑浓密的光芒。

这是何等美丽圣洁的光芒啊——这么想的瞬间，远方再一次传来不可思议的声音。

亚纪知道，倏然醒来，就是因为听到这个声音。

笛子及鼓声、敲锣的声音也掺杂其中。那些和人们的喧嚷混为一体渐渐接近。

原来如此，冬川神社的春日大祭正是今天。

去年那场地震令冬川神社也严重受损。据说当时柱子折断、正殿的屋顶坍落、牌坊倾斜、灯笼几乎全倒。三月初终于重建，今年为了庆祝这个举办了花车和推车的大游行。

佐藤酒厂正门前的大马路也在游行的路线中，所以佐智子她们早早就一直在翘首期待看花车。

亚纪实在没那个心情。丧夫才几个月不可能有心情凑热闹，更何况康是因为去冬川神社参拜才罹难，这已成了亚纪心上的一大疙瘩。学也表示，如果当时康不去神社直接坐上学的车，他肯定也不会死了。想到这里，亚纪就难以释怀。

亚纪总觉得是冬川神社的神明带走了康，甚至至今无法去神社。

锣鼓队的声音越来越大。亚纪连面向马路的纸窗都懒得打开，一直望着熟睡的康一郎。

这时，某人上楼的轻快足音传来。

足音在亚纪的房间前停下，也没敲门就把门打开。

侄女奈津子自门缝探进小脑袋。

“亚纪婶婶，拜拜的游行队伍要来喽。妈妈和奶奶都去路边看热闹了。”

奈津子有点气喘吁吁地说。奈津子长得像她妈妈有张可爱的脸蛋。今年四月就要升小四了，是个个性善良率真的小女孩。和亚纪也很亲近，对康一郎更是疼爱得不得了。

“是吗？”

亚纪露出微笑点点头。

“婶婶你也一起去看嘛。”

奈津子没进房间，只是把房门拉得更开。

“婶婶今天不去了。况且宝宝也在睡觉。”

奈津子满脸遗憾。

“今年很精彩耶。还有神马队伍，也有舞狮和天狗[1]哦。”

“那么，小奈你也赶紧回去参观吧。”

见亚纪毫无起身之意：

“好吧。那我要去喽。”

奈津子关门之前挥挥小手，就这么走了。

亚纪叹口气站起来。趁着难得的晴天许多衣服正晾在阳台上，她决定利用康一郎睡觉的现在收衣服。握住门把准备拉开门时，她发现有东西洒在背上。亚纪背脊战栗地看着眼前的门。木门仿佛被探照灯照射整体发出亮光。

---

1 天狗：传说中住在深山的妖怪。身穿山僧服装，红脸高鼻，背有双翼，手持羽扇或金刚杖，可自由飞行。

亚纪惊愕地转过身。

整面纸窗，盈满熠熠闪烁的美丽黄光。那是与刚才的浓密阳光截然不同的清新鲜活的光芒。

这种黄光以前曾在哪儿见过一次，亚纪心跳急促地想。是在哪儿见到的呢？她立刻想起。是生下康一郎时在手术室见到的黄光。初次见到康一郎，打从心底感到“惹人爱怜”的瞬间，自己的确见到了这灿烂耀眼的黄色。

脑中回响着某人的声音。那个声音渐渐明了。是小女孩的声音。是谁呢？

“今年很精彩哦。有神马队伍，也有舞狮和天狗哦。”

是奈津子的声音。

ㄕㄣˊㄇㄚˇ、ㄕㄣˊㄇㄚˇ、ㄕㄣˊㄇㄚˇ……

ㄕㄣˊㄇㄚˇ是什么？ㄕㄣˊㄇㄚˇ是神马——指的不就是马吗？

马、马、马……

心跳加快，意识带着热度，亚纪的目光被窗口射入的阳光吸引靠着门板当场滑坐在地。

记忆深处源源涌起某种东西。

不意间眼前展现了整片的绿色平原景色。

那是宛如西部拓荒时代的美国风景。放眼望去尽是草原，周遭没有建筑也没有任何人影。

记得，应该有人来接自己才对的，亚纪想。自己就是相信那个约定才专程来到这种荒郊野外。蔚蓝的晴空没有一丝浮云。也没有风，唯有鲜艳的黄光充斥四方。不热也不冷，只有浓密的绿草告诉自己现在正是春季。

亚纪盘坐在地，望着眼前映现的奇妙光景。

这里究竟是何处？

自己正在做什么？

自己正在等什么?

这时，草原风景就像电影放到一半断片似的戛然而止。

“那，我许你一个承诺吧。”

又有某人的声音响起。

“如果我先死，真的如你刚才所说有另一个世界，我一定会来通知你。”

那是心爱的康的声音。

“我想想哦。该用什么方法才好呢。届时我已经没有肉体了，那就变成别的生物的模样来找你好不好？选个罕见的生物比较好吧。如果是附近常见的狗啊猫的，你就无法分辨哪个才是我了。”

突然间，响亮的哭声盖过那个声音在室内响起。

亚纪赫然回神，奔向正在榻榻米中央被子上哇哇大哭的康一郎。

康的声音已经听不见了。窗口的阳光也恢复原状。

亚纪一边把手伸向哭泣的康一郎一边弯腰，连毯子一同抱起小身体后再次起立。

得快点才行，她想。

快步下楼，匆匆套上拖鞋奔出别馆的玄关。亚纪穿过主屋旁边跑向正门。

穿过大门一看沿着大马路两侧都是黑压压的人群。

亚纪抱着康一郎自拥挤的正门前移往三十米外的地方。那里是受到震灾影响目前歇业的棉被店门口，所以除了亚纪只有两三个看热闹的人。康一郎哭闹了一会儿又在不知不觉中睡着了。

装饰豪华的花车与神轿一一经过眼前。身穿深蓝色大褂系兜裆布的男男女女，脸上戴着丑女丑男的面具，手舞足蹈地款款走过；手持金刚杖、穿着山僧的服装一边逗弄沿路的孩童一边前行、头戴天狗面具的男子们络绎不绝地跟在花车及神轿后面。

亚纪一边东张西望，一边静候她要找的队伍过来。

五分钟后，穿着祭神礼服的一群人终于出现。

头戴神冠、身穿狩衣的神官高举御币[1]领头，大群戴乌帽穿白衣的男人各自捧着红、绿、白、黄各色的大型币串列队前进。

亚纪的眼睛盯在那长长队伍中央拉着马缓缓前行的一匹马身上。

那真的是全身雪白的马。

白马的背上搭着闪烁黑漆亮光的马鞍，竖起长长的脖子，像要率领四周人群般昂首阔步。马鞍上插着红底染白写有“敬献　冬川神社”的两支旗帜。

亚纪换个姿势抱紧康一郎，把他的睡脸朝向队伍，等待白马来到身旁。

队伍掀起小小的骚动，是在白马即将经过亚纪的眼前时。

马突然停下不走了。

即便马夫一再拉扯马辔，马也纹丝不动。它微微侧首用大大的黑眼珠一直凝望亚纪与康一郎。

亚纪不由自主地上前一步，接近那匹白马。

她在心中，一再重复：

“康，这是康一郎啊。是你的孩子啊。”

连她自己也知道全身正在剧烈颤抖。

那段过程想必不到十秒钟。

马低低嘶鸣一声，已不再注视亚纪，恍若无事地再次悠然迈步。

亚纪觉得之后她在原地伫立了很久。

身后有人拍她肩膀，她转过身。

“你怎么了？亚纪。”

佐智子忧心忡忡地看着亚纪。

1　御币：祭神用的币帛之一。将金、银、白色、五色等纸张剪成细长条状，插在币串上。

解说

舛田 奈津子（产经新闻社东京总社文化部记者）

初会白石一文氏的那天，我至今记忆鲜明。当时配合其新作出版，在某出版社的会议室进行采访。交换名片后，凑近细看脸孔，总觉得他的脸上似乎浮现某种“难以释然”的表情。令我印象深刻。

问起作品的创作意图时，他稍做沉思，做出这样的答复：

“我一直确信唯有标榜自己思想的小说才能吸引读者。另一方面，多少也等于是在筛选读者。所以这次，我试着写出让更多读者都能享受的作品。让大家可以在通勤电车或睡前不忍释卷。只想一心往下看，然后看完会觉得很愉快。”

这部作品，的确是美如珠玉的上乘娱乐小说。再加上缜密的文章构成，巧妙地布下了纵横穿梭时空的伏笔。一转眼，便将故事中的点与点串联起来，以成功的紧张感与节奏，一口气魅惑读者。

不过，白石氏本来那种令人一再重新翻阅的独特思索式哲学文章在此消失无踪。尖锐的触感和犀利的世界观也销声匿迹。这是篇“不似白石风格”的作品呢，我暗想。老实说出感想后，他耸肩表示：“或许的确如此。”

白石氏于二〇〇〇年以长篇小说《一瞬之光》出道以来，发表了《不自由的心》《我心中尚未崩坏的部分》《爱有多少》《与世界的全部为敌》等多部作品。每一篇都充满了试探读者，也强迫读者省思、重新检视内心的氛围。“我是什么人？”“活着的意义何在？”小说的根底，横亘着白石氏自身探究人类存在根源的疑问。

在为数颇多的作品中，这部长篇小说《你是我的命运》尤其是写满稿纸九百页的重量级作品。不过，读来绝不凝重，是以完美的平衡结合了白石氏特有的世界观与小说特有故事性的作品，堪称其代表作之一。我认为是很棒的小说。

◇

故事始自细川联合内阁成立的一九九三年。主人翁是冬木亚纪。两性平等雇佣法的成立，令其以女性综合职衔头棒打者的身份进入大型资讯机器制造公司工作，是位才色兼备的女子。

二十九岁这年，前男友康即将与亚纪的职场后辈结婚，亚纪也收到了喜帖。以前康曾向她求婚，但她无法跨过结婚那一步。分手后，亚纪收到只见过一次的康母佐智子写的信。直到婚礼当日，她才把之前一直没看完的信仔细阅读，首次察觉重要的“某件事”。可惜，已经太迟了。“谁也无法找回已经失去的未来”。亚纪陷入后悔。

三十三岁这年，她被公司调到福冈。工作顺利，邂逅比她年轻的工业设计家纯平。“我就是为了与这个男人相遇才来到这么遥远的城市”。亚纪试图相信这次已遇见真命天子的缘分。

三十四岁这年。弟弟雅人的妻子沙织过世。文中描写失去爱人的雅人心境的荒废与重生。“幸福是什么？”亚纪透过沙织留给雅人的信思考。

三十七岁这年。她与滞居香港的康重逢。二十九岁时的后悔与深藏内心的思念更醒。

故事描写了亚纪二十九岁到四十岁这“动荡不安的十年”。人生充满大大小小的迂回曲折。工作、恋爱、结婚、生产、家族、死亡……在亚纪人生中的每一桩事件，或许都是人人经历过的平凡日常。但是，若将焦点锁定在那种日常中动荡不定的“命运”，就会变成波澜壮阔的戏剧化故事。

“人生要靠自己的意志去开拓。”

“委身于命运，如实地接受。”

两种看似相反的想法浮现。在那夹缝之间，亚纪摇摆不定。有时，自行做出强力的选择。有时，无法抗拒的事件降临。眼见四十岁将至，亚纪接受了自己的一切选择，迈步前进试图抓住幸福。却在这时再次发生事件。

◇

白石氏的小说，主角多半是所谓的精英分子。被人批评为男性中心主义、令人作呕。这点白石氏自己也在中篇小说集《草上的微光》的解说中提及。不过，得天独厚的容貌与环境只不过是容器。“单是在这个社会上的成功与梦想的实现，并不代表个体自身的精神成长。”他如此说明。白石氏想要表现的，应是隐藏在表面现象底层的人性本质吧。

他的文章也艰深难懂。或许是因为做过周刊记者，文中浓厚反映出政治及社会问题等。因此，也往往构筑出不似小说的世界观。他以《爱有多少》入围第一百三十六届直木奖时，评审委员便曾严厉批评他“爱讲大道理”“像在写论文”。

不过，在这充斥着多种多样书籍的世界，只把娱乐性及浅显易读、是否得过奖当作评价作品优劣的指标，毕竟还是太奇怪。如同历经数十年数百年时光流传至今的许多经典文学作品，有这种可令人一再翻回前页、抱头深思、频频重读的现代作品也不错。这本堪称代表的小说若能发行文库版，让更多人读到，自是一大乐事。

这次，再次重读故事，终究还是一再停驻，会忍不住将自己与亚纪的人生重叠。自手心滑落的希望、擦身而过的人们，以及这一瞬间睡在身旁的温暖存在……人能够凭着自己的意志选择自己的人生吗？对自己而言，最适当的人生选择是什么？将来又会发生什么？

故事中，佐智子给亚纪的信上是这么写的。

世上没有未能选择的未来、没有选择的未来。未来没有任何一样是确定的。但是正因如此每一次的选择都是命运。我们女人，就是这样不断编织命运活下去的。

合起书本，我沉浸在读后感中。“你是我的命运”，对于这个也似问句的书名，很遗憾，答案依旧模糊。仿佛在广大的沙漠中不知何去何从。同时，莫名渴望从那个场所活下去的坚强信念，自内心源源涌出。宛如故事里的亚纪。

那一瞬间，白石氏的脸孔浮现脑海。他的表情与初会的那天截然不同。这次是“果然中了我的计”。

那是很开朗却又略带羞涩、非常动人的笑脸。

参考文献

荣久庵宪司《工业设计真有趣》二〇〇〇年一月，河出书房新社。
片冈宪男《田中角荣邸　书生日记》二〇〇四年，日经BP企画。

图书在版编目（CIP）数据

你是我的命运 /（日）白石一文著；刘姿君译 . —
成都：四川文艺出版社，2015.11（2016.6重印）
ISBN 978-7-5411-4223-9

Ⅰ . ①你… Ⅱ . ①白… ②刘… Ⅲ . ①长篇小说－日本－现代 Ⅳ . ① I313.45

中国版本图书馆 CIP 数据核字（2015）第 256686 号

私という運命について
WATASHI TOIU UNMEI NITSUITE

Edited by KADOKAWA SHOTEN
First published in Japan in 2008 by KADOKAWA CORPORATION, Tokyo.
Simplified Chinese translation rights arranged with KADOKAWA CORPORATION, Tokyo through Bardon-Chinese Media Agency, Taipei.

著作权合同登记号 图进字：21-2015-199

NI SHI WO DE MING YUN

你是我的命运

［日］白石一文 著 刘姿君 译

责任编辑 周 轶
特约监制 赵 菁 夜 莺
选题策划 冷 婷
特约编辑 叶 青
装帧设计 千巨万

出版发行 四川文艺出版社
社 址 成都市槐树街 2 号
网 址 www.scwys.com
电 话 028-86259285（发行部） 028-86259303
传 真 028-86259306

读者服务 028-86259303
邮购地址 成都市槐树街 2 号四川文艺出版社邮购部 610031

印 刷 北京盛通印刷股份有限公司
成品尺寸 146mm × 210mm 1/32
印 张 10.75
字 数 190 千
版 次 2016 年 5 月第一版
印 次 2016 年 6 月第三次印刷
书 号 ISBN 978-7-5411-4223-9
定 价 36.80 元